チェーホフの山

工藤 正廣

未知谷
Publisher Michitani

目次

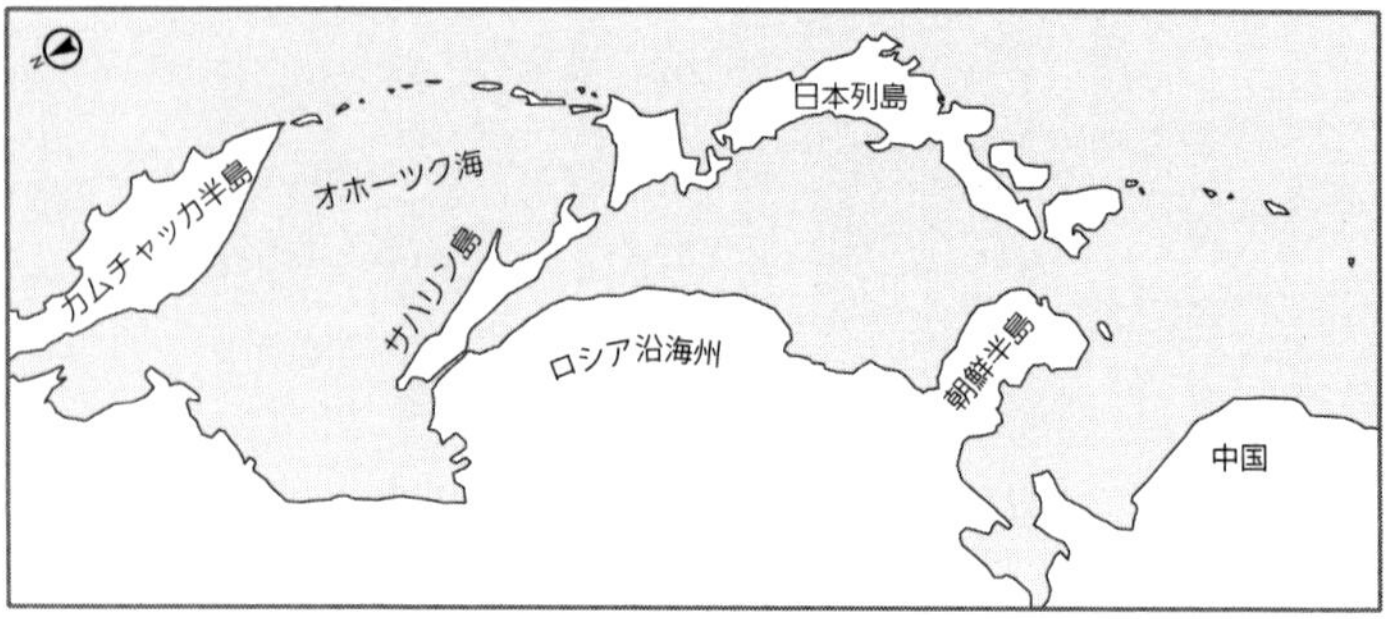

太平洋への出口をふさぐ形で横たわる花綵《はなづな》列島

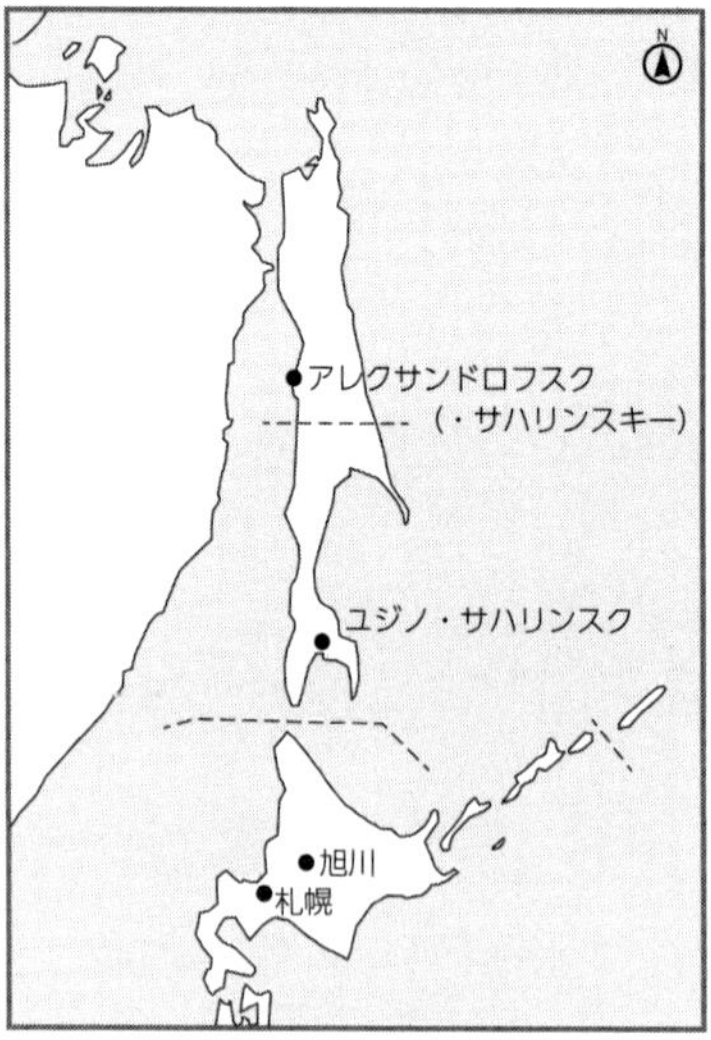

サハリン島と北海道島の位置関係

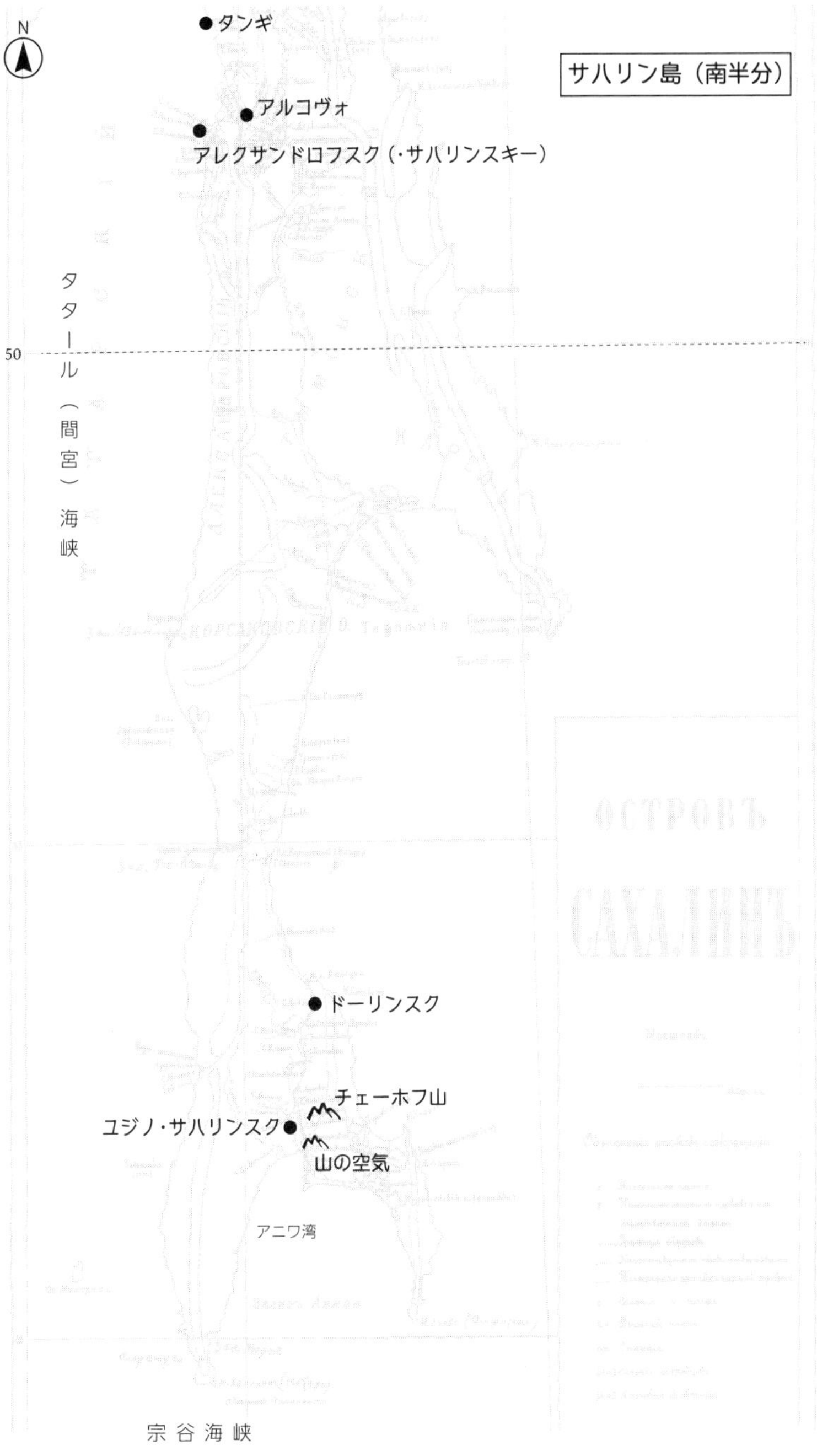
サハリン島（南半分）
N
タンギ
アルコヴォ
アレクサンドロフスク（・サハリンスキー）
タタール（間宮）海峡
50
ドーリンスク
チェーホフ山
ユジノ・サハリンスク
山の空気
アニワ湾
宗谷海峡
ОСТРОВЪ
САХАЛИНЪ

主要登場人物

ガスパジン・セッソン――ヤポニアのロシア文学研究者
アンゲラ――ドイツの大学のロシア文学研究者・編集者
エーリカ・カザンスカヤ――サハリンの文学プロフェッソル
マーシャ・ベレズニツカヤ――新進の女流作家
スヴェトラーナ――絵画教室の画家
ナジャ――謎の娘、芸大の学生
ヤソン・オレニスキー――サナトリウムの守衛、ニヴフ
イワンチク・ペトローヴィチ――山林官、猟銃の名手
アリサ・セミョーノヴナ――サナトリウム施設長、社会学者
ミロラド・ダヴィドヴィチ――サナトリウムの長老
パーシェンカ――サナトリウムの青年、長老の秘書役を自認
オサムナイ――サナトリウム園者、天才肌の作曲家
アドリアン・ボゴマテリノフ――赤軍コミッサール

チェーホフの山

プロローグ

さらば五月のモスクワよ、さらば聖なる都よ、ふたたびあなたに会うことはないだろう、そうわたしは心のノートにいま書く、さようなら喜びと悲しみの都市よ。大いなる庭よ、五月の太陽は燦然と輝き、頭上には海原のような蒼穹が青く清らか、純粋な瑠璃色、つぎからつぎに帆舟の雲たちを浮かべていたのだった。

彼は、ここで彼というのは、この物語の最初の登場人物であるのだが、モスクワのヤロスラーヴリ発着駅の伽藍《がらん》をぬけ、このさき一万キロメートルの荒野が続いているとでもいうような、長い長い露天のプラットホームへと足を引きずった。蹌踉《そうろう》たる足取りといいたいところだが、そうでもなかった。彼の足取りが間欠性跛行《はこう》に見えたのは、その耳の中でなのか、実際にあたり一面に降り注いできていたのか自分では区別がつかなかったが、壮麗な夕べの鐘の音が大空の浪のように耳を聾するばかりだったからだ。終わりのない音楽のように旋律さえともなって、そしてまたまるで少年らの聖歌隊のコロスのように、いや、もっとだ、青銅のような重くなめらかに濡れたバスの声のように、天から降り注ぐ鐘の声が鳴りひびき、彼の耳の奥で、そして彼は、まるでチェーホフの声のようだと、心のノートに書き込みながら、ヤロスラーヴリ駅の美しい魔窟のような伽藍を振り返った。春の夕べの鐘は聖なる晩禱の鐘のように鳴り続けた。

それにしては彼のまわりでプラットホームを行き過ぎ、追い越し、あるいは向こうからぶつかりそうになって急ぎ来る旅客たちには、鐘の音などまるで聞こえていないのだと思われた。彼にとっては、それはまるで大きな音楽の始まりのように鳴り出していたのだ。もし彼らにも聞こえていたなら、彼らのことだ、それでなくともこの世は喧騒に満ちているのだから、もうたくさんだと叫んで抗議のためにこぶしをつきあげるところだったろう。しかし彼らは温厚で、つつましく、婦人たちもまたかなりしとやかで、車室をさがして急ぎ、心はもう旅の身の上になっているのだった。夢見るような顔さえあちこちに見かけられた。

彼は間欠性跛行のまま、ヤロスラーヴリ駅よ、あなたのプラットホームはいくらなんでも長すぎる、人生に疲れてしまうじゃないか、そうつぶやき、春の夕べの鐘の音にあやされるように、つと、プラットホームに膝をつき、そのまま、ひとびとが脇を歩みすぎるのも忘れて、膝をつき、その瞬間、まるで母なる大地に接吻するのと同じように、彼もまた、あたかも辺境の大地の果ての果てまでたどり着いて、恙無《つつがな》く旅が成就したことを神に感謝するのと同じように、小さなラクダのような格好で、プラットホームのざらざらしたコンクリートの上に額をつけて、祈った、いや、祈ったというのは正確ではない、接吻をしたのだった。もう一度目のベルが鳴ったというのに。

おお、というのも、鐘の音が楽曲にようにまだ聞こえ続けているうちに、なんという奇跡か、真っ白い微塵の花びらが夕べの西風が流れている大空から運ばれてきた雪のように降ってきて、あたりを、ひ

とびとの帽子も金髪も黒髪も、肩も荷物もその花びらの雪に降られていたので、彼はその散り敷いた花

びらにうやうやしく接吻できたのだ。それは五月のサクランボの真っ白な小さな貝のような花びらだっ

た。モスクワ郊外のどこか果樹園がひろがっているのか、いやもっと遥かな遠さから、空路のような西

風の道が上空にあって、風に乗った花びらが蝶の大移動のようにここまで来たのだったか。彼の唇には

白い花びらがくっついた。

　彼はやっと立ち上がった。このとき、彼は自分の所作がだれかに見つめられ、微笑が浮かべられたよ

うに思って、あたりを見回した。そのような誰かは間近にはいなかった。そして花びらの舞いおわると

同時に、彼の耳からも、鐘の音が消え去り、そのかわりに地響きのような聖なる都の淫らな騒音があら

たな音楽の歯ぎしりのように聞こえて来た。列車のエンジン音が強靭に鳴っていたのだ。

　彼は立ち上がった。膝からブレザーから花びらを払い、もう一度、さらば五月のモスクワよ、わたし

に生きることのささやかな喜びをレッスンしてくれた聖なる都市よ、路地裏よあの鳩小屋よ、アカデミ

ーホテルの夜々よ、さようなら、われわれのいつも始まりと終わりの、その時に間に合うことの勇気と

幸運よ、そう口に出して言いながら、もちろんそのことばはここではロシア語の簡単な語彙であったが、

それによって彼は落ち着きをとりもどし、三十輌編成の長距離列車の自分の車輛の車室へと飛んで行っ

た。もう二度目のベルが鳴っていたのだ。彼は鐘の音につつまれていて、発車ベルの間隔に気が付かな

かったのだ。旗を手にした婦人車掌が彼に叫んだ。彼は走り出した。

　彼の名は、セッソン、モスクワ滞在中は、ガスパジン・セッソンで通った。

第一章　アンゲラ

1

高い空で鳴り響いていた正教会の鐘の音がふたたびよみがえったのは数分後のことだった。彼、セッソンは車掌の分厚い手にひきあげられるようにしてデッキに立つと、直ぐにデッキのステップが引きあげられ、ドアが閉ざされた。

セッソンは胸が弾む思いだった。だって、これがモスクワとのお別れなのだ。春の出会いと、過ぎた一冬の別れなのだ、あなたとはもう二度と会うことがないだろう、いや、万一もう一度会えるとしても、それはもうこの同じモスクワではないのだ、そうとも、だからこそ、教会の鐘の音がゆっくりと音を重ね、共振し、空の高みの鐘楼から聖歌のように降らせ、花を降らせ、雪を降らせ、聖なる雪を降らせ、すべてが転変だということ、それをまたあたらしく超えていく他あるまいと、美しく荘厳な鐘の音の波が、ゆっくりと、そう、アンダンテで、進んでいったのだ。車掌の彼女は、最後の責任を果たして安心したのか、セッソンを覗き込んだ。間一髪ということばが、ミーク、ミーク、というように耳に入って、毛むくじゃらな人生、ジーズニということばを漉《こ》し分けて入ってきた。そう、そう、ですね、と彼はこたえた。分かりましたか、と彼女は言って、13号車の自分の車掌室に戻った。

心残りはなかった。あとは一万キロの旅が待っているだけだ。彼は、詩人の資料研究に来ていたので、この五月の春は、まるで、四月の復活祭なんかよりは、もっと本当の春と初夏の始まりで、長かった冬とのお別れだった。春は、列車全体に満ちあふれていた。春の風が闖入《ちんにゅう》したとでもいうように、片側通路の窓があちこちで下げ下ろされていたので、春の匂いの風がもうすでにオオムレスズメ、つまり日本風に言えばニセアカシアの気品ある匂いをまとっているようだった。

もちろん、車輛の中はいかにもロシア的だといわんばかりに、大地の草原の匂いをこもらせていた。すでに列車はずっしりと重い全車輛を最初の牽引で腕試しをしているかのようにひっぱり、そのバスの響きが車輛ごとにつたわり、各車輛が緩衝器のデッキでひきつがれ、徐々に鈍重な波になってセッソンのところまで来た。

彼は自分の車室の前に来て、おやへんだな、と一瞬迷った。ドアが開いたままで、中には、いやたしかに自分の車室にまちがいないのは、彼の荷物がベッドソファー座席にちんまりと置かれていたからだが、しかし、その真向かいに一人の婦人客がすでに自由気ままにとでもいわんばかりに、大きなズック布の袋から紙の束をとりだして並べ、仕事していたからだった。

セッソンは、顔も上げずに紙の束を鼻眼鏡で読みふけっているその未知の乗客にいきなり声をかけるのもはばかられたので、引き返して、さきほどの車掌の小室まで行き、ドアを開けたままで寛いでいる彼女に質問をした。彼女は油紙につつんだサンドイッチを開いて一口飲み込んだところだった、紅茶のカップが窓からの夕日に光ってにじんでいる。ええ、ええ、彼女はこともなげに答えた。セッソンは苦情のつもりであったが、内心はそれほどでもなかったのだ。ここの寝台車輛は男子だけで、婦人客が混じるということはどういうことか、そう彼は質問したのだ。

車掌は、おやおやという表情を崩して答えた。どちらでもかまわない。彼女は、そう、予約チケットの取り方に手違いがあったのですよ、本来は婦人寝台車輛のはずが、あなたの寝台車輛のチケットをとってしまったのですね。ね、いまさら、婦人車輛への変更はできません、満席ですからね。あなたは、お困り？　いえ、べつに、しかし……。そう彼が言うと、彼女は頬を赤らめたように、言い足した。あなたは紳士でしょう。

ええ、ええ、あなたがおっしゃるのはもっともですが、すべてにおいて他者がいることですから、それはその当事者たちで、どうぞ。あらかじめそのように心配していたら人生がつまらないでしょう。神様がごらんになってくださるから、余計な心配は無用ですよ。セッソンは、車掌室の名札プレートに彼女の名があったので、あらたまった気持ちで、はい、アンナ・パーヴロヴナさん、分かりました。旅の道連れ、いわば賢者ですね。そうですとも。めったにあると思わないでください。そうそう、彼女はバイカル湖まで、いえ、途中、ウラルのペルミで一度途中下車するとか。

列車はもうモスクワ郊外を走りぬけ、湖沼地帯も川も村も木小屋も、草地も、そして真っ白に咲き誇ったサクランボの畑や、ナシの花の野辺を疾走し、教会のネギ坊主の十字架が金色に反射し、白樺林の若葉がどこまでも続いていた。小さな無人駅はたちまち過ぎ去られた。セッソンはしばし通路の窓からそれらを眺めてのち、大きな声で、こんにちは、と先客の彼女に挨拶をした。ふたたび彼の耳に、教会の鐘の音が鳴りだした。

2

車室の窓の外を五月の春は疾走し、光が溢れ、もうライラックの花が咲き乱れた小村の駅舎が過ぎた。そしてまたハンノキの林が始まった。彼は神妙な気持ちで、そっと自分の席に腰を下ろした。向かいの席では、夜は簡易ベッドにかわる席一杯に紙の束を広げ、並べて、彼女はそのひとつの束を手にし、鼻眼鏡になって読んでいた眼を上げた。

彼女はいきなりにっこりと笑顔になり、おお、あなただったんですね、こんにちは、こんにちは、といい、その声は、ちょうど彼が席にそっと腰を下ろすまで、なにか歌を口ずさみながら読んでいたのと同じ声だったので、その、ことばにはそれとなく歌の調子が残っていた。その歌はもちろん彼にも分かった。だれでも知っている「夕べの鐘」という歌だったのだから、夕べの鐘の音という、〈ヴェチェルニー・ズヴォーン〉というルフランの音尻が残っていた。彼の耳の中では祝祭のような鐘の音が鳴り響いていたのだったが、この音は彼女を前にして、とても静かで哀愁に満ちた、〈ヴェチェルニー・ズヴォーン〉のルフランの転調に吸いこまれていった。彼のただ一つの手荷物は席に忘れ物のようにあった。顔をあげた彼女は、鼻眼鏡をはずして、自己紹介をした。それに彼はびっくりした。大げさではないだろうか！　彼女は流暢なロシア語で、それはモスクワよりもっと西の少しくっきりとした発音だった。

彼女は言った。わたしはアンゲラ、はじめまして、よろしく。アンゲラという発音は、アンジェラ、というように聞こえた。そして言ったのだ。一生のお付き合いになりますね、と。何が？　彼は眼をまるくして狼狽した。じぶんの誤訳、一晩の聞き間違いではないか。今度は彼の番だった。彼は、わたしはセッソンです、と答えた。ヤポニアです。ええ、分かっていますよ。さあ、それでは、ガスパジン・セッソン、あなたのお名はどういう意味ですか？　セッソンははじめてこういう質問に出会ったような気がした。考えたこともなかったのだ。何とも説明しにくい難問だった。

ええ、アンゲラさん、わたしの名は、日本語で、雪と村ということばが一緒になったものです。簡単に意味を言えば、雪の村、というほどの意味です。するとアンゲラは澄んだ眼にさざなみをたてた。ああ、ああ、何という名前でしょう！　それでは、セッソン、これでいいですね。いいえ、あなたは名がとても素敵ですよ。さあ、ガスパジン・セッソン、お近づきに、お話をいたしましょう。そう、あなたのロシア語は、どうやら語尾変化が無茶ですね、まあ、思うように、気にかけずに話してください。わたしが語尾変化はそのつど直しますから大丈夫。これはうるさいことになった。

列車は春のいよいよ日が弱くなる野辺を無窮《むきゅう》に向かって走っているようだった。それにしても、出会いというのはこういうことであろうかとセッソンは思った。偶然の出会いなのに、なんということか、一生のお付き合いになりますと断じるこのアンゲラのことばはいったいどういう意味なのか。これはかなり過激だ。この世には、数えることのできないほど無量無数の人々の出会いがあるだろう。そのうちのただ一つにおいて、いまこのような会話がなされているのだ。それがなんのわだかまりもなく、この自分に向けられたということに、彼は感謝を覚えたのだ。

3

アンゲラの話が始まったところに、車掌のアンナ・パーヴロブナが顔を出し、それはチケットと旅客の確認のためだったが、アンゲラに向かってやわらかい笑顔になった。アンゲラは旅慣れた調子で、クペに紅茶とクッキーを注文した。とびっきり熱いのを、二つですよ。ほら、この旅の友の分と。はいはい、と車掌は言って、五分後を約束した。セッソンはすでに車掌から、この同室のアンゲラのチケットの経緯は聞いていたので、アンナ・パーヴロブナをさりげなく見た。彼女は、どういうわけかロシア語ではなくポーランド語で、ドブジェー！　と答えた。アンゲラは、ジンクーエ、と返した。

五分後の紅茶の時間が急に待ち遠しくなった。ドアは開け放されていた。片側通路を通る人がいなかった。まだ自室にこもっているのだ。じきに、気散じに出て来て、廊下の窓下から張り出し椅子をだして窓の景色に見とれ出すに違いない。日没を眺めたいのだ。車掌とのポーランド語のやりとりがなぜだったのか、セッソンはすこしも不自然に思わなかった。よくあることだろう。

アンゲラは原稿らしき束をちょっと重ねて片づけ、さっきまで読んでいた原稿の束は、窓の下の小卓においた。その小卓は二人の兼用でもあったのだ。小卓のそばに腰かけていたアンゲラは組んでいた脚を組みなおした。色のさめた青いジーンズだった。靴は汚れたスニーカーだった。セッソンは彼女の手前に腰掛けていた。すると、さあ、もっと近くへ、と彼女が言った。二人は車窓の風景が流れて行くのが見える位置に坐っていた。アンゲラは前方が見え、セッソンには過ぎ去る風景が見える。長く見ていると眩暈《めまい》がしそうだから、勢い、彼は話しだしたアンゲラを見つめる構図になった。ちらと、小卓の上のタイプ打ち原稿らしい用紙に眼がいった。いまどき、こんな原稿が残っているのだ。どう見ても、それはヘルメスのロシア語タイプライターの字体だった。

アンゲラはセッソンの眼をまっすぐに見て言った。そう、わたしはあなたをもう知っていましたよ。ほら、あなたはプラットホームに跪《ひざまず》いて泣いていましたね。驚きました。いいですか、そのそばをわたしは通ったのですから。何というチュダーク、変人がまだこの世にいるのだろうと思いました。彼はそれに驚いた。おお、ぼくが泣いていただって？　なんということだ。アンゲラが言った。お祈りをしていたのかしら、そうでしょ？　セッソンは答えた。ロシア語で話すことがいつ前提になったのだろうか。ええ、ええ。そうですね。祈ったと言えば、そうです。いや、祈ったというよりも、別れのことばを言ったのです。アンゲラが微笑を浮かべた。そうです、と言いさして、話を少し迂回させるほかない気持ちになった。聞いてください、いいですか、あのとき、この春の空全体から音楽のように教会の鐘の音が鳴り響いていました。でも、これはぼくだけだったようです。幻聴だったようです。

車掌のアンナ・パーヴロブナがウラルの木彫のお盆にのせて紅茶とクッキーを運んできた。分厚い耐熱ガラスのコップは銀製とも見えるカップ受けに収まっていたので、どんなに熱い紅茶でも大丈夫だった。ツッケルは？　とアンナ・パーヴロブナが訊いた。砂糖のポーランド語だった。ロシア語なら、サーハルだが、二人はポーランド語がお互いに親しいのにちがいなかった。アンゲラが、いらないわ、と言ったが、ぼくは必要ですとセッソンが言うと、車掌はにんまりと笑って、エプロンのポケットから角砂糖をとりだした。二つ、とセッソンは言った。するとまた一個がさしだされた。セッソンは冗談めかして、頭脳には砂糖が栄養です、と言った。

車掌が満足していなくなると、二人はしばし話をやめ、紅茶を飲んだ。沈黙というのではないが、疾走する列車の振動の重力がはじめて感じられた。臙脂《えんじ》色の紅茶の液体に夕日の光が差し込むようにも見えた。コップ脇のスプーンが銀のように輝いた。さあ、それで、とアンゲラが催促したので、彼はまた話の続きを始めた。ええ、あの鐘の音はいったいどこから聞こえてきたのでしょう。とにかく聞こえていて、ぼくは思わず跪いた。そこへ真っ白い花びら、ええ、あれはサクランボの花びらでしたよ、ぼくは春の空から、西風にのってあそこまで飛ばされてきて、降り注いだと思ったのです。雨のように。そう、春の雨のように。するとあのプラットホームが大地のように思われて、自分でも妙ですが、慣れない役者のように、跪いて、大地に接吻する役を演じたく思ったのかもしれません。

セッソンが、流暢ではなく、とぎれとぎれにこんなふうにできるだけ単純な語彙をかき集めて話すと、最初のうち聞き手だったアンゲラが、彼の語末の語尾変化の間違いを、割り込むようにして訂正しながら、さあ、続けて、と言っていたが、そのうちにあきらめてしまった。それでセッソンは自由になった。好きなだけことばを並べ立てていいのだ。大地、接吻、サクランボ、演技、プラットホーム、西風、雨、花びら……。アンゲラはおもしろがっていた。

セッソンは急に思い出したように言い足した。ぼくがこの車室に入ったとき、アンゲラさん、あなたはこの原稿の束を読みながら、「夕べの鐘」の歌を口ずさんでいましたね、ぼくには聞こえました。そして、いいでしょうか、プラットホームからずっとぼくの耳の底で鳴り響いていたたくさんの鐘の音が、あなたの歌のなかに消えていったのです。幻聴だった。そうです、二度と会うことなきモスクワよ、さようなら、とぼくは跪いて言ったのです。

4

そのときセッソンは何かを思い出していたのだった。一瞬放心したようなアンゲラの横顔の翳を見た時だった。彼はどう表現していいのか、向こうから来る《フストレーチュ》、出会い《フストレーチャ》の哲学ですよ、と自分につぶやくように言ったのが、すぐに彼女に聞こえたのだ。いいですか、なぜよりによって、アンゲラさん、わたしたちはこのようにここで偶然に出会って、このように同じクペで、たちまちずっと以前から知っていたとでもいうように語らっているのでしょう。これは哲学の問題でしょう。偶然こそが必然を生み出すとでもいうように。おやおや、とアンゲラの眼がきらめいた。もちろん、もちろん、やって来る偶然がこのように成就すると、あたかもそれが必然であったとでもいうように人は考えることで、希望をもつのです。いや、ぼくが言いたいのは、とセッソンはことばを探した。この短い時間にセッソンは思い出していたのだった。そのことをいまここで言ったら、アンゲラは笑いだすだろう。しかしセッソンはうまく説明ができなかったが、ぼくはあなたにすでに一度出会っているのです、と言いたかったのだ。そしてそれがつい昨日のことのように思われたのだったと。

（……そうだ、あれは何年前だったろうか、古都がレニングラードという名であったとき、ぼくはたしかにあなたに会ったのだ、あなたは別れ際に言ったのだ。夜明けだった。レニングラードのモスクワ駅は深い霧に包まれていた。その霧の中で、あなたはぼくに言ったのだ。わたしはバルチックホテルにいます。もし会いたくなったら遠慮しないでいらっしゃい、そうあなたは言って、霧の中を歩いて行った。そうだ、それでぼくは、あなたが滞在するその一週間のうちのある夕べに、タクシーを拾って、バルチックホテルの手前で降りた。そして、闇の中にそびえる白いホテルの建築を眺めて立ち尽くした。足は踏み出せなかった。バルチックホテルは巨大な棺のように横たわっていた。もちろん窓々に幾つも不規則な並びで灯りが点っていた。フロントに行って、あなたの名を言えばいいだけの話だった。しかし、なぜ自分がいまここにこうして立ち尽くして遠くにホテルの棺を見つめているのか分からなかった。

あの会いたいと思う感情は一体何だったのか。ホテルの遠景は闇にのまれていたが、大きな運河でも、ネヴァ川でもなく、もうすぐそこがバルト海の波打ち際であって、暗い大きな波が静かに沸き立っているように思われたのだ。タクシーを待たせておかなかった。ぼくはやがて、足をひきずって地理も定かでない市街地の込み入った横町にまぎれて行ったのだ……）

そしていま、この車室で、アンゲラを前にして、それを思い出し、たしかにぼくはあのとき同じあなたに出会ったのだ、という思いを重ねていたのだった。

で？――とアンゲラが言った。ええ、それで、と彼は上の空で答えた。ええ、つまり、偶然に出会うということは、すでに出会っていて、ただそのことを思い出せないだけのことではありませんか、と言い足した。一度も出会ったことのない人にわれわれは出会うことはないのですから。だから、どれほど偶然に見えようとも、出会うべくして出会うということであって、それは必然なのです。

　それを聞いてアンゲラは眼をすがめた。瞳に車窓から夕べの翳が映っていた。おやおや、セッソン、それは論理的に飛躍ですよ。ええ、とアンゲラは言った。別に言えば、もうすでに夢の中で、あるいは思いの中で、想像の中で、出会いがあるということね、そうでしょ？　無意識に最初の出会いがあって、それはまたいつしか失われ、なかったことのように失念されるけれども、二度目の出会いが必然のように、そう、このロシア語では、「避け得ないもの」という語彙のように、過去から、以前から現れてくるということなのね？　まあ、愛らしい哲学だこと、そうでしょ？　わたしはあなたがプラットホームに跪いて接吻しているのを見て、そのときあなたに出会ったのだけれども、それじゃ、いまここでは二度目の出会いで、これが必然だったわけで、でも、哲学《フィロソフィア》と言うには大げさすぎます。転生もしくは変身についての、一篇の抒情詩《リリカ》くらいでしょう。さあ、セッソン、通路に出て、窓をあけて、夕べの風と匂いを、いい空気を胸いっぱいに吸い込みましょう。アンゲラが立ち上がった。

5

列車はいまどこを走っているのかセッソンには見当がつくはずもなかった。

その瞬間、間一髪とでもいうように彼は自由になった。アンゲラが急に笑い出して、ええ、セッソン、あなたの関心はこの原稿の束ですね、と答えた。ええ、そうなんです、とセッソンは答えた。それはだれしも怪訝《けげん》に思うでしょう。いいですか、ウラジオストックまで走るこのシベリア鉄道の列車で、こんな大きな荷物袋一杯に原稿を運んで、こうして読んでいるなんて、ああ、なんという因果な光景でしょう。

いいですか、と彼女は、窓敷居の小卓にひろげたままの原稿の束から、右手を離し、ほらね、いいですか、これがわたしの職業なのです、いいですか、セッソン、と言って見つめた。この話は、まだだれにも話していなかった。わたしははじめてあなたに言いますよ。

話し出そうとしたその一瞬、アンゲラは車窓の広大な大地から空にたなびく夕べの雲に一、二秒見とれて放心したようだった。セッソンも眺めた。疾走する緑の大地は少しも動いて後方に立ち去っていくようではなかった。一冬を越えて生きのびてきた秋播き麦の緑が、空の広さと少し紫と薄桃色に透き通った雲たちのヴェールに覆われて、なお緑の色が若々しく見えていたのだ。このような大地を一心不乱に、欧州とはことなる広軌の重力にみちあふれた車輛を三十両編成でひき連れて、こともなげに、夕べの雲の果てへと疾走する、これほど剛勇にみちている列車でも、大地とこの蒼穹の広大さのなかでは、もしかしたら芋虫くらいの匍匐《ほふく》にしか過ぎないのかもしれなかった。

アンゲラがため息をもらすように言った。わたしは夕べの雲が好きですよ、そう、もしこう言ってよければ、人生よりもずっと好き。

そこへ車掌のアンナ・パーヴロブナがドアをノックして顔を出した。紅茶の茶器をとりにきたのだ。アンゲラが支払いをしようとすると、アンナは大げさな表情をして、いけません、あなたからお茶代だなんて、あなたのような天使（と彼女は言ったのだ）がお茶の支払いだなんてとんでもないことです。ね、というように今度はアンゲラがセッソンに目交ぜした。これがロシアね。ええ、これがロシアですよ、とアンナ・パーヴロブナは答え、ところでアンゲリカ、夕食に食堂車へ行きますか、と訊いた。予約《ターク》は？　ガスパジン・セッソン、あなたは？　セッソンは夕食のことなど思ってもいなかった。もちろんぼくは今夕は手荷物の中に黒パンもチーズも入れてある。アンゲラが答えた。アンナ、わたしたちはここで夕食を自分たちでとります。おやおや、アンナ・パーヴロブナが言った。アルコールは？　もちろん、持っていますよ。そう、今日はお祝いです！　ガスパジン・セッソンとの出会いを祝して。するとアンナ・パーヴロブナは大いに満足した表情でうなずき、出て行った。

それから、ええ、どこまで話したかしら、と彼女は言って、原稿の束を窓下のサイドテーブルからソファーベッドに寝かせ、そのあと大きな荷物袋から、新聞紙でくるんだまるっこい物体を取り出したのち、話を始めた。

セッソンは耳を傾けた。彼女は彼にというより、自分自身に語りかけているのだ。セッソンはアンゲラの輪郭のくっきりしたロシア語を、翻訳しながら、ときどき相槌をうち、ふっと意味に迷ったりしながら、日本語の文脈へ流し込んでいた。と同時に、話しているアンゲラを見つめながら、妙な睡魔を覚え、その睡魔に浮かびながら翻訳を続けているうちに、思いがけないくらい鮮明に、これとまったく同じような経験があったことが思い出されていたのだった。それがアンゲラの声とアンゲラがいるドイツのK大学、それはゴチック建築の教会の鐘がつぎつぎに重なる波のように、鳴り響く美しい都市だった。それがどうしてか、夢の中の子供たちもみな車窓を染める夕日に染まっていた。

セッソンはアンゲラの声にふっと目覚めた。起きなさい、眠ってはいけない、起きて、仕事をしなさい、人生はあっという間ですよ、と言うような声だったが、アンゲラは、一瞬前と変わらず、ゆっくりと話していたので、セッソンはふたたび彼女の話を翻訳しながら聞きほれていた。そう、あなたは誰？とあなたは思うでしょうね。わたしはこうしてこんな大きな袋にたくさんの小説原稿を集めて回っているのですよ。どうしてですかって？　ええ、わたしたちは、副業が本業なのでね。わたしは大学でロシア語文学の教師ですが、同時に、市にはイムメンゼという由緒ある出版社があります。わたしは、そこでロシア文学の作家を発掘するセクションの担当者、編集者でもあるのです。

6

何という素朴で純真な野心だろうとセッソンは目の前に並べられたマトリョーシュカを見た。アンゲラが一個ずつ取り出すと、大きめの両手で包むくらいの大きさだが、その一人一人の若い娘さんがとても現代的な衣装をまとい、その両手には、なんとまあ、背文字を見せた本をもっていたのだ。ほらほら、よく見てごらんなさい。一番目が、この若い作者の処女作、そう、ほら、その次が、次に書かれるはずの題名、ね、みんなで七作、これから書かれる彼女の本を、このマトリョーシュカが持っている。ええ、これは、なにも絵がつけられていない白木《しらき》のマトリョーシュカを買ってきて、自分で絵をつける。よくありますよ。彼女は、ええ、このマーシェンカはとっても有望な作家志望者ですよ、で、わたしはこの最初の原稿を読んでいたのですよ。アンゲラの声は明るかった。未来があるということだけが大事。希望があるから生きられますね。セッソンは二番目のマトリョーシュカを手にとって見せてもらった。まだ世に出ない本のタイトルが、ロシア文字で輝かしく書かれていた。

セッソンはそれを声に出して読んだ。いかが？　とアンゲラが言った。いいですね、はい、とてもい、とセッソンは言った。『白樺の始まりと世界の終わり』……、とてもシンボリックだ、でも、「世界の終わり」はちょっと恐ろしいですが、まあ、絶望とでも解釈すれば、希望がありますね、とセッソンは、内容を知る由もないが、つぶやいた。

さあ、どうなるのでしょう、わたしはこのように、ロシアに埋もれている新人作家の原稿を、いわば口コミで聞き、こんなふうに実際にその書き手に会って、原稿を借りてくるのです。もちろん、そのうちで、本になるのはほんとうに少ないのですが、ドイツにもどってから、編集部で討議して、その新人の未来を考えるのです。若い人の一生がかかっているのですからね。その才能が本当の神からの、そう自然からの賜物《たまもの》であるのか、わたしたちは議論するのです。もし、その審査に通ったら、まちがいなくわたしたちの出版社は、まず英独仏訳にして世界に送り出すのです。しかし、問題はそれからです。

そのあとまでもわたしたちは予想するのですが、しかし、人生ですから、何がどうなるか少しも分からないのです。賭けに似ていますよ。わたしたちの出版社が損失をこうむるなどということではなく、その見いだされた新人の運命についてです。わたしたちには重大な責任があるのです。これはとても悪いことばですが、そう、新人作家の発掘ではあるのですが、これはいわば新人作家の人身売買に似たところがあるのです。ひとつまちがえば、その若い人の人生を不幸にしてしまいかねないのです。いいですか、文学作品だって、まだまだ芸術である以上、時と場合によっては、その作者を食いやぶり、滅ぼしかねない魔力が秘められているのです。わたしは自分が選んだその新人の誰一人をも自殺させたくないのです。最後の最後まで生き延びて、生涯のただ一作でいいから真実をつくりだして欲しいのです。

わたしには大きな責任があり、また同時に罪があるのですね。野の花を造花の花に変えてしまいかねないからです。ひとによっては、野の花のままで終わって十分に幸せでいられたものを、わたしは誘惑して歩いてまわっているようなものなのです。でも、しかし、ほんとうの賜物《ダール》に出会うことをわたしは求めているのです。アンゲラがサイドテーブルにひじをつき、頬杖をついた。頭痛でもこらえているようだった。〈選ばれた人〉と彼女はつぶやいた。そのつぶやきを聞いてセッソンは、たしかにどれだけこれまで、うんざりするくらい〈選ばれた人〉を見て来たことだろうかと思いめぐらした。

しかしマーシェンカという若い娘さんが描いたマトリョーシュカたちは精霊のように微笑んで楽しそうに本を手にし、その背文字には、まだ書かれざる本のタイトルが燦然と、誇らしく記されていた。自分の人生の輝く里程標のようにだ。『白樺の始まりと世界の終わり』だって？　アンゲラが言った。わたしたちはいつも、時代の中で生きて、その時代の終わり、世界の終わりを、それとなく感じながら、新しい白樺の若葉を求めていますね。さあ、セッソン、こんな話はおしまい。

せっかくの時間ですから、もっと祝祭について考えましょう。空が晴れ上がるときのあの感覚と感情を思い起こしましょうよ。セッソンの眠気はとっくに消え去り、はじめて空腹感がよみがえった。ちょうど折よく、ふたたび、車掌のアンナ・パーヴロブナが気取ってやってきた。

お盆には、茶器がのっていた。さあ、召し上がれ、と彼女は言った。いただきものですよ、モスクワ郊外の友達がなんとこの車輛に乗っていましてね、旅に持ち歩いているというカモミールのハーブをわけてくれたのです。菜園に植えて、ちょうど五月に畑がカモミールの花でいっぱいになった。ほら、もうこんなにいい香り。いいですか、わたしは紅茶よりもカモミールが好きですよ。ロシアの国花であることは横に置いてですが、これをいただくと不安がしずまります。

アンナ・パーヴロブナはセッソンを押しのけるようにして席に坐った。次の停車駅ヤロスラーヴリまでは暇なのだ。茶器からカップにカモミール茶をついでくれた。りんごの匂いがしますね、とセッソンは言った。それはそうですとも、とアンナが言った。いいですか、カモミールはロシアの野辺ならいたるところに生えていますよ。ギリシャ語で言いますとね、いいえ、わたしはギリシャ語だなんて知ってはいないのですが、「カマイ・メーロン」と言うんだそうですよ。カマイは「大地の」と言う意味で、「メーロン」はリンゴのこと。だからリンゴの香りがするのです。アンゲラが美味しそうに飲み干した。セッソンも飲み干した。アンナがまた注いでくれた。

アンゲラがアンナに言った。ありがとう、アーニャ、あなたに初めて出会ってから、もう何十年になるかしらね。二人は春の鶯のようなことばになった。とても早口のポーランド語だったのだ。セッソンにもそのポーランド語が聞き分けられた。

それは、ねえ、アニェルスカ・アンゲラと聞こえた。天使のようなアンゲラ、あなたはあのときおいくつだったかしら……、そうアンナは言って涙を眼にためた。ほんとに奇跡じゃないですか！

7

二人の旧友は縦笛テンポの速い旋律でポーランド語を話していた。セッソンは取り残されたがかえって安心だった。ときおり、会話の受け答えのなかに、〈オドラ・ニセ〉国境線とか、くっきりしたことばが聞き分けられた。セッソンは想像した。アンナ・パーヴロブナはポーランドのロシア人で、アンゲラはポーランドのユダヤ人だったのだろうか。アンナはソ連に帰還し、アンゲラはドイツへ。生きているということはどんなに些細なとはいえ、大きな過去を背負っているということだ。

二人が話に夢中になっているあいだ、セッソンはこのマトリョーシュカに自分の作品の名前を記した若い無名の、アンゲラから先ほど、その幾つかの題名のうちの一つ、『灰の詩集』という中篇について、簡単な概要を聞かされていたからだった。少しこみいった話で、アンゲラはチェーホフの短篇をはるかに新しくした作品だと言っていたが、セッソンにとってはちょっと心に重かった。というのも、自分でもそのような話を夢に見たような気がふっとしたからだった。

セッソンは、二人の語らいがようやく笑い声に変わるまで、マーシェンカという新人作家のマトリョーシュカを一個一個元に戻しながら、なんとまあ子供らしい趣向だろうと思った。両手にもった本の題名の周りは、よく見ると、カモミールのような野菊が細密に描かれていたのだった。

新しいチェーホフはよかったな、とセッソンは思った。若い女性がチェーホフを引き継ぎ、そして超えるか。

二人は話し終わり、アンナがカモミールの茶器をお盆に載せて立ち上がった。さあ、ヤロスラーヴリ駅到着はあと数時間ですよ。さあ、お二人でお祝いの夕食をなさってくださいな。そう言った車掌のアンナ・パーヴロブナを見上げながらセッソンは言った。アントン・パーヴロヴィチもヤロスラーヴリ駅までこの列車でしたでしょう？　アンナは、驚いたような顔をした。もちろん、もちろん、一八九〇年の四月ですね、まだ寒くて雪が降りました、ええ、ヤロスラーヴリまで列車で、一〇〇年も昔ですよ。車掌のわたしを試してはいけませんよ、とアンナは笑った。

8

プロフェッソル・アンゲラは原稿の束を丁寧に大きな布袋に収納してから、さあ、わたしたちの祝杯ですよと、まるで数十年も一気に若返ったように明るくなった。彼女は別途のスーツケースから、さまざまな食品とアルコールを取り出して並べてみせた。ウイスキーは携帯できるような小型のびんで、モスクワでは見かけないものだった。もちろんセッソンも自分の小さな荷物から食料をとりだした。油紙にくるまれた黒パン、それから分厚いソーセージと、泡のあとがあちこちにあるような薄っぺらなまるで味のないチーズ片だった。それからマスタードの小瓶。あろうことか、こんな季節だというのにアンゲラはレモンと橙色のオレンジを取り出して、トランクの蓋のうえにおいた。それは燦然と輝いた。

アンゲラは缶ビールをあけて、セッソンのカップに泡立たせてそそぎ、セッソンはカップを傾けて泡を少しでも減らそうとし、彼女は残りを缶のままで、片手をあげ、乾杯の音頭をとった。アンゲラはにぎやかになった。乾杯すべきそのものの名を、そのことの名を次々にあげるのだった。セッソンもそれを求められたが、打てば響くようには善き名が見つからなかった。もちろん一方的にアンゲラが主役だった。言語がなにしろ自由自在なロシア語なのだからいたしかたがなかった。かろうじてセッソンは、人生の栄誉のために、などと訳の分からないことで乾杯し、ビールのあとウイスキーを薄っぺらな小瓶からいただくと水割りでなく、そのまま舐めるように飲んで、笑われながら、アンゲラのとても速いロシア語の話に酔っていった。分からないところはすっ飛ばしながらだが、セッソンは自分なりに同時翻訳をして、いわば誤訳に満ちた程度のレジュメを蓄えていった。

次のヤロスラーヴリ駅に着くのは夜中の十二時をまわる頃だろうか。広大無辺の漆黒の闇に覆われた大地から見たら、この列車の長いながい車輛の車窓の灯りなど、蛍の点滅くらいのものだったはずだ。それでも列車は大いなる人間的矜持をもって、大地の路床に盛り土に、大河や支流の橋梁に激しい風をおしつけながら倦まずたゆまず、電化を誇らしげに鼓舞しながら走っていき、里程標のように電柱が闇に倒れて消えていった。

そしてお開きの時刻が来た。疲れも出て来た。車掌のアンナ・パーヴロブナも顔をちらと出してくれた。グルジアワインの差し入れだが、それはグラスに一杯だけ。セッソンは多くの話をアンゲラから聞いた。夢のような話だった。誤訳でなければ、何という青春だろう！

さあ、時間です、とアンゲラは席の寝台ベッドの引きカーテンの襞に手を掛けたので、セッソンは、ちょっと通路で風にあたりますと言って席を外した。通路には淡いランプが下についていた。みんなは寝静まっているらしかった。大きな河を渡るところだったのだ。セッソンがデッキに出て見ると、途方もなく巨大な橋梁の鉄骨が重い幾何学になって過ぎてゆき、列車の轟音はそれでもひるまず、河面に自分の窓灯りを投影しながら、ついに渡りきって轟音がなめらかになった。

車室にもどると、アンゲラのベッドにはよれよれのカーテン襞がよせられていて、中から彼女の声が、ポーランド語で聞こえた。良い夜を、というお休みのことばだった。セッソンも同じように応答した。アンナにも聞いていたが、ヤロスラーヴリ駅でもこのクペに乗客はいませんよ、とアンゲラの声だった。

セッソンは着の身着のままで、そのまま眠りについた。室内は十分に暖かかった。いや、五月の夜は冷え込むのでたっぷり暖房を強めているのだった。しかし、何という青春だろう、あなたはぼくだった、国は異なっても、同時代なのだから、思想的にも同質であるはずだった。セッソンは満ち足りた思いで、アンゲラの語った話を記憶する限り、多少の誤訳まじりは避けられないが、思い出し、その説明不足のような細部や飛躍については、想像するのにまかせ、この、そのすぐ真向かいに安らかな寝息をたてているのにちがいない彼女の、あるいは彼女の同時代の青春の光景について、あれやこれやと思いをめぐらした。それがどれくらいの時間だったか、一時間にも満たない時間だったか。それは一冊の本のようにページは尽きることがないように思われた。

列車の揺れは子守唄にひとしく思われた。疾走する時間にあやされているようなものだった。同じ車室、同じカーテン、同じ座席ベッド、ときどき見える足元に漏れる灯り、同じ闇の中を疾走していくのだが時間は止まっているような感覚だった。

セッソンは眠りの渚とでもいうように、アンゲラの語った長い物語の寄せ波のつかまえがたいレースを継ぎ合わせ、そして自分の砂のような解釈を加えながら、その、暗い星のことを思い浮かべていた。その暗い星は、うすぼんやりと黄色く、あるいは小さな目立たない黄金の一滴のようでもあった。寄せ波に運ばれてきた見知らない貝殻のようでもあった。

セッソンはアンゲラの話したことを反芻した。セッソン、あなたにだけ、憶えておいてもらいたいのです。わたしの大学の学部長シビッラ・クフィアトフスカは、すがめです。すがめとは、片目がつぶれています。義眼です。緑色の。そう、彼女は、いいですか、オシフィエンチムの生き残り。いえ、あそこで生き残ることは不可能です。いいえ、十八歳の彼女は何という奇跡でしょう、神のご加護でしょう、彼女は逃亡を敢行したのです。そのときの銃弾が眼窩をかすめたのです。セッソン、もしあなたが彼女に会ったなら、あなたは感動するでしょう。そして彼女は研究者になった。詳しいことを話していたら何日もあなたといなくてはなりません。そう、わたしは、ウラルのペルミで下車します。ペルミにもう一つだけ重要な出会いが待っているのです。

アンゲラはセッソンを見つめた。セッソンは心の中がすべて見られているように思った。偶然にこの旅の、いっときの同行者となったセッソン、あなたに、どうしてわたしはこのようなことを言うのか、わたし自身にもわからない気がします。しかし、わたしはあなたにこの偶然の機会だからこそ言っておきたくなったのですね、きっと。セッソンはいま、眠りに入りながらも、アンゲラのことばの調子が、内容もさることながら、抑揚とか声とかがどうであったかから、思い返しながら、というのも声だけのことばは、まるで音楽のように過ぎ去って二度と正確には再現できないのだが、セッソンは、事実と言う内容よりも、その話し方を思い起こすのだった。たぶんアンゲラはこのように話したのだ。

ええ、びっくりしないでね、ガスパジン・セッソン、わたしは孤児ですよ。それも、ええ、驚かないでくださいね。ただの孤児ではないのです。いいですか、わたしは自分の両親の顔さえも知らない。おお、どんなにこれが恐ろしいこと、悲しいことか、でも、今になれば、それでもよかったのだと思えるのですよ。歴史の遺児とでも言っておきましょう。

セッソンは、それで、と話をせがんだようになった。ええ、そうだったわね、わたしはそのシビッラ教授の研究助手だったのです。専門は、スラブ文献学、つまりわたしはソ連文学を選んだのです。それで？　とまたセッソンは聞いた。　アンゲラはウイスキーの残りを飲み干した。……そして、わたしは、先生のもとを去りました。パリの学会出張の際に、出国を敢行したのですよ。わたしは学びなおしをした。新しく生きなおすのです。わたしは博士号を取得し、幸運にも、アカデミック・ポストを獲得できたのです。もちろん、これには人脈の広い、シビッラ先生の大きな推薦があってのことですよ。さあ、かいつまんで言えば、これでおしまい。そう、もう、わたしは、あの暗い星のことは、思わないのです。

わたしの責務は、過去の歴史ではなく、若い人々がことばの力で新たな世界を見出し、それを人々に示してくれるように手助けすることなのです。新しい未来が、若い人々のことばで提示されてほしいのです。わたしにできることは、もはや学術的な仕事ではないのです。もっと実質的な仕事なのです。あの、暗い星を見つめ、頼りにしていた青春はもうどこにもないのです。しかし、すべてはあの暗い星があってのことなのですが。……ええ、そうね、あなたには決して分からないでしょう、あの暗い星、と言っても。あのマゾフシェの、あの……、北の湖沼地帯で、死のラーゲリで……、そうですよ、嬰児のわたしが、救い出されて、生きのびたという、その奇跡……、その夜の、あの暗い星こそが……わたしの最初の記憶……と、アンゲラのつぶやきが、やがて聞こえなくなった。

夜霧にヤロスラーヴリ駅の停車時間が終わり、再びずっしりと重い車輛の動きが緩衝器の鈍い音とともにクぺにとどいたが、もう二人はそれぞれの夢の中に漂っていた。セッソンは自分たちの世代もまた同じだが、アンゲラのような運命についていては想像を超えていて、どう言っていいか分からなかった。いまはそれも、動き出した列車とともに夜霧につつまれていった。

第二章　七年後、サハリン島

1

そして七年が過ぎ去った。

いまセッソンは、三人分もあるような広大なシーツのベッドで、頭の下に両腕をおきながら、広大な窓から、夕暮れが始まった空をぼんやりとながめていて見飽きなかった。そして、心のノートに、昨夜わたしはユジノに着いた、というように書き込んでいた。ユジノというのは、もちろん、サハリン島の小ぶりな首都ユジノ・サハリンスクのことだった。一瞬眠ったのに違いなかった。眼をあけると、大きな船のような真っ白な雲が空に停泊していて、風がないのか、少しも動く気配がなかった。それは真っ白くてやわらかな巨大なフェリーのようだった。

そうだな、ウラジオストックから夏の出稼ぎの若者たちを乗せてサハリン島の西海岸の港に寄港し、それからさらに北方の大陸のマガダンまで若者たちを乗せていくフェリーのようだ。

そのフェリーはにぎやかで、乙女たちも歌を歌いながら、出稼ぎを苦にせず、ひと夏働いてまたそれぞれのシベリアの故郷へもどるのだ。眼前の真っ白な大きな雲は、そのような現実的な実質のあるフェリーではなかった。

実質のあるフェリーならば、しばしの時間だけ寄港して、さらに追加の出稼ぎの若者たちの金髪や花模様のワンピースたちを満載したのち、海駅の壁にはりつけてある寂しい運航予定表の定刻を大きく食い違いながらも、そんなことはどうでもよく、甲板から落ちそうなほど満載された乙女たちが歌を歌い、手を振りながら、手を振るといっても見送り人たちとているわけでないので、ただ海駅の駅舎にとでもいうように、夏の別れをみんなで歌って元気を出しているのだった。

どの時代でもどの国でも、若いということはそういうことだった。死はなく、あるのはただ夏と、未来だけだった。その不確定な、あるともないとも、成就するとも、しないとも言われない未来へと、船が悲しみのオホーツク海を渡っていく。

セッソンはいつの夏のフェリーだったか思い出せないままに、あの歌声をいま耳によみがえらせながら、眼前の雪のように白い、真っ白な大きな雲に見入り、そして雲の方からも見入られていたのだった。というのも、雲の船は、セッソンの窓の外にどっしりとその山体をすえた山の上空に停泊していたし、こちらの新しい建築のホテルはおそらくは外国資本だろうが、かなり高さがあって、セッソンの十階からでは、首都のユジノの街路は小さくてさびしい模型のようで、やっと歩行者の顔が見えるか見えないかだった。

セッソンは下界を見なかった。空のその雲だけを見ていた。下界に下りれば、広い車道の舗装道路はいつまでもロシア的悪路のままで、平気で、荒くれた道端には夏草がこの世のことなどと無関係に繁茂し、夏の花を咲かせ、土埃をかぶった塵芥や草のあいだを痩せた雀たちが群れて騒いでいた。幹線道路にはもちろん歩道橋があったが、脇には、乗ったら動かなくなりそうなリフトがついていた。歩道橋の階段には物乞いの浮浪者たちが、眠りこけていた。足首をいきなりつかまれないようにと人々は階段の端を歩くのだ。

2

そして夏草の公園はどこまでも白いマルガレーテの花がつづき、背丈ほどに感じられるくらい背が高く、セッソンは今朝の散策でそのマルガレーテの中を歩いてきたのだった。この世の果てまでというようにさえ思われ、それが荒涼と荒れ果てているのと同様に、同時に荒れ地などではなく、本当の野性とはこういうことなのだというように豊かに、風にあおられて、在るということの喜びに満ちて、互いに何かを語り合っているのがわかった。

白い船の雲は、少し風が動いたらしく、いよいよ彼の全身を包み込むような位置に動いていた。その雪のように白い船雲が停泊したのは、ここでは〈山の空気〉ゴールヌイ・ヴォズドゥフ、という変な命名の山の頂上だったのだ。船はそこで停泊すると、もちろん乗客をおろすわけでなく、その船は、それはもうすでに彼女というふうに女性形で言うべきだろうか、広大なベッドに仰向けになっているセッソンを包み込むようにかぶさってきて、はっきりと聞こえるような声で彼にささやいた。その声はどうしても、プロフェッソル・エーリカの、濃い色の声だった。そのロシア語の音声は油彩にテレビン油がしっかりと包まれたような、美しすぎるロシア語の分節だったのだ。そうとも、忘れてはいけない、ぼくはエーリカさんに会わなければならないのだった。

〈さあ、もう船は出ますよ、乗り遅れないで！　このままここにいたいのですか。ろくなことはないですよ。さあ、わたしの真っ白い船に。亡命者だなんて、もう時代遅れですよ。あなたはこの寂しい島で終わるつもりなのですか。いけません。さあ、早く、もっと無窮の明らかなところへ一緒に行きましょう〉

しかしセッソンは思った。あなたは雲だからたちまち形を変えてわたしを投げ出すだろう。ぼくはダイダロスのように溶ける翼もない者なのだから、そのような誘惑には乗れない。ぼくの役目が終わるまではここにいよう。すると彼女は、いいですか、この船の形はただ一度きりですよ。セッソンは答えた。分かっています。すべて一度きりです。

白い雲は海からの風にたえられなくなったので、いよいよ動き出した。それから金色の輝いた雲がやってきた。それから桃色がかった帯状の雲も生まれ出していた。それもそのはずで、この白い船の停泊した山は真東にあって、この島の小ぶりな首都を守るようにそびえ、そして西にいま太陽が沈みかけるので、その太陽の最後の赤いくらい黄金色の光線が、雲のいなくなった山のふもとにそびえるロシア正教寺院のネギ坊主のうえの十字架にまっすぐにあたり、十字架にいくつも黄金の光を反射して、市街を見下ろしていたのだった。

街路では並木も、わびしい商店も、歩行者も、犬も、雀も、夕日の輝きの残滓《ざんし》を浴びながら家路をたどり、車は黄色い土埃をあげて音を消したように動いていた。

この山は、要するにチェーホフ山のはるか手前の前山の一つに過ぎなかったのだ。すべて、風も雪も、チェーホフ山から生まれるのだ。

3

いなくなってしまったあの雲を何と名付けるべきだろうか、とセッソンはここまでの旅程で疲れきった感覚で思ったが、答えは簡単だった。チェーホフ雲。それでいいのだ。東洋的な無常とまでは言わないまでも、常に変容して、生まれては動き、変化し、流転し、失われ、またどこかで再生し、発生して、尽きることなく、この地球誕生の時から存在しているのだ。

もちろんチェーホフと東洋の無常観は合わないように思うが、いや、彼がこのサハリン島の調査旅行で絶えず考え続けたのは、無窮と、無常のことだったのではあるまいか。たとえば、ここからそれほど遠くない、アニワ湾西岸の夜の海に一人たたずみながら、おびただしい星辰《せいしん》のきらめきのもと、断崖の岸辺に寄せては引き返すオホーツクの海の波濤に耳を傾け、その時に充満している空虚と虚無に、無常を覚えていたにちがいなかった。

人がいない。つまり愛の不可能性だけなのだ。そして野生の自然だけだ。いったいこの自分とは何者だろうか。それはモスクワの若き作家ではあるけれども、わたしはこの旅の途中で喀血したし、しかし医者だから、病状がどれくらいのものかもわかっていたし、いや、シベリアの旅の過酷さが逆療法になってかえって頑健になったではないか、しかし、わたしは決して長生きはできないだろう。いま二十九歳として、まあ、あと十五年もつかどうかだ。命がけの一日一日。日が昇り、日が沈む。そのように生きる。暗い果てしない海原を眺めていた。大陸はすぐ対岸のように思われるが、そんなことはない。さあ、十月だ、わたしはウラジオストックから回航する義勇艦隊と言う名の船で、サハリン島を明日にでも立ち去るだろう。義勇艦隊という勇ましい名前だが、要するに本土から流刑囚人をまとめて運ぶ船ということだ。

セッソンはさきほどいなくなったそのチェーホフ雲の白い船を思い出しながら、淡い意識でチェーホフの光のことも思っていた。それにしてもあの真っ白い柔らかい船体は、女性的だった。もっといえば母性的だったではないか。わたしを最後に乗せていったいどこへ運んで行こうとしたのだろうか。

チェーホフは最期「わたしは死ぬ」イッヒ・シュテルベとドイツ語で言ったという。セッソンはため息をついた。しかし、ロシア語で、わたしは死ぬ、などとは言えまい。ばかげている。「ヤー・ウムルー」とでも言えというのか。母譲りの信仰者であったのに、医師であるばかりにというべきか、科学者としては、神に祈ることもしなかったが、しかし、シベリアの旅の果て、ついにブラゴヴェシチェンスク、アムールの河口の大地に立った時には、大地に跪いて、神のご加護に感謝したではないか。福音書一冊、十字架も、携帯用の聖像画もたずさえていたではないか。要するに、命がけだった。そして十五年後になるか、チェーホフの骸骨のような遺体は、ドイツ国境から、ロシアの広軌鉄道に乗るのだ。死してモスクワに帰る。おお、世界を旅したかったチェーホフ。

またセッソンは、仰向けの姿勢を変えて、チェーホフの名にこだわった。たしかに、この眼前の夕日にネギ坊主の十字架がきらめく、〈山の空気〉という変な命名の前山は、このユジノ・サハリンスクを南から北にのびる山脈の主峰チェーホフ山のずっとずっと手前のわずか数百メートルの高さの前山にすぎなかったのだ。

そしてすべての雲は、すぐ近くの南のアニワ湾の海によってもたらされ、チェーホフ山に発生して、晴れることも少なく、霧に包まれて、姿をあらわさないのだ。高度は千メートルと少しくらいだろうが、なにぶんここはサハリン島だから緯度が高く、分け入ればたちまち高山植物地帯へとかわるのだ。

そしてふっと忘れていたが、あの真っ白い雲の巨船があらわれるまえの午後の時刻に、フロントから電話が入り、お客様がフロント脇のゲスト室でお待ちですという連絡があった。セッソンは不思議に思った。わたしがここに宿泊したのを知っているのは、たぶん、プロフェッソル・エーリカだけだったからだ。彼女なら携帯電話にかけてくるだろう。セッソンは妙に気が惹かれ、気がかりになった。エレヴェーターに乗り、階下に降りて行ったのだった。

いま、巨大な棺のようなベッドに横たわりながら、そのときのことを思い出していた。サイドテーブルにはそのときに手渡されたロシア語原稿がのっていた。大きな白い雲の船がやってくるまで、彼はその原稿を寝ながら読んでいたのだ。

4

セッソンはようやくベッドから起き上がり、電気ポットでお湯を沸かし、しばらく広大な窓辺に倚《よ》り、両手をひろげて下界を見下ろしていた。それから茶器の脇にサーヴィスでそえてあった紅茶パックを分厚いガラスコップに入れ、お湯を注いだ。紅茶はたちまち臙脂《えんじ》色にかわった。ロシア産の紅茶パックにはマルガレーテの白い花の図柄が描かれ、文字はロシア文字と英語の二語表記が可笑しかった。コップを片手にもって、すすりながら、広い室内を、まるでリズムで踊るとでもいうように彼は行きつ戻りつした。

それは数時間も前のことだったが、こうして改めて思い出していると、まだその出会いの直後とでもいうように、彼女の瞳はすぐかたわらにあった。そのときセッソンは、フロント脇のゲストルームに降りて行き、そこの窓辺に立っている後ろ姿を見た。彼が声をかけるまでもなく、客人の彼女がゆっくりと振り返り、挨拶し、たがいに挨拶をもう一度かわし、お互いにイスをすすめ、向かい合って坐った。

そうですか、やはり、エーリカ先生からだったのですね、とセッソンは言った。ええ、ぶしつけではないかと躊躇したのですが、先生がおっしゃったのです。ヤポニアからチェーホフ研究のガスパジン・セッソンがホテルに逗留されているので、ぜひ会って、父の遺稿を読んでもらったらいいですと。そう彼女は言いながら、困ったように笑みをうかべた。

おやおや、とセッソンはつぶやいた。ぼくがチェーホフ研究ですって？　エーリカ先生はいつも大げさだ。そう、スヴェトラーナさん、と彼は言いながら、突然のように、何十年と忘れ果てていたように、シベリア鉄道で最初のモスクワまでのひと夏の留学をした時の情景を思い出した。

セッソンはなつかしさに眼をほそめて、スヴェトラーナを見つめた。彼女の方もまっすぐに見つめた。もしここで、この眼前の彼女がもっと年齢が重なっていたのなら、ひょっとして、あのシベリア鉄道で、その夕べに、ハバロフスクの駅頭の人ごみに両親と一緒に掻き消えて行ったもう一人のスヴェトラーナとの奇跡的な再会とでも思ったことだろうに。しかしどうみても眼前の同じ名のスヴェトラーナは二十代にしか見えなかった。あのとき、十四歳くらいの少女は両親と一緒にプラットホームの雑踏に消えて行くとき、振り向き、セッソンに手を振っていた。そのとき、まだ十分に若かったセッソンは、まるで彼女が見知らない人にむりやり連れ去られるようだと思った。確かに両親なのだが、その太った母親はとてもしつけが厳しそうだし、夏休暇をとった軍人のカーキ色のシャツを着た父親のほうは娘をひきずるようにして連れていったのだった。

夏の日のシャッターの音はたちまち世界を隔ててしまった。ハバロフスクのアムール川から夏の菩提樹たちの花が降りそそいでいた。あわててセッソンは列車にとび乗った。

いま、目の前に、まったく別人である同じ名前の、これはよくある名前なのだし、ただ偶然の合致にすぎないのに、セッソンは、親和力ゆえに、このスヴェトラーナにかつての少女のスヴェトラーナの似姿をみとめ、まるで十四歳のハバロフスクでかき消えたあのスヴェトラーナのように思いみなすことで、なつかしさと歳月を飛び越えながら、幾度も、意味のないような、しかし、ダー、ンダー、そう、そうだという相槌を打った。その相槌を彼女は面白そうに見つめた。それから、これが父の原稿ですが、と手提げバックから取り出した。

いきなりそうは言われても、セッソンには彼女が何者なのかさっぱりまだ分かっていなかった。まあ、それはそれでいいとしても、ガスパジン・セッソンはきっとわかってくれますよ、とエーリカ先生がおっしゃってくださったのです。スヴェトラーナがセッソンを見つめた。

セッソンはその草稿の表紙を見た。古いタイプ打ちの原稿だった。思わずセッソンは、おお、懐かしいタイプ書体ですね、がっしりとしたキリル文字、このヒゲ文字、草のように。いいですね、これはいい。そして表題には、戯曲「サハリン島」というタイプ打ち文字に、訂正がボールペンの空色で加えられ、「新しい愛の島」となっていた。セッソンは用紙のページをめくらずに言った。

分かりました、とセッソンは言った。ほっと安心したのか彼女の緊張が解けたらしかった。滞在中に読んでおきます。彼女は急ぎの用事が待ってでもいるように立ち上がろうとした。はい、わたしはドーリンスクへバスで帰らなくてはなりません。アトリエの絵画教室の仕事があります。子供たちが待っているのです。

セッソンはなにも彼女のこの原稿の由来も分からないままなので、いや、それでも読む分には何のさしさわりもないのだが、しかし、もう少し情報を得たかった。ええ、お急ぎですね、バス駅までご一緒してもいいですか、とセッソンは言った。ええ、ええ、嬉しいです、と彼女が言って、あわただしげに立ち上がった。彼女はジーンズに、上はペラペラの花柄のプリントがされた半袖だった。ロシア製ではなく韓国製らしい。この花は、木槿《むくげ》の花だ。シリアのハイビスカス。セッソンは、〈ギビースクス・シリイスキー〉とつぶやく。

こうして二人はホテルの車寄せの高い階段を下りてから、近道だという荒れ果てた夏の草地を横切る道を選んで、足早に歩きだした。セッソンは彼女についていくので精一杯だが、このような時であれば、質問もさりげなく出来ようものだ。向かい合っての対話なら、それなりに遠慮や躊躇があるが、夏草の歩行中なら、どのような話題も、風に運ばれてあとかたもなくなるというような安心感があった。若々しい彼女に、ちょっと後ろから追いかけるようにセッソンは質問した。

サハリン島の夏は暑い。熱風とまではいかないが、ここはアニワ湾の海風が熱風を運んでくる。その風は草木の荒れた大地やら湿地やら蛇行を繰りかえす湿原川をなめるようにして、この小都市までたどり着く。セッソンは思いつく限りの質問を断片的ながらスヴェトラーナに伝えた。どこかで煙の匂いがするが、それはチェーホフ山のどこかで、針葉樹の倒木に火がついて小さな山火事が広がり出しているのかもしれなかった。

そしてスヴェトラーナは草の道から、あちこちえぐれた舗道に出ると、もうバスの発着所は近かったのだが、セッソンの質問のすべてに結論を与えるとでもいうように、彼女は振り向いて、立ち止まり、言った。

わたしは流刑囚の末裔《まつえい》です、と彼女は苦笑をたたえて言った。

そして彼女は土埃をかぶってよごれた大型のバスのステップから、じゃ、また、と手を振って中に入った。彼女の台詞が胸につかえた。いったいどういう意味だったのか。

セッソンは彼女の最後の台詞をくりかえしながら、ふたたびもと来た道に出て、歩き出した。

彼女が質問に答えてくれた内容を一つにまとめると、もうそれだけでこのサハリン島の移民史の一コマのように思われた。ホテルに戻ったセッソンは、早速、原稿を読み始めた。それは四幕の戯曲だった。彼はその一幕の第一場をまず読んだ。スヴェトラーナの話した断片的なことばを思い重ねながら、第一場で、何度も立ち止まった。

5

わたしは流刑囚の末裔、とさりげなく言って別れたスヴェトラーナはとても物静かだった。温和で、謙虚で、慎ましく、流刑囚ということばとは何の関係もないような心の姿だった。セッソンはいまこの「戯曲」の一幕一場をもういちど読みながら、もっと彼女の話を聞かなくてはならないと思った。そのことをプロフェッソル・エーリカにすぐに電話して話せば、もっと多くのことが明らかになるはずだ。

ここサハリン島とは一体どのような始まりと終わりであったのか。その始まりは、もちろん、ロシアが海を求める必死の政策の結果ではあったろうが、まずは、サハリン島の開拓移民は、そうそうたやすくはなく、シベリア流刑地だけではなく、サハリンに流刑囚を続々と送り込むことで、開拓の先陣と、同時に流刑囚の刑期を務めあげさせて、そののち、移民としてこの地に土着させる。そして自力で経済活動を可能にしていく。しかしそれまでに厖大な国費が投入されなくてはならなかった。またサハリン島は、ロシアのオホーツク海の防衛線であり、北方の要塞でなくてはならなかっただろう。流刑囚の他に、新天地を求める食い詰めた農民をロシア本土から徐々に入れるようになるが、基本的には流刑囚の島であっただろう。その流刑囚とは、もちろん重犯罪者たちの収容者であったが、もう一つは、政治犯の流刑地でもあった。幸いなことにと言うべきか、シベリアの流刑地では、ことのほか政治犯であれ犯罪者流刑囚であれ、その扱いがひどかったのだ。サハリン島の方が、いわばサハリン島長官のもとで、どちらかといえば、待遇がゆるめだったということがあったのか。セッソンはその当時の光景をまるで絵のように思い描いていた。

シベリアの確立した監獄制度とその管理にくらべれば、新天地のサハリン島は、北のアレクサンドロフスク・サハリンスキーを中心にして、周囲に、囚人の収容と労働、流刑地の開拓と監視のいわゆる「ポスト（歩哨所）」を増やしながら、流刑者労働によって石炭の採掘などを行ったのだ。サハリン島の北部は低湿で、農業に適しているとは言えなかった。次第に、流刑地のポストは南部へと進んでいった。南は豊かな自然に恵まれていた。本土から、はるかな農業地帯からも徐々に新天地を求めた零細農民が開拓移民となって入り始め、土着する。流刑囚は、刑期をつとめあげると、土着が許される。そのさいには、人口の男女比率のせいで、婦人流刑囚との共棲が許される。入籍はできないのだ。そして子供も生まれる。子供たちは多い。子供達には国費の扶養費が支給される。困窮の流刑囚は刑期をおえても、この支給費をあてにして暮らしを保つものさえいる。親が刑事犯の流刑者であろうと、子供に罪はない。

子供らはもちろん十五歳をすぎれば、大陸へ自由に渡れるのだ。未来がある。しかし子供たちの生活環境は悪い。周囲が犯罪者流刑囚であふれているからだ。しかし、子供はどのようにも大きくなるだろう。教育がなされるなら、どのようにもなる。

スヴェトラーナが言った「わたしは流刑囚の末裔です」という告白は、いや、告白などということだろうか、総体としてサハリン島の根っこをさぐっていくと、現代にも当然ながら流刑囚の子孫がつづいているのだ。やはり、チェーホフの『サハリン島』が鍵なのだ。セッソンは思い出していた。チェーホフがこの島にあがったときは、まさにこの世の人間の地獄の印象であったが、ひと夏の流刑者聞き取り調査を昼夜兼業で行うにつれて、地獄もまた人々の日常の、人間味にあふれた世界であることを見出していった。彼が子供時代に経験していた過酷な農奴制ロシアの光景と何ら変わっていなかった。ただ、ここが、幸いにもタタール海峡によって大陸から切り離されていることで、大陸とは指呼の間ではあっても、海を独力で渡り逃亡することは不可能なので、サハリン島は一つの、新しい地獄ではあったが、同時に楽園でもあった。しかし、刑期を終えて、老いさらばえて、共棲者と二人で、それでも故郷のロシア本土に帰ってから死にたいといって、アニワ湾のコルサコフ埠頭で、義勇艦隊の船を待つ老夫婦を、チェーホフは見た。骨を埋める大地ではなかった。しかし、新たな世代の流刑者はここを終《つい》の棲家と定めて、土着に成功する流刑囚も多かった。サハリン島が新しい故郷になったのだ。

スヴェトラーナが、自分は流刑囚の末裔だと述懐したが、どういうような流刑囚だというのだろうか。ひょっとしたら政治犯の流刑囚だということもあるだろう。シベリアの流刑地ではなく、サハリン島へと送られてくる政治犯となれば、その多くはポーランド系の政治犯という可能性が大きいだろう。みなすぐれた愛国の知識人たちだ。彼らには一般の流刑囚とは接触させないように別の流刑地をあてがった。同時に知識のある流刑囚だったので、サハリン島では重宝された。ある場合には、長官府の書記にもなり、あるいは測候所の技官にもなった。ここで反政府的な活動ができるわけがなかったが、刑期の終わるのを待って、あるいは恩赦があるのを待ちつつ、未来のために思想を深めることができた。

セッソンは、スヴェトラーナの父の遺文だという戯曲の一幕一場を読んだ限りでは、まだ何も分からなかった。彼女の父がこのサハリン島の流刑者ではありえない。時代が違う。彼女の父の世代を年齢的に考えると、流刑囚というのではなく、ラーゲリ囚ということになろう。これはずっとのちのスターリン時代のことだ。となれば、その前、父の一代前、祖父の代に流刑囚だったということになるだろうか。いや、母系がそうだったということになるだろうか。セッソンには判別がつかなかった。ただ、戯曲に登場する、ドクトル・グロモフの科白にひっかかるものがあった。なにか秘密めいた暗示がある。

窓の外は夕べが始まり、まるで白夜のような気さえした。セッソンはホテル内は禁煙なので、部屋を出て、フロントまで下りて行き、スヴェトラーナと対面したゲストルームの脇をぬけ、ホテルの外に出た。そのとき、ゲストルームのショーウインドウに、夥しい大小のマトリョーシュカが並んでいるのに気が付いた。そう言えば、彼女はその陳列棚のガラスを背にして坐っていたのだった。そのたくさんのにぎやいだ、赤、黄、緑の三色が鮮やかなマトリョーシュカが、みんな一斉に、何かを言っているような気がした。

セッソンは階段を下りて、夕暮れの路上に立ち、人々もバスも行き来が多くなっていたが、その彼らの暮らしぶりの匂いを衣類にも所作にも感じとりながら、大きなコンクリート製の円筒型のごみ箱のまえに立って煙草を吸った。灰皿代わりなのだ。すぐにとなりに来て火をかり煙草を吸うロシア人がいたが、髪は黒くどうみてもアジア系だった。流刑囚の末裔か。さて、どう考えたらいいだろうか。

6

セッソンはアスファルトが傷んで土埃《つちぼこり》をあげる道路の車や人々を眺めた。一度故郷を出ると、いずこもまた流刑地ではないか。われわれはそのような囚われ人にすぎまい。眼前のひとびとが、ふっと急に、全部がマトリョーシュカたちのように思われた。そしてセッソンはいまさらながらというように驚いた。マトリョーシュカは全部女性だ。あれは母系なのだな。母から娘、その娘からまた娘、限りなく続くのだ。あのマトリョーシュカの中に、男の子が入っていることはない。政治家のドンたちのマトリョーシュカという下卑《げび》たお土産はあるが、最初はレーニンだ。レーニン、スターリン、云々と来て、ソ連から、さらに現代のロシアのドンたちへと。まさに醜悪。美しく力強く、高貴なのは、母系なのにちがいない。

夕べの雲が美しくも桃色に底が染まり、青空の残りに夏雲のちいさな群れが乳房のように浮かんでいた。街路樹は緑が豊かで、しかし、幹にはどの樹も白い長ソックスをはいて続いていた。ペンキか石灰にちがいない。樹液を吸う害虫除けにちがいなかった。地べたから這い上がる虫が危ないのだ。人々は貧しげだった。心があわただしげだった。事物の形而上学で心は忙しそうに見えた。セッソンはまた煙草に火をつけ、自分がよりによってなぜいまここに来て、このようにたたずんでいるのか一瞬失念していた。

夕食はどうするかを思案して、彼は自室に戻った。それから戯曲の短い第二場に眼を通した。

二場

(白樺林で。アンナとドクトル・グロモフ。白樺の幹に寄りかかって向かい合っている)

――そうそう、つい忘れるところだった。旅立つあなたに、一冊の本を差し上げるつもりで用意しましたよ。

――何の本かしら?

――それは見てからの楽しみです。先日、委員会の会議でイルクーツクに出かけたのですが、道端で古書をならべて売っている年配のご婦人に会ったのです。実に気品ある方でしたよ。思わず足をとめて、見つけたのです。ええ、ぼくには必要がありません。あなたがあちらに着いて、機会があったら、読んでください。第十七章の＊＊目です。

――第十七章の、＊＊＊ページ……

――さあ、午後の仕事が待っていますから、帰りましょう。

――お別れですね。

――明日は、見送りが出来ないでしょう。

（頭上から、白樺の黄色い葉が風で舞い落ちる。また、遠い汽笛が二度三度と鳴る）

——何か事故があったのかな……、今の時間だと、貨物列車で、兵員輸送でしょうか。アンナさん、ウラジオストックまで行ってから、義勇艦隊の最後の船に間に合うのでしたね？

——……はい。ウラジオストックから、サハリン島まで……

——ああ、なんという自己犠牲でしょう。

——でも、わたしには希望があります。

——そうですね、うん、そうだった。未来がある。……贈り物の本は、しっかりと包んであります。あちらに着いてから、読んでください。約束ですよ。そして思い出してください。わたしたちのことを。そしてできれば、ぼくのことを。二度と会えないかも分からないのですから。

7

プロフェッソル・エーリカからあわただしい電話が入った。彼女の声は弾んでいた。興奮していた。

いいですか、ガスパジン・セッソン！　何という符合でしょう。こんなことが起こるなんて、やはり、夏の奇跡ですよ。いいですか、プロフェッソル・アンゲラがわたしたちのサハリンに飛んでくるのです。そしてわたしは驚きましたよ。まあ、なんということでしょう、ガスパジン・セッソン、あなたがアンゲラさんとすでに知り合いだったなんて！　話しているうちに、あなたの話が出たのにはほんとうにびっくりでした。ほら、わたしはよくサンクトペテルブルグに行くのですが、プロフェッソル・アンゲラとはここ十年の知り合いだったのですよ。こんなことばがいいかどうか、奇遇、奇遇、これが人生ですよ。わたしはアンナ・アフマートワ記念館で彼女と出会ったのが最初です。そう、あなたもご存じでしょう、あのフォンタンカ運河の……。ああ、わたしたちはみんなで会いましょう！　サハリン島で、この最後の夏に！　ガスパジン・セッソン、サハリン島で、プロフェッソル・アンゲラとあなたは再会できるのですよ！

彼女の電話の声には、少し訛りのある日本語もまざった。興奮しているのだ。セッソンはここではじめて自分がいまサハリン島に来た意味が分かったように思ったのだ。エーリカの日本語が、愛すること、歩くこと、まだ雷鳴は鳴りやまない、と言い、次に、ロシア語で、そして再会し、そして別れること、出会うために別れること、生きている限り……、と言ったのだった。このように出来過ぎていることを、セッソンは不思議に思わなかった。実際の人生では、もっと出来過ぎていることさえあるのだ。

セッソンは七年ぶりに、夏の舞台に立ったような気がした。上手からアンゲラが、そして下手からエーリカが出て来るのだ。

第三章　ナジャ

1

セッソンは自室での夕食用にもと街へ出た。夏の夕暮れ時は何とも云われないさびしさと憧れとが、ないまぜになって、緑黒ずむ木々や建物のあいだに人影のように紛れ込んでいくようだった。セッソンは歩きながら、この大地が実に重厚で重すぎるように感じた。日本では感じたことがない感覚なのだ。それはひとえに、市街の建築物が、それほど高い建物はないが、みなロシア風に革新され、色彩もレンガ色からペンキの白色からという風に、重々しいからだった。地面にのめり込んだ重力といってよかった。かつて、たかだか日露戦争後から四十年そこそこの日本統治領だったこの南サハリンの首都は、豊原という名からユジノ・サハリンスクという名に変わり、市街にはもう新生ロシアになってだいぶになるのに、通りの名には、マルクスとかその他ロシア革命時の著名な政治家の名がそのままに残されているのだった。日本統治領の建築物の面影はほとんど払拭されていた。耳には大地をうちならす重機の響きが歩いていると伝わってくる。あたりは静けさに包まれているのに、建築物が、その形が、その色彩が、夕べの窓の明かりが、そうさせるのだった。

そしてふっと小路へと紛れ込むと、そこいらは荒れ地だったり建築の普請中だったり、夏草が生い茂り、掘り返した土の山だったり、むかしの日本の田舎のように、自然物が混沌としている。そこにまた、どういう地割りがなされたものか、まったく無秩序に、木造の戸建てが密集し、そのなかにまた低いアパルトマンがならび、駐車場など知ったことかと、相変わらずの土のでこぼこした狭い路上に車が停められていた。

冬になれば、このような場所はどうなるのだろうか。まだとりいれられていない洗濯物があちこちにかかっていた。木々はないのに、まるで木々に洗濯紐が結ばれているようだった。夏の夕べの匂いがみちていたし、音楽も鳴っていた。悲しい曲調だが、歌い上げるところはどの歌もおなじように響いた。詞がよければ、いくらでも絶唱になるのだ。特に女性歌手の声は、一万キロ余もはるかなモスクワから、タタール海峡を越えてここまでたどり着いたというようだった。そこはスラムではないのに、まるで昔から同じ、すぐに顔を突き合わせて暮らすロシア農村の一部のようだった。

セッソンは思った。ご時世で、高級マンションも郊外に林立してはいるが、この都心部の翳の奥では、古いロシアの小ぶりな木造やマンションがすこしも変らず、ここにもたらされて、安心感を与えているのではないか。そこの小路のプレートから、セッソンは、もしかしたら、プロフェッソル・エーリカもここいらのどこかに住んでいるのではなかろうかと思った。

込み入った路地には夏ワンピースの女たちが見え隠れした。男たちは一様に服装など無頓着で、埃っぽい姿だった。目的もないように漂流している気配さえあったが、それはまた市街によってまったく異なるはずだった。

こうして歩きながら、セッソンは日本統治領の時代の光景を想像した。一つの政治文化がもう一つの文化の上にかぶさって、それを徐々に自国文化風にして、暮らしやすくするだろう。占領支配であれ、移民であれ、また新しい流儀を人々はつくりあげる。ロシア語が話され、そのことばがまわりの自然にまで影響する。木々も日本の木々からロシアの木々に変わるだろう。草地でさわぐ雀たちでさえ、鳴き方がちがう。ロシア語で鳴いているようなものだ。セッソンは一瞬自分をここでの異邦人とでも規定したく思ったが、しかし、そういうほどの異邦人ではありえなかった。ただ束の間、故あって行き過ぎる者とでもいうべき程度だった。セッソン自身には、よくあるように、このサハリンが故郷であるような、縁者はいなかった。もしあるとすれば、彼の大叔父が郷里を出て、二十歳の時にサハリンにわたって、浪曲師の一座の若者として巡業して歩き、巡業にも失敗して帰郷したというくらいのもので、サハリンでの収穫と言えば、ここで社会主義を覚えたというくらいのものだった。その社会主義が彼の将来を決定した。セッソンにとって、サハリンはそのような絆しかなかったのだが、そこに、大きなファクターとして、チェーホフの『サハリン島』が入ってきた。流刑地という幻想域が入ってきた。そして歴史という大きな重さが入ってきた。

ホテルの裏側の空き地が荒れ地になって放置され、無造作な木の柵がまわしてあった。柵には内側からライラックの大きな茂みが繁茂して、花はもう終わっていたが、ライラックの花のいのちはわずか一週間だろう、花房の残りが夕べの底にゆれていた。そのとき、丘山のふもとにある豪華な教会伽藍からだろうか、晩鐘が荘厳なくらいに美しく響きわたり、この荒れ地にまで、雑草の茂みにまで、鐘の音がこぼれてきたのがわかった。鐘の音はまるで夕べの蒼穹と夕べの雲たちとの語らいのように聞こえた。

ライラックの濃色の葉群の中へ、小雀たちが次々に飛び込んできてはまた枝先に小さな頭を出し、夏に生まれた小雀らしく、鳴き方も、チチチュ、チュチュ、と鳴いていた。

2

そのとき、ライラックの太めの幹のかげから、一人の若い娘が飛び出し、セッソンに向かって近づいてきた。手には荒れ地で摘んだものか、夏草の花が一束になって握られていた。セッソンは、その彼女を見る前に、その花を見た。サハリンの赤いタンポポ、シロツメクサ、キンポウゲ、そして黄色くてか細い茎の野菊だった。彼女はセッソンの脇に並んで声を出した。セッソンは立ち止まった。そして二人は柵のそばで向かい合うように立ち止まった。ホテルの建築物は眼前に高山のように高く銀色にそまっていた。彼女はためらう様子ではなく、こんばんは、と言ってから、それで、セッソンも同じように、こんばんはと答えて、その間合いに、一瞬、落ち着いた声で、もしそのまま日本語に翻訳すれば、「今夜、愛は入用ですか」ということばを言ったのだった。

セッソンは、オイオイオイ、と、まるで教壇からうっかり足を踏み外した大学教師のような声を発して、考えるまでもなく、足りているよ、と応えた。そしてそれからだった。セッソンは彼女をよく見た。彼女は真剣だった。セッソンは思った。まったく、ロシア人は突然思いついたらすぐに実行に移す、そして痛い目にあって、痛いッって叫ぶ。まず行動が、行為がある。そして反省と感覚がくる。これはまるでメイエルホリドの演劇理論とおなじではないか。スタニスラフスキー・システムだったら、真逆だろう。こうしたらどうなるかよくよく意識化してのち、行動に移る。したがってその結果についてはさほどの驚きは生まれない。冷静で、意識的なリアリズムなのだ。セッソンが見つめたその娘は、この夏の夕べそのもののように美しくて自然にみちていた。

ぴったりと下肢をつつんだジーンズ、そして皺がよった麻のブラウスだった。胸元はとても豊かだったが、ここでは当たり前だろう。これで直ちに彼女が走り去るはずではなかったかと思ったが、そうではなかった。というのも、セッソンの心が道徳的に動いたからだった。ねえ、そこのベンチにかけて少し語らいましょう、とセッソンが誘うことになった。

彼女はライ麦のような日焼けした黄金色の髪を上に渦のように巻き上げていたので、なお上背が目立った。ふたりは、自然にベンチにかけることになった。セッソンにはよくわからなかった。夏草の花を摘んでいた彼女が、とつぜん、ホテルに投宿の日本人旅行者だとみてとって、反射的にあのようなセリフで声を発したのにちがいなかった。セッソンは彼女がとても物静かで温和なので驚いていた。一緒にベンチにかけてみると、彼女はまだ十七、八にしか思われなかった。セッソンは、どうして？　と訊いた。はい、と彼女は恥ずかしそうにこたえた。遠慮しないでいいですよ、とセッソンは言った。はい。

セッソンはこまごまと彼女の明瞭なことばの話を聞いた。そうだったか、なるほどなあ、とセッソンはため息をついたが、理屈がとおっていることだった。彼女は率直だった。彼女はここの私立の芸術大学の二年生だった。北のアレクサンドロフスクからユジノに出て来たが、さて、学費が高くて困っていたのだ。学友から聞いたので、ふっと魔がさして、あなたに声をかけた、というのだった。ご両親がこれを知ったら、どうなるだろうか、とセッソンは言った。諭すつもりなどなかった。そしてセッソンは言い加えた。ねえ、いいかい、もしあなたがもっと年齢がいっていたら、ぼくは了解したかもわからないけれど、あなたのように若すぎては、残念でならない。そうか、ねえ、きみ呼ばわりさせてもらっていいかい？　よし、それじゃ、きみ、ああ、ナジャというのか、ぼくはしばらくサハリンに滞在するけれど、よい友達になりませんか。おお、学費か、それは切羽詰まっているねえ。ご両親は？　おお、北の寒村で年金生活か、それはとても援助は無理だねえ、こんなご時世だし。さあ、どうすべきか。

彼女の顔が晴れやかになった。なんてわたしは愚か者だったんでしょう。許してくださいね。芸大の級友たちもみなアルバイトを三つも四つもしながら、美術や造形、音楽の勉強を最後までなしとげたいと頑張っています。いいえ、別に、美術や音楽で、身を立てるなど、とてもできません。でも、生きるためにそうしたいのです。生活の上の仕事はなんでもいいのです。ただ、芸術だけは手放したくないのです。わたしはピアノ科ですが、ええ、決して才能などないのが分かっています。それにもかかわらず、わたしは音楽と一緒に生きていきたいのです。将来の仕事は、最北の教会だって、老人施設だってどこでもいいのです。

3

自室にもどると部屋は広大過ぎて、まるで空虚の真っ只中に、白い巨大なベッドがタタール海峡を渡る丸太づくりの筏のように思われたのだった。夏の宵が窓から忍び込んでいたが、ここいらは他に高層建築がなかったので、夜空だけしか見えなかった。窓辺に倚ると下界の街路にわびしい街灯がともり、とても二十一世紀の市街というより、十九世紀のロシアの小さな田舎町のように見えた。

それにしたって、妙な成り行きだった、とセッソンはまた先刻のいわば一瞬のできごとと出会いの機微について、一体そのとき彼女の心理において何事が飛躍したのだったろうかと思いめぐらした。やはり、魔がさしたのだ。荒れ地、ホテルの裏、柵木、ライラック、夏の宵の風、無心に摘んだタンポポ、そのときたまたま偶然にぼくがそばを通りかかったのだ。その瞬間、まったく不慣れなフレーズが、今夜あなたに愛はいりませんか、というように飛び出したにちがいない。きっと、実行した友達の話から思いついたにちがいない。そのことばが飛び出した瞬間、もうことばを飲み込むことはできない。一度出たことばはもとにもどらない。ごめんなさい、どうぞ許してくださいとも言われない。そうさなあ、学費の難題がのしかかっていて、言ってみてなんぼのものとでもいうような飛躍と後悔が一緒になって、飛び込んだとでもいうようではないか。

すくなくともソ連崩壊以前ならば、一応社会主義の原理によって、学業は国費で、そしてその額は多寡がしれているとはいっても、そう、レストランのディナーを二人でとったらたちまちなくなる額まで落ち込んだとはいえ、奨学金は支給されていたではないか。しかしいまは資本主義の市場主義が洪水のように浸水してきて、この孤立したサハリン島でさえ、経済優先の生活へと舵を切った。ナジャがベンチにかけて話してくれたが、彼女が選んだ、市場主義の結果の私学の芸大は、しかし、決して市場主義優先の大学ではなく、いわば本来の自由主義的ロシアの芸術大学の理念による設立だったようだ。ええ、わたしたちの大学は、働きながら学ぶのです。そうナジャは話してくれたのだった。ここでは国立大には芸術学部はありません。もし学ぶとなれば、遠く大陸に渡り、ウラジオストックの芸術大学へ留学しなければなりません。でも、わたしたちにはそんな経済的ゆとりはありません。そうか、学ぶのは、なにもプロフェッショナルな芸術家になるためではないのだ、自分がよりよく、悔いのないように魂が生きられるように、芸術を学ぶのだ。

ベンチに坐っていたところに、ホテルの陰の雑居地の市街から大きな満月がのぼってきた。その黄金色の円盤はゆっくりと動いているようだった。二人のベンチが月光に照らされた。ナジャの横顔はシルエットになった。若い娘というより、もう立派な大人の横顔だった。鼻梁は高く、高貴な顔立ちだった。セッソンは立ち上がり、少し酔ったような気持ちになり、彼女の前で、まるで舞台に立ったような気分で、手の所作を交えながら雄弁になった。

いいですか、ナジャ、あれはロンドンか、パリだったか、いや、スコットランドのグラスゴー駅だったか、ほら、あちらには駅舎のなかにすばらしいピアノがおいてあって、そこでだれでも好きな人がピアノを弾けるのです。移民であれ、仕事にあぶれたひとであれ、老人であれ、子供でさえも、駅を通過するときに、そこのピアノに向かって、好きな曲を弾いて、そして駅の過ぎ行く人たちが取り囲んで、聞きほれ、そしてみんなそれぞれに別れていくのです。しかつめらしい音楽会ではないのです、人々は即興曲のように自分の好きな曲をひとしきりそこで弾いて、あるいは一緒の恋人は歌をあわせて、そして何事もなかったように去っていくのです、だれもが笑顔で、心は苦しくても満ち足りて、弾く人も、弾けないけれど聞く人も、その演奏曲によって生き返って、家路をたどるのです。いいですか、これは、ナジャ、きみが音楽を学びたいと言っているのと同じ思想ではありませんか。

ナジャが言った。ええ、いま、ここで「月光」の曲が鳴っていますね。たしかにセッソンが雄弁をやめると、ライラックの葉群のうえで、満月が柵木に触れるようにしてピアノを弾いているように聞こえた。

セッソンは言った。いいですか、がんばりましょう。ここサハリンは、あなたたちの魂の財宝であるチェーホフを本当のチェーホフにさせてくれた島なのです。流刑地の島なのです。あと十五年、刑期を我慢しましょう。そうすれば、ナジャ、きみはもう自由です。音楽を人生の友として、きみは自由人です。きみは、将来ユジノサハリンスクの駅にピアノがおかれたら、仕事の帰りに、そこできみの好きな曲を演奏しているでしょう。そう、なんなら、ベートーベンの「悲愴」の第二楽章を！

第四章　流刑史のこと

1

プロフェッソル・エーリカのメールは、仕事がつまっていて捌きされないのに、どうしても思い立って、緊急の仕事に割り込んでまで、書いておかなくてはならないというような雰囲気だった。

親愛なセッソン、いま大急ぎで手紙を書きます。スヴェトラーナが訪ねてきたのですね。よかった。ずいぶん早かった。きっと忙しい時間をやりくりして駆け付けたのでしょう。それで、彼女があなたに、「わたしは流刑囚の末裔」と言ったとの話ですが、実はわたしもここに大きな関心を寄せたのです。それで、そのことについて、急いでここに書いておきたくなったのです。お会いした時はもっと詳しく話せると思うのですが、アウトラインだけでもと思ったのです。セッソン、もうあなたは彼女がおいていった戯曲を読んだのですか。まだですか。四幕まで読まないと結論がみえないでしょうが、それはそれとして、わたしはこの発言「流刑囚の末裔」という命題についてわたしの考えを述べておきますね。

いいですか、わたしたちのロシア語では、「カートルガ」が、その流刑囚に当たる言葉なのはご存じですね。これは、流刑囚というようなあいまいなことばになっていますが、これは、はっきりと、徒刑囚人のことで、このサハリンに送られ、十五年、二十年、あるいは無期懲役というように宣告をうけた犯罪者ですね。これを「流刑囚」というだけでは、それとなく、あなたの国の古い歴史にあるような、「遠島」とか「島流し」くらいの意味に集約されるかもわかりません。しかし、帝政ロシア以来、わたしたちの歴史では、この流刑、流刑囚というのは、徒刑囚人のことを指しています。流刑ということば、流刑地ということばには、ロマンチックなエレメントはまったくありません。この「カートルガ」ということばとは別に、実は「スールィカ」ということばがありますが、こちらは文字通りの「流刑」であって、いわば首都の埒外に、流されることです。いわゆる、シベリアに追放する、流刑する、というようなことですね。これは懲役徒刑より意味は弱いでしょう。ご存じのように、デカブリストの乱では、このようなシベリア流刑が行われ、そこではデカブリストたちは、貴族でもあったのですが、普通の生活を営むことができたのです。二十世紀のスターリン時代のラーゲリでは、もちろん徒刑労働ですが、その一歩手前では、政治犯であっても、首都追放で地方に流刑され、そこで自力で働き生活していられたのです。ただ首都へは入れないのですね。その次の段階が、収容所ラーゲリ送りですが、これは政治犯も何も区別せずに、シベリア各地への懲役徒刑だったのです。十九世紀的な流刑・徒刑を、スターリン時代はさらに徹底して継承したといえるでしょうね。

さて、スヴェトラーナが言ったというその「流刑囚の末裔」だという命題、その自己認識は、多かれ少なかれ、みなわたしたちの心に潜んでいるのです。このわたしたちのサハリン島は、まず最初のこの島の先住の民のうえに、ロシア帝国の徒刑囚が送り込まれ、そこにはもちろん重大な政治犯も多かったのですが、その上にさらにロシア国中から移民が推奨され、農民その他が入ってきます。それから日露戦争の結果として、南サハリンは日本領となり、こんどは日本人がかぶさってきますね。南サハリンからは、昔の徒刑囚もひとびとは引き揚げていきます。そして次の戦争で、この日本語で樺太と名付けられた南サハリンはソ連軍によって占領され、やがて日本人も少数民族の一部も、日本に引き揚げさせられることになります。そんなわけで、サハリン島は住民のルーツにおいては多様なのです。戦後になってようやくサハリンに移民してきたような場合は、「流刑囚の末裔」だと言うような意識は全くないのです。サハリンはこうして、ロシアが本来そうであったように多民族構成になっているのですね。ニヴフ、アイヌ、その他少数民族、そして在島の朝鮮人、日本に帰還できなかった日本人、そのひとたちの婚姻による子孫などなど、ここでは純粋にスラブ民族ロシア人というような構成ではないのです。元来が、ここは流刑の徒刑地であったのですから、刑期を終えた人々は大陸本土に帰還できずに、ここを故郷として土着したのです。

そう、言い忘れていましたが、いまチェーホフの事跡を発掘する若い研究者たち、とくにチェーホフ記念文学館ですが、彼らはようやく、「記憶のページをめくる」というプロジェクトを立ち上げ、夏には、いわゆる流刑徒刑地の開拓村をたずね、流刑囚の子孫から聞き書き調査をおこなっているのです。もちろん彼らの先祖は、徒刑囚ですから、その子孫たちは、むかしの徒刑地の村をそのまま開拓して生き延び、そして、何と、彼らは先祖が徒刑囚であったことを恥じることなく、誇りにさえ思っていることが分かるのです。妙なことだと一般的には思われるでしょうが、しかしそれはなんとまあ、自分の百年前のご先祖が、サハリン調査に命がけでやってきたチェーホフに対面して、調査対象になっているからなのです。自分の百年前のご先祖のことが、チェーホフの調査カードに記載されているからなのです。チェーホフによって、彼らの名が歴史に刻まれていたのですから。つまり世紀末ロシア最良の作家に出会った栄誉を誇りに思っているのですね。実はわたしも去年の夏、ずっと北部の寒村の聞き取り調査に加えてもらったのですが、彼らはチェーホフの勲《いさおし》をほめたたえ、彼に感謝し、これで歴史につながったのだと誇らしく思っていました。そしてわたしたちへの資料にもと、まだ家に大切に保存している、徒刑時代の足枷だの鎖だの、そのようなものを、贈与してくれたのです。実に大切に保存していましたね。農具のようにね。もちろん彼らは当時の知識人政治犯の末裔ではないのですが。

脇道にそれましたが、さて、スヴェトラーナのいう「流刑囚の末裔」というのは、わたしには多少の被害妄想的なエレメントがありそうに思います。もちろんわたしはあの戯曲を読みました。おそらく彼女は父のその遺作を読んで、何か勘違いをしたのかもしれませんね。つまり百年前の自分の先祖が、犯罪によって懲役徒刑にこの島に送られたのではないかというふうに。よくあることです。というのもこの島に三代、四代、というふうに土着してしまうと、血筋とか血族とかいうのがさっぱり見えなくなってしまうのです。そう、見えなくなって当然で、それでいいのですが、ルーツが気がかりになると、とてもやっかいなことですね。ロシアというあの広大無辺な大地、移動と土着、混血と婚姻の流れ。これをいちいち数代にわたってさかのぼることは不可能でしょう。

そうそう、研究者としてのわたしの直感ですが、あの戯曲の、アーニャという看護師が、おそらくは、スヴェトラーナの祖母をプロトタイプとしているのではないでしょうか。最後まであの戯曲を読んでくだされば、分かることもあろうかと思います。もし、ドクトル・グロモフに焦点をあてると、ぜんぜんちがった解釈になりそうですが。いま、時間を盗んで大急ぎで書きたくなったのも、実は、親愛なセッソン、彼女の「流刑囚の末裔」という命題によって、わたしもまたあらためて、これまで考えず、脇にすてておいた、自分自身のルーツをもまた想起させられることになったのですよ。これはとてもうれしいことです。わたしも四十代の後半、日々の暮らしに追いまくられているわけですが、あなたにお会いしたら、わたしのことも語っておきたいものです。

追伸。ああ、〈山の空気〉への登山散策は、明日か明後日、ご一緒しましょう。ご存じないと思いますが、あの頂上から、アニワ湾が眺望できる〈カエル山〉という山のふもとに、サナトリウムがあります。ぜひご一緒したいですね。リフトで頂上に出てから、林道を小一時間ばかり歩きます。会っていただきたい方があそこにいます。プロフェッソル・アンゲラの到着は今夜です。では、また。

あなたのエーリカ

2

満月はとっくに天心を静かに渡っているはずだった。サハリンの夜は、この小さな都市のどこかで、人々はまだまだ起きていて団欒《だんらん》し、あるいは飲酒し、あるいは歌を、音楽を奏でて歌ってでもいるようだった。愛による男女は激しく睦みあって、もしかしたらこの大きな孤島での孤立感を、睦みあいのさなかに愛の叫びとともに発散させているのかも知れなかった。ライラックの茂みの下で、どこかの木小屋で、菩提樹の葉群のかげで、愛欲さえもが美しく喪失感にみたされて、白樺から甘い樹液がしたたっているのだった。そうだ、サハリン全島南北あわせたところでたかだか五十万そこそこの人口であるとすれば、このユジノ・サハリンスクには、おそらくその三分の一、十五万そこそこの密集であるとするならば、この巨大な孤島にしてはいかにも寂しい人口といってよかった。その人々のおおよそ半分が、もし、その出自を遡行してみたならば、おそらくは歴史が残してきた流刑、徒刑囚人たちの血が混入していておかしくなかった。人は生きる。生きるために人と合体して、また子孫が生まれ、変転をくりかえす。滅びさるもの、生き延びるもの、それぞれだが、運命によって、滅び去った人々の子孫が生き延び、または途絶えるだろう。このような思いが、チェーホフの夜とでも名付けてよいように思われ、セッソンは親しい個々人の運命のことではないので、おおまかに、大きな歴史の鳥瞰的な視点から、醒めた意識で、悲しみを覚えなかった。

島の人々が悲しいのではない。歴史が悲しいだけのことだ。どっこい人々は生きて、命がけで、あるいは自暴自棄な感情のままに日々をしのぐ。なにもこのサハリン島だけが特殊ではなかろう。どこの大地だって同様なのだ。日本ならば、旅寝かさねる寂寥感ですむかもしれないが、ここではそうはいかない。寂寥感ではない。もっと激しい寂しさだ。それは肉感的な性質だ。ここでは人々はまたたくまに成熟する肉体と魂とのバランスが崩れやすいのではあるまいか。

そして夜更けてから、プロフェッソル・エーリカからふたたびメールが着信した。彼女はどこか興奮していた。急いで、ご存じだとは思うが、考える参考のために、徒刑の島サハリンの年表を送りますね。これはサハリン州国立文書館版の『サハリン徒刑』から抜き書きしたものです。もちろん多くの人は、知っているかどうか、学校教育ではなされていますが、どこまで理解が届いているかどうか。というのも自国の歴史よりも、人々はその日その日の個人的、人間生活のために齷齪《あくせく》しているのですから。まずは、チェーホフがサハリンに上陸するまでの年譜を送ります。どうか想像力を働かせて読んでみてください。わたしもまたこの年譜のおびただしい歴史的ファクトのいわば火山灰の上に、いまも立って、生かされているのです。

3

徒刑の島　出来ごと年譜

1　チェーホフの旅まで（一八五九～一八九〇年）

2　チェーホフ以降～ロシア革命一九一七年まで

＊「ポスト」↓サハリン島に東シベリア軍から兵士中隊が派駐する《監視所・哨所》↓やがて町が建設され、監獄が置かれ、地域の中心となる。（例）アレクサンドロフスク・ポスト、ドゥーエ・ポスト、コルサコフ・ポストなどという。

一八五九年　試験的に徒刑囚の少数グループが送られる。
一八六〇年　チェーホフ誕生年。
　ニコラエフスクの東シベリア大隊から中隊の兵士たちがドゥーエ、クスンナイ・ポストに到着。
一八六一年　徒刑囚に烙印施行が復活。ドゥーエに八〇名の徒刑囚到着。
一八六二年　東シベリア総督命で、囚人による鉱山労働。
一八六三年　ドゥーエに四一名の囚人到着。
一八六八年　ドゥーエとその近郊に農園開拓のため四〇〇名の囚人を集中。
一八六九年　コルサコフ・ポスト建設。
　サハリンに自由農民到着。トボリスク県から一〇家族。イルクーツク県から一一家族。
　サハリンへ大規模徒刑囚の第一陣。八〇〇名。
一八七〇年　さらに二五〇名。
一八七一年　コルサコフに一九名の女性徒刑囚と六名の子供が送られる。
　サハリンに一六五名の徒刑囚送られる。
一八七二年　トゥイミ川に最初のロシア魚場開設。
一八七五年　（明治八）日本と千島樺太交換条約。
一八七六年　ドゥーエに最初の徒刑囚監獄がつくられる。
　コルサコフに日本領事部。

一八七九年　オデッサからサハリンに、六〇〇名の徒刑囚を乗せた汽船が出航。自由汽船会社による、オデッサ～ウラジオストック定期的航行の始まり。
＊徒刑囚の一団が監視人を殺害し海峡を渡った大陸への逃亡事件。これがV・コロレンコの小説《ソコリニッツェ》の素材となる。
一八八〇年　島内に三監獄建設。アレクサンドロフスク、トゥイミ、コルサコフ。
一八八一年　アレクサンドロフスクを繋ぐ、ジョンキエール隧道の開設（三年がかりの囚人労働）。ドゥーエとアレクサンドロフスクに測候所建設（のちにここで政治犯ピウスツキが仕事をする）。
一八八二年　トゥイミ監獄で監視人デルビンが殺害される。デルビンスコエ村はこの名にちなむ。ヴラジーミロフスカ村が出来る（現在のユジノ・サハリンスク）。
一八八三年　サハリン島送りの徒刑囚数は五、〇〇〇人までと決定。
一八八四年　サハリン島に女性徒刑囚送りが始まる。
一八八六年　全ロシアから政治犯サハリン島に流刑を正式に決定。
一八八七年（明治二〇）アレクサンドル三世暗殺計画発覚、レーニンの兄アレクサンドル・ウリヤーノフら五人処刑。
ナロードニキ活動家I・ユヴァチェフ（一八六〇～一九四〇）死刑から一五年刑に減刑され、サハリン流刑。ルイコフスコエ（のちのキーロフスコエ）村に住まわされ、大工、測候長として働く。『サハリンの八年』（一九〇一、スヴォーリンの版元から出版）。
同じく、この年、ブロニスワフ・ピウスツキ（一八六六～一九一八）もまた、アレクサンドル三世暗殺計画に連座したとされて死刑宣告、一五年に減刑されてサハリン島に送られ、ルイコフの監獄に収監。

一八八九年　サハリンへの革命家の流刑を廃止すべきだと、サハリン島長官（ココノヴィチ）が建議する。

一八九〇年（明治二三）サハリン島長官命。クラースヌイ・ヤール、ブタコヴォ、ヴォスクレセンスコエ、ウスコヴォ、スラヴォ、アド・トゥイミ、ヴァリザ、ゴールィ・ムィス、リストヴェンニチノエ、ルゴーヴォエ、の新開拓。

七月十一日〜十月十三日／十四日　作家チェーホフが来島し、住民調査を敢行する。

まだ眠れないエーリカ

追伸。親愛なセッソン、「自由汽船会社」ですが、これはウラジオストックにシベリア営業所がありました。あなたたちは、「義勇艦隊」という名で紹介していたようですが、これは純然たるオデッサの船会社ですね。サハリンから、チェーホフが海路で帰国するときに使った立派な船です。サハリンに来るときは徒刑囚を運び、帰るときは、サハリン島やシベリアからの帰国者を運びます。チェーホフは、サハリンを発って、ウラジオストックにあがり、ここの領事部で、旅券を変更しますね。オデッサまで、各国の港に立ち寄るのですから。

4

敬愛するプロフェッソル、エーリカ先生。ぼくはぼんやりとだけ理解していたのですが、これで歴史のファクトが明瞭になり、感謝します。ファクトというのはその後景にどれほど多くのものを秘めていることでしょう。ファクトは常に、もろもろの細部、個人の死生までふくめて、それらを一括で表すのですから、いただいた一行のファクトの奥にどれほどの物語、つまり人間のイストリアが蔵されていることでしょう！　で、ぼくが真っ先に注目したのは三点あります。いわゆる徒刑の島の始まりについて、最初は実験的におずおずとですが、次第に大規模な徒刑囚が送り込まれたのですね。ここで一体、懲役徒刑とは何だったのかを、死刑も含めて哲学的に考察すべきですが、それはここでは割愛します。

ぼくが注目したのは、一八七一年に南のコルサコフに一九名の女性徒刑囚とその六人の子供が送られたという一項です。女性徒刑囚のさきがけですね。なんという光景でしょうか。いかにも残酷極まりない流刑地だろうと思います。アイロニーをこめていえば、どのような重犯罪であったにしても、ぼくの直感ではおそらく彼女らの所業とは、極悪人の犯罪というよりも、十中八九、夫殺しの罪にたいする終身刑宣告であったろうかと思われますが、いかがでしょうか。そのために、親のないわが子も一緒だったということでしょう。子供が少年でもあれば別ですが、まだ幼いとなれば、母がつれていくしかないでしょう。

ぼくは、その子供たちの未来がどうなるのであったろうかと、想像します。比喩的に、文学的に言えば、これは永遠に母なるものの流亡《るぼう》です。いや、もっと詩的に日本語的に言えば、母なるものの強いられた流竄《るざん》でしょう。もとより人は生まれつきの極悪人であろうはずがなく、それはロシアの圧倒的農民全般にまで農奴制下の長きにわたって浸透していた残忍な家父長制度の後遺症による男社会、その男の暴力、夫の暴力に対する夫殺しこそが、実は最後の自己防衛であったからだろうと思います。飲んだくれた夫を手斧で殺すのです。今日で言えば、いわゆるDVにたいする復讐、その結果がどうなろうと、このような鬱積の果ての狂気についてわたしたちは、たんに殺人だといって、断罪することはできません。しかし、法は法ですから、この人間社会の掟によって、彼女らは死刑ではないまでも、しかしもっと過酷な終身刑のサハリン島まで遺棄されるのです。

この点で、少し話は逸脱しますが、サハリンの調査で、チェーホフが唯一自分で誇りに思ったことについて、確認しておきたいのです。彼の調査は、たしか全島のポストにおける調査人口は八、〇〇〇人余。この全員に面談して話して聞き書きし、調査カードをこしらえているのでしたね。ひと夏で、北から南まで、悪路をものともせずに、歩き、不眠不休の調査をし、監獄であれ、帰農した囚人小屋であれ、実際に対面して記録していたわけですね。モスクワ大学医学部卒業後勤務していた診療所の勤務医としてのカルテどころの話ではありません。これが三十歳の若きチェーホフだったのです。この情熱は、淵源のよくわからないことですが、ぼくからみれば、考古学ではあるまいし、生きた人々の発掘ですから、いわば一種の狂気にも近い情熱の流出、エマナシオンであったと思います。人の生涯にただ一度しか現出しないような冷静かつ憤怒のほとばしりであったろうと理解します。錚々《そうそう》たる先人文学者たちと肩をならべて若くしてプーシキン賞を授賞してのち、自分の創作の新たな展開のためにサハリンへ取材に出たというような臆説はばかげています。だれが創作のためだとて、命がけでサハリン島へ渡るでしょうか。彼にはその根本モチーフが存在したからなのです。たしかその記録カードは旧レーニン図書館に眠っていましたね。それを、あなたたちのプロジェクトがつい最近になってようやく発掘なさったのでしたね。

そしてもう一点は、一八八四年に正式に始まったという、女性徒刑囚のサハリン送りです。これは政策の裏がすけてみえるように思います。全島の徒刑囚が厖大な男子徒刑囚で増えつづけていますが、ここに女性徒刑囚が加わることで、いわば、これからの囚人同士の婚姻や共棲が可能になるのですから。

となれば、自然にここからは新たにサハリン島生まれのはじめての子供たちが発生するのです。で、チェーホフがとくに気にかけたのは、こうしたサハリンの囚人たちの子弟の調査です。歴史とは社会の大人が作り出す虚構ですが、ここでは、その子供たちの未来が、新しい世界を作り出すことを、チェーホフは見ていたのではないでしょうか。チェーホフの常なる視線というのは、たえず未来についてでしたが、これは彼の生涯が実に短かく、それほど生きられないことを知っていたからと、それと同時に、東洋的に言えば、無常について、自然論的に確信していたからではないでしょうか。サハリンの海と銀河を見て、宇宙の野生の闇に立って、同時に地獄の生活にも似た環境の中でも生き延びる徒刑囚人の日常に眼を細めながら、すべてが過ぎ行くことを認識していたからに違いありませんね。虚無主義でも、ニヒリズムでもないように思います。このようにあることを科学者的に受け入れながら、それをいまある生の営為としてよしとし、残余は未来に預けようではないかというような、彼独特の明朗性であったようにぼくは思っています。そしてその根源には、実際の体感として、ぼくの思いでは、父の過酷な家父長制の家庭で育ったことが影響しているものと感じています。子供のころからアルバイトもし、そう、彼は子供ながらにも仕立て屋に弟子入りして、立派に仕立ての仕事までもできるほどの腕前だったのでしたね。その困窮の子供時代、農奴制の最後の年に生まれた世代としては、永劫に変わらざる鈍重な帝政ロシアにたいする、もっとも弱い立場の子供の側の視線を有していたからではないでしょうか。冷静なる人情家であったのです。

さて、もう一点ですが、それは一八八六年に、全ロシアから政治犯はサハリン流刑という正式決定がなされたことです。そして翌八七年にはその第一陣がサハリンに流刑されてきます。

このうちの一人の、もちろんぼくは、サハリンの少数民族の民俗研究者のブロニスラフ・ピウスツキに注目せざるを得ませんでした。で、この三年後に、三十歳のチェーホフがサハリン島調査にやって来る。命がけの一万キロ余の列車、馬車、川船、そしてタタール海峡の船旅です。チェーホフは一八六〇年生まれですから、ピウスツキは彼の六歳下です。二十一歳の若さで、アレクサンドル三世暗殺計画に連座したという冤罪で、死刑宣告後、十五年刑に減刑され、サハリン島に流刑されたわけです。

親愛なエーリカ先生、実はぼくは、チェーホフが調査期間中のサハリン滞在で、どこかでこのピウスツキに出会っただろうと、憶測をいだいています。もちろん、チェーホフのサハリンからの書簡にも、のちの回想にも、作品にも、そのような暗示は一切ないのですが、ましてサハリン島長官ココノヴィチから、決して政治犯とは会わないようにと開口一番命じられたのですから。しかし、ルイコフ監獄とか、政治犯による道路工事労働の最中にとか、チェーホフは彼と出会っていてそれが当然の狭い北サハリンの現況だったと思っています。

ぼくはふと、ピウスツキのことが気になりだしました。妙な予感がするのですが、それはまた、お会いしたときにお話ししたいです。

ここまで書いて、疲れたセッソンは広大なベッドに戻った。

5

サハリンの短い夜は夜明けに向かって深くなり、夜の夏草の匂いがたちこめていった。ヨモギは苦く匂い、白樺の木々にも硬い薄緑の蛹のような実がつき、ナナカマドにももう赤い実が鈴なりに育っていた。海に浮かぶこの長大な島嶼《とうしょ》は波にあらわれていた。海の色は西海岸、タタール海峡では北に向かうほど紺青を深くし、緑色になった。東海岸の波は薄いブルーでいかにも静かだった。セッソンはその島嶼のずっと南部の、むかしむかし、チェーホフの来島のすでに八年前にできたウラジミロスカ小村の、そののちの今日の姿ユジノ・サハリンスクのホテルの一室で眠りに浮かんでいた。

セッソンは再び、白昼の視界から、夢の視界へとさまよいだしていたが、これは尽きることがない意識の刺繍だった。だれがその刺繍の針を動かしているのか、その手指がどんなに美しいのか、それとも節くれだって強靭な手指なのか、知る由もなかった。

そのエーリカがいま夢の中で、セッソンと一緒のホテルの高いきざはしの玄関広場にたたずみ、雨の降る市街を見渡し、そして晩秋の樹木のかげをこしわけるように屹立するレーニンの巨像を眺めていた。

霧が晴れると同時に小雨がはじまり、雨はしずかに降りやまなかった。寒い雨ではなかった。ロシアならもうどこでもこのようなレーニンの巨像は取り壊されているはずだったが、二人の眼前では、雨のレーニンが片手を高くかかげて晩秋の市街に呼び掛けていた。セッソンはレーニンのロシア革命の犯罪性を問うわけにはいかなかった。ただ、なめし皮のミニスカートをはき、同じ皮革の上着を着たあたたかい彼女のそばに立って、雨のレーニンを見つめているだけだった。灰色の深い雲の帯はすこしも動かなかった。低気圧がオホーツク海に停滞し続けているのにちがいなかった。彼女は矜持にみちて、困難な人生の節目節目を越えてきたのがすぐにわかるのだ。ええ、少なくとも、と彼女は言った。わたしたちの歴史です。わたしの父たちの人生を支配したのですから。

夢の断片はたちまち途切れて、セッソンは、深い林道を彼女と歩いていた。木々は枯れ、刈られて焼かれた雑草が茶色に変色して匂いを発していた。干し草の匂いだった。どこへいくのですか、とセッソンはたずねた。チェーホフ山です、と彼女がセッソンを見た。彼女は漆黒のような黒髪だった。それをカットして、彼女は、ほら、アフマートワ・カットですよ、と言うのだった。セッソンはそうだろうと思っていた。若かったときから？　とセッソンはつまらない質問をした。彼女はふっと笑顔をみせて、セッソンをその少し緑色が映ったような瞳でのぞきこんだ。

ええ、あるときから。その、あるときは、秘密ですよ、と彼女は、暗い林道の日向に出てふり向いた。丸太づくりのベンチがあった。二人は腰かけた。どなたに会うのですか。それは会うまで秘密です。もちろん、あの方は気まぐれだから、行ってみなければ分からない。あなたは、スヴェトラーナの戯曲をもう読んだ？　いえ、まだ、第一幕の二場までですよ。そう、急いで読んでくださいね。その方とはどういう方ですか？　わたしの恩師ですが、ほら、高齢ですから、例によって、直近のことはすべて忘れていて、しかし、古いことなら、まるで著書のように覚えているのです。サハリンの少数民族についての権威です。ドーリンスクの森番もやっていましたよ。演習林ですか。ええ、あの広大な演習林です。美しいです。わたしもアイヌの血脈の人に、カヌーで川も湖沼も乗せてもらいました。海は？　ええ、海は、そうでしたね、あなたの国の詩人のケンジさんが、そうでしたね、銀河鉄道の幻視をなさった浜辺。あそこの浜では琥珀が拾えました。

6

大きな窓のカーテンを引くと、チェーホフ山の前山〈山の空気〉が夜明けに濡れてその背後から太陽の光がまわりこみ、山影が緑黒ずむ丘の丸みと窪みをかたどって下りてきていた。たなびく雲が五色に静かな合唱曲をうたいあげているようだった。セッソンは山と雲を見上げた。

階下の食堂室のオープンはまだまだ先だった。彼はエーリカ先生からの第二のレジュメ資料を読みだした。

親愛なセッソン、いまもう一度急いで送りますね。夫が、朝一番のフライトでサンクト・ペテルブルグに出張します。その支度があります。農場の経営がうまくいって、サンクトで経営者会議に招かれたのです。

さあ、それはそれとしてですが、ニコライ二世即位から退位までの、サハリン島についての簡単な年譜を抜き書きしておいたので、参考にしてください。実はわたしも、サハリン島人でありながら、顧みる余裕がなかったと言うべきです。日々のなすべきこと、暮らしに追い立てられて、もちろん、人生はつねにそうですが、そう、死ぬまで、そうだというべきですね、しかし、大急ぎであらためて箇条書きに打ち出してみると、ものすごく重要な問題が浮かび上がってきます。

ここで、一九一七年のロシア革命勃発までしか、抜き書きしてありませんが、それから先こそが、問題でしょう。

ああ、スヴェトラーナの戯曲原稿は、もう第二幕に入りましたか。登場人物のドクトル・グロモフと、モスクワから来たアーニャ、その時期設定は、この年譜ではまだ先の展開になりますが、何かの参考にはなることでしょう。いまここで、詳しく書く余裕はないのですが、わたしもまた、わたしのルーツについて、まだ九十六歳で生きている父の流亡のことについても、あなたと語り合っておきたいです。ごめんなさい、ロシア人はいつもこのようにあわただしく、運命を主題にして悩んでいると、大げさすぎるのではないかと思うでしょうが、しかし、わたしたちのいまここに存在すること自体が、運命そのものなのですから、どうしても、時至れば、結論を得て、さらに先へと生きて行こうと思うのです。

それではまた。

あなたのエーリカ

セッソンは、この末尾の言及から、思わず息をのむような思いがけない暗示をうけた。セッソンは次のように訳し出して読んだ。

（一八九〇～一九一七、ニコライ二世即位から退位まで）

一八九〇年　七月十九日、軍艦《ビーバー》でアムール流域総督のA・コッフ男爵がサハリン島訪問。チェーホフは招かれて総督と語り合う。テーマは、島と住民の未来。サハリンの炭鉱労働囚人の刑期短縮など規定が変更。アレクサンドロフスク監獄の鉱山開発始まる。

一八九二年　フセヴォロドスク監獄をアレクサンドロフスク監獄に合併。

一八九四年　十月二十一日、アレクサンドル三世死去。同日、ニコライ二世が即位。

一八九五年　五月、チェーホフの五年越しの労作『サハリン島』出版（サンクト・ペテルブルグ、《ルースカヤ・ムィスリ》社）

＊皇帝勅令により、サハリン島は、産業・交通・移民問題を管轄する内務省と、囚人徒刑管轄の司法省、この二省の支配下におかれる。

＊シベリア鉄道の東部分敷設のため、サハリン島囚人六〇〇名がハバロフスクに送りだされ、デルビンスコエ監獄は閉鎖。

一八九六年　五月、アレクサンドル三世死去による大赦で、囚人の刑期短縮。ピウスツキもこの大赦により、刑期一五年→一〇年となる。

＊アレクサンドル・ポストに、博物館開設（現在のチェーホフ博物館の前身）。

一八九七年　ジャーナリストのヴラス・ドロシェヴィチ（一八六四〜一九二二）がサハリン訪問。サハリン島についての記録を書くために派遣された。一九〇三年に単行本『サハリン（徒刑の島）Ⅰ部〜Ⅱ部』が出版され、大きな社会的反響を呼ぶ。

一八九八年　フランスの商業地理学協会書記のポール・ラッペが来島。著書『サハリン島。旅の印象』（モスクワ、一九〇三）は皇帝ニコライ二世の検閲によって発禁。

一九〇〇年　サハリンの先住民にたいして初めて魚場がわりあてられた。

一九〇四年　（明治三七）チェーホフの「桜の園」初演。日露戦争勃発。シベリア鉄道のバイカル湖岸線が開通、全線レールでつながる。

一九〇五年　サハリンに日本軍が入る。
＊日本とポーツマス平和条約締結。サハリン南部を日本に譲渡。

一九〇八年　サハリン開拓に自由な移民を許可。

一九〇九年　北サハリン西海岸に新しく、囚人移民の漁師村を開発。ルィブノエ、アストラハノフカ、ヴァルエヴォ、ヴェレシャギノ、ラングルィ、ネヴェリスコイ、ウスペンカ。

一九一〇年　在島の囚人移民（刑期を終えた）の農民身分が保障され、自作農ができることになった。

一九一一年　アレクサンドロフスク・ポストにサハリンで最初の女子尋常小学校が開校。

一九一七年　三月、ニコライ二世が退位、ロシアのロマノフ王朝が終わる。四月、ロシア二月革命の臨時政府は、サハリンの州都をニコラエフスク・ナ・アムーレとする。

＊七月、アレクサンドロフスク・ポストを、現在の「アレクサンドロフスク市」と改称。

第五章　再会

1

セッソンはそれなりに身形《みなり》を整え、一階のフロント脇から食堂室へと入った。早い朝の雰囲気はみずみずしい活気がみなぎっていた。それは中のテーブルの間を、水の上をすべるとでもいうように敏捷にまた優雅に立ち居振る舞いをして食事の世話をしている若いロシア人たちがもたらしていたのだ。彼女たちは、どちらかと言うと、とても小柄で、ほっそりとした体形で、一様に黒のパンタロンをはき、そのうえに白くて清潔な前掛けをしていた。上はゆったりとした白の夏ブラウスだった。それも七分袖だったので、肘の動きが美しく早かった。そして黒髪をそれぞれがポニーテールにしたり、巻きあげたり、邪魔にならないように束ねてとめていた。あきらかにアジア系で、日系かとも思うが、しかし、どうやら在島の韓系ロシア人だったのだ。ロシアの娘も一人二人混じっていたが、くらべて動きがにぶかった。黒髪の彼女たちは無言で黒子のように動いていた。セッソンはひどく安心をおぼえた。声をかけて食事について質問をすると、流暢なロシア語が、夏の野の花のようにとでもいうような感じで、振り返った。

純粋にアジア系であるにちがいないが、しかし言語で言うと、まぎれもなくロシア人だった。しかし同時に、仲間と内輪で話すときは、ひょっとしたらハングルになるのかもしれなかった。ロシア娘の発音よりも、どちらかというと柔らかだった。柔らかにきこえるが、めりはりがそのなかにくっきりとしていた。食事はここでももはや、バイキング方式だったので、めんどうなことはなかった。別にシェフが中にいて、何かを調理しているわけでもなかったし、第一、メニューの品数はそれほどゆたかではなかった。ゆたかではないが、必要なものは過不足なく、席をえらぼうとして見回すと、ロシア食の匂いがやはり鼻腔をついた。どこからその匂いが生まれるというのでもないのだろうが、香草や、丸パン、黒パン、スープ、そして紅茶や甘いケーキなどが、みな一緒になって、一つの匂いになっていた。セッソンは、トレイに必要なものをとって、またもう一度、紅茶をと思って、奥の席を求めようとした。窓側が明るかった。壁には海型の大きな油絵がかかっていた。遠目にも、それは海辺で大きなヒグマが二本足で立ち、円光のあるイエスとならんで微笑みながら立っている可笑しな絵だった。教会でもあるまいしヒグマもイエスのお弟子さんになったとでもいうようだった。首には琥珀の十字架をさげているらしかった。

そこの席へ行こうとした瞬間、そのもう一つのテーブルから、こちらを見つめた女性が、突然大きな声でセッソンに向かって言ったのだった。セッソンは、戸惑った。誰だろう。

おお、おお、と彼女は両手を広げ、よくひびく透き通る声で、スコリカ・リェータ、スコリカ・ジーム、というふうに大げさに叫んで立ち上がった。一番早い時間なので、他の客はまだ数名だけだった。

それは、お久しゅう、と言う意味の、再会の挨拶だった。直訳すれば、幾夏幾冬を、という長い歳月を意味する挨拶のことばだった。何年も夏が過ぎ、何年も冬が過ぎた、というほどの民衆的な言い回しだ。

おお、親愛なセッソン、セッソン、わが友よ、旅の同行者よ、早くこっちにいらっしゃい！　と彼女は叫んだ。

セッソンはたちまち思い出した。彼は眼をすがめて見つめた。同時に朝の勤行の鐘が鳴り響いていた。前山のふもとのあの壮麗な寺院の鐘の音だろう。たちまちセッソンはモスクワのヤロスラーヴリ駅で降り注いだ鐘の音を思い出した。浪のように打ちよせるのだ。ここはまるでその汀だった。おお、おお、親愛なプロフェソル・アンゲラ、とつぶれたような小さな声で彼は言った。自分でも涙声になったようだった。さあ、ここにかけてちょうだい、さあ、さあ、とアンゲラがセッソンをせかせた。アンゲラが立って、セッソンを抱きしめた。優雅だった。アンゲラの腕は思いのほか太かった。幾夏幾冬、こんにちは、とセッソンは言い、すすめられた向かいの席に腰掛けた。

セッソンはもう朝食どころではなかった。矢継ぎ早の質問が飛んでくる。左に右にその矢をかわすだけで精いっぱいだった。あれから、セッソン、あなたはどうしたの？　ええ、わたしは、ペルミで下車した。あなたはそのままウラルを越えた。おお、ペルミの五月は、どこもチェリョムハの白い花が咲き匂っていた。たちまちこのテーブルが記憶のカード並べのようになった。はい、ぼくはウラル山脈をあの列車で越えました。あの長大な連結車輌の列車は、緑の蛇みたいにくねりながら、ウラルのいちばん低いところを越え、そしてヨーロッパ・ロシアに別れをつげながら、また蛇のように、車窓から手を振ると、最後尾の貨物車輛が赤く見えたほどでした。ぼくのすぐとなりで若い女が手紙をやぶって花吹雪のように窓の外に飛ばして、わんわん大声で泣いていました。失恋ですね。それから突然眼にゴミが入ったのですね。連れの若いのが、彼女をだきしめ、涙眼にハンカチのはじをあてがって、ゴミをとってやった。おお、ばかげた細部をおぼえています。

アンゲラは美しいお茶を飲んでいた。その匂いがすぐに分かった。彼女のとなりにもう一人、若いロシア女性がかけていて同じようにお茶を飲んでいた。もう食事がすんで、デザートの小さなケーキを食べていたところだった。その香りから、セッソンは、幾夏幾冬をとびこえて、おお、これはカモミール、そうですね、とやっと落ち着いた声を出した。アンゲラの隣の若い女性が、そうですよ、カモミール、と言って、笑顔になった。アンゲラは次の矢を射った。さあ、セッソン、あなたは約束を守らなかった。日本人はほんとうに忘れやすい。手紙を送ると言っていたではありませんか。あのペルミでの別れから、もう七年ですよ。七つの夏も冬も過ぎ去った、おお、残酷な季節よ、魂の城よ、大げさに言い立て、アンゲラはカモミールのお茶を啜り、おお、親愛な、チュダークの、変人の、セッソンよ、あなたは生きていた。それだけが一番の答えです。セッソンは、ええ、ええ、神のご加護あればこそですが、もう七年もでしたか！　ほらね、こうなんだから、困る、とアンゲラは隣の女性と一緒に笑った。七年、七年、セミ・リエトゥ！　ああ、ほら、ぼくはこんなに髪が白くなった。するとアンゲラが言った。わたしをごらんなさい。ほら、もう銀髪。リェター、リェター、飛ぶ歳月よ！　すると隣の女性が言った。アンゲラ先生、銀髪は素敵です。わたしも早く年を取って、銀髪になりたいです。まあ、何を言うのです、ねえ、セッソン、お互いに生きている、おお、ああ、奇跡ですね、このような再会がこの世にあるだなんて。

さあ、食べなさい。おお、忘れないうちにね、と彼女は若い連れを紹介した。ねえ、覚えていますか、ほら、ほら、あのマトリョーシュカの、あの本の題名の、覚えている？　あの作者のマーシャ、そうマーシェンカですよ。あっ、忘れるものですか、あの原稿の、作者ですか？　もちろんですよ。

するとマーシェンカが、セッソンに向かって、ちょっと頭を下げる所作で、マーシャ・ベレズニツカヤですと言った。彼女はすばやく動き、カモミールのティーバックをいれてお湯をたっぷりと注いだカップを運んで来て、お祝いにどうぞといってセッソンの前においた。嬉しいです、七年前のわたしのマトリョーシュカをおぼえていてくださった方に、お会いできるなんて。アンゲラが言った。さあ、親愛なセッソン、話は食べながら聞いてくださいね。そう言ってセッソンに食事をうながした。セッソンはやっと安心して食べだした。まるでラーゲリの囚人のように、とアンゲラは笑った。セッソンは、サハリン流刑囚のように、と返す余裕ができた。ぼくはとても空腹でした。夜はよく眠れませんでした。悪い夢もいい夢も、雲のように次々にやってきて。もう七年か。ああ、ぼくはつい一週間前のように思い出します。一日として忘れることはなかったのです！　そうよ、そうですよ、とアンゲラはセッソンを見つめた。ねえ、マーシェンカ、この人は、そうですよ、モスクワのヤロスラーヴリ駅のプラットホームに跪いて接吻をしていたんですよ、何という変人《チュダーク》でしょう！　そしてモスクワのすべての鐘が鳴っているのだと幻聴して、そこに、サクランボの花びらが空から降ってきて、バッハのように、受難曲が鳴り響いていただなんて、なんてヘンな人だったでしょう、あなたは若かった。七年前、そう、セミ・リェート　ナザート　ヴ・マスクヴィエー！

アンゲラは七年前の車室の中でと同じように、いや、それ以上に今も雄弁だった。三人のテーブルが、列車の食堂室のようににぎやかになった。地方からユジノに出て来た泊り客や、外国の旅行者が朝食に集まりだした。セッソンは、相槌を打ちながら耳をかたむけた。アンゲラはなぜ自分たちがこの夏の休暇を、このサハリンに選んだのか説明した。セッソン、十分に食べましたか、とアンゲラが言い、彼が答えると、三人は自室へ戻るのではなく、早朝のゲストルームで話し込むことになった。

マーシャはもう一度食堂に行き、ウェイトレスに紅茶を届けてもらうように言って戻って来た。切れ長のアジアの美しい聡明な眼をしたウェイトレスがただちに紅茶をゲストルームに運んできた。アンゲラが彼女にお礼を言い、ねえ、あなたは、きっと、学生でしょう、アルバイトですね、と訊いた。彼女は、はい、と答えた。わたしたちはみんなこのように早朝のアルバイト、副業をし、それから授業に行き、夜はまた別のアルバイトです。夏休みもありません。大学は？　ええ、サハリン芸術・音楽大学です。それはいいですね、とアンゲラは言った。

セッソンはびっくりした。ナジャのことをすぐに思い出したからだ。セッソンが訊き返した。専攻は？　はい、絵画科です。ああ、絵描きさんか。そうです。もしや、ナジャのことを知ってはいまいかと、セッソンは訊いたが、はっきりした質問にならなかった。音楽科ですか、あそこはずっと厳しいです。そこへ、ヴェーラ！　と彼女を呼ぶ声が食堂の脇から聞こえた。もうひとりのアジア系の娘が足早にやって来た。丸パンが足りないの。大急ぎで運んで来てね。ヴェーラは大急ぎでいなくなった。おやおや、セッソン、そのナジャってどなたなの。アンゲラの眼が笑っていた。セッソンは、いいえ、ちょっと、サハリン芸大の学生ですが、とだけ答えた。そのあと、お茶を飲みながら、アンゲラが話し出した。ホテルの外はもうすっかり夏の朝の日差しがふりそそぎ、霧は晴れ、埃っぽい街路樹の緑がよみがえった。汚れた車の数も増えだした。ゲストルームの奥にある荷物預かり室にも投宿者がやってきた。

さて、とアンゲラは言った。まずは、セッソン、七年ぶりの奇跡的再会にお茶で乾杯！　いいですか、七年も無事に生き延びることだって、大変なこと、おたがいにおめでとう！　それから、わたしをこのサハリン島まで案内してくれた聡明なマーシェンカの新しい仕事に乾杯！

2

アンゲラの高揚は慎ましい静けさに変わり、セッソンに説明するというより、自分自身に向かって問い直しているような質実さだった。いましがた、突然、夏の驟雨が市街を駆け抜けていったが、もちろん七月の夏時間なので、時刻は午前といっても昼に近かった。俄雨は一瞬どしゃぶりになって、誰一人傘などもたない路上の人々は嬉しそうに走り過ぎた。雨雲はアニワ湾の海上に発生した夏雲の渦がチェーホフ山のどっしりとした主峰に流れ、そこで雨雲に変成され、それが真下の市街に吹き下ろして来たのだ。暗い雨ではなく、うしろに光をともなって走って来た驟雨だった。雨は川のように空を走り、市街を濡らし、人々の心も、意識さえも、草たちを濡らすように、濡らして新鮮にした。アンゲラにも、アンゲラの話をノートにメモをとっているマーシャにも、セッソンにも土砂降りの雨は喜びだったのだ。

アンゲラは雨のあとからついてくる光のように静かに低い声で話していた。少し耳のよくないセッソンは耳に手をあてがって聞き分けようとした。彼女のことばは、逐語訳とまではいかないまでも、セッソンの想念の中に、おおまかな輪郭で訳されていった。まるでわたしは、舞台の一人芝居のモノローグみたいでしょうね、とアンゲラは言った。ええ、ロシア小説の登場人物のモノローグは何ページもあるじゃありませんか、とセッソンは言い添えた。

そうそう、なぜわたしがこのサハリン島にやってきたかです。もちろん、マーシェンカが誘ってくれたのです。そう、マーシェンカはもうこの七年のあいだに、わたしも誇りに思うくらい気骨のある作家に成長しました。わたしは現代の若いロシア作家の作品を探し求めてここまで走り回って来たのですが、もう限界を覚えていたのですよ。一体、作家とは何でしょう。作家の真の仕事とは何でしょう。この年齢になって、わたしは立ち止まった。そのとき、チェーホフが心に浮かんだのです。そう、彼は、短篇作家です、そして四大戯曲の戯曲作家です。しかし、それは芸術文学という次元ではそうでしょうが、それよりもわたしはチェーホフ的精神、その魂の状態にあらためて気が付いたのです。彼はとても謙虚な、控えめな表現者ですから、けっして現実について直接の断定を極力控えめにして、人々の日々の暮らしと心のありようを読者に届けたのです。そして、これは彼自身の信頼できる述懐ですが、自分の作品は、死後十年ももたないと、はっきり断言していたのです。が、なんということでしょう、死後十年どころか、もう百年近くも生き延び続けているのです。いったい何がそうさせたのでしょうか。わたしはそこが知りたかった。それはきっと彼の本当の命がけの、出版社の注文や商売のためではない、心の奥底から発せられた仕事、その労作にこそ、秘密があるのだろうと思ったのです。そのことを、マーシェンカに話すと、マーシェンカはすぐさま、現在のサハリン島へ遡行しましょう、チェーホフの魂の光景に出会いましょう。その自然に触れて来ましょう。もちろん現代は彼の時代とは違ってしまっていますが、しかし、本質は何一つ変わっていないはずです。若いマーシェンカがわたしを鼓舞しました。それまで、わたしの領域は、せいぜいウラル山脈までの世界だったのです。わたしはシベリアもサハリン島も知らなかった。ヨーロッパ・ロシアの範囲内で考えていたのです。

ああ、そうだった、セッソン、少し話が横道に逸れますが、ほら、あなたとペルミでお別れしたそのあと、わたしはウラル地方の若い作家の発掘に走りまわった。そのとき、何ということもなしに、突然ですが、詩人パステルナークの処女作とも言うべき「リュヴェルスの少女時代」を思い出したのです。あれはもちろんわれわれのイムメンゼ出版社から、ワルシャワのポラック先生のポーランド語から、出版したことがあったのです。それで記憶に鮮やかだった。冒頭で、幼いリュヴェルスが、〈モトビリハ〉という不思議な名を聞くのです。そこから物語ははじまりますね。

で、セッソン、あなたとペルミで別れたあとですよ、むなしい作家発掘に幻滅して疲れ果てていたとき、ちょっと時間がとれたので、わたしはそのモトビリハが、なんと実際に今でもあるのだと知って、驚いたのです。それでタクシーをやとってモトビリハに行きました。しかも偶然に、チェーホフがシベリア紀行からサハリンへ渡る旅の書簡を、ペルミの図書館で読む機会があったので、なおのこと不思議な符合に驚いたのです。

チェーホフは、ペルミまで列車で来て、さてウラルを越えてチュメニまで列車が通じていたので、それに乗り換えるのですが、時間があったので、彼はモトビリハと言う当時の最先端の兵器工場などを見ようと思ったのです。馬車がつかまらなかったので、彼は歩いて出かけた。そして最新の工場地帯を視察して、また徒歩で帰途についた。と、その帰り道で出会った一人の人物が、あろうことか、一冊の雑誌を手にしていて、チェーホフに、この作家は素晴らしい、チェーホフはすごい、次号が待ち遠しくてならない、ねえ、あなたはチェーホフを読みましたか、とチェーホフ自身に問うのです。そこでチェーホフは苦笑しながら、ええ、このわたしがチェーホフですと答えたものだから、その賤しからぬ人物はびっくり仰天して、大慌てで、雑誌を見せて、チェーホフにサインを願い出たのです。一生の出会いの記念に致しますってね。チェーホフは鉛筆をとりだして、そのページに、チェーホフとサインした。

おお、三十歳のチェーホフがですよ。そう、彼は何かを悟ったはずですよ。自分の慎ましいことばと物語が、誰かに何らかの希望をもたらし得るのだと。おやおや、脱線してしまいましたね。でも、セッソン、あなたのおかげでしたよ。ペルミで別れたのですから。とても美しい町でした。カマ川に面していて、市の図書館がありましたよ、古い時代のままの建物を残して。おお、言い忘れていました。なんとまあ、その図書館が、研究書によれば、ほらほら、パステルナークの『ドクトル・ジヴァゴ』、あの中で、確か第二部でしたね、モスクワで別れて以来はじめて、ユーリー・ジヴァゴがラーラと再会する図書館のモデルだったのです。ほら、ラーラが本を返しに来るのです。その返却カードからジヴァゴは彼女のアドレスを知るのです。

ずいぶんロマンチックですね。だって、ジヴァゴは自分の図書室で調べ事のために本のページをめくっていて、ふっと彼女が借りた本を返却するその後ろ姿を見たのですから。あはは。昔の人はみなそうだった。魂で生きていた。魂の時間があった。そしてすべてにおいて命がけだった。もちろんチェーホフも同じ。いいですか、わたしたちエヴローパ人には、もちろん、宗教的にもですが、ほら、メメント・モリ、つまり常に死を思え、というような思想がはりついています。それが脱線すると大変ですがね。死はいつも生の中で成長しているのです。だから、生きている時間を一刻も無駄にしなかった。ああ、サハリン島まで一万キロの受難の旅が待っているというのに、モトビリハだなんて。チェーホフにとっては、そこもまた寄り道ではなかったのです。それから、二十七、八年後には、なんとまあ、若い詩人のパステルナークがこのモトビリハの化学工場で仕事をしているのですよ。そう、前線へとられる代わりに、銃後での勤労奉仕ですが。

さあ、それはともあれ、セッソン、あなたはでもどうしてわたしがそれほどサハリン島をめざしたのかと問うでしょう。ええ、それが問題です。では、サハリン島とは本質的に何でしょう。現代のサハリン島だけの理解で事足りるでしょうか。そんなことはありませんね。流刑者の死と生によって生まれた植民地だった。そして広大な原始の島の自然は少数民族の先住地だった。そこへロシア本土から次々に徒刑囚が移送され、そして重大な政治犯はみなここに流されるようになった。それからかれこれ百年近くが過ぎて、現在のサハリン島があり、サハリン州があるのです。

3

アンゲラは静かに話し続け、マーシェンカはときおりノートにアンゲラのことばをノートしていた。どんな発言をメモしていたのかセッソンには分からなかった。アンゲラは逆光になって坐っていた。ねえ、いいですか、セッソン、親愛なセッソン、ひょっとしたら、すでに七年前に寝台列車で語りあったのかも分からないですが、わたしは、暗い星の始まりまで遡りたい。その個々の人々の、いのちの根源にまで。そうですね、それはもちろん、わたし自身についてでもあるのですが、いいえ、その問題は、ねえ、マーシェンカ、あなただって知っていますね、そう、セッソンだって、たしか、あのシベリア鉄道の一夜に、暗示的、一言お話ししたように覚えています。そのわたしと同じような運命が、ここサハリン島にはまだ続いているのではないかと、わたしは思うのです。いいえ、単に、人々のルーツさがしというようなことではないのです。いわばもっと形而上的な意味でのルーツです。その根っこです。その百年の悲しみです。その根源を見出したいのです。この先を生きるには、再生には欠くことができないのです。

賢いマーシェンカは作家ですから、鋭敏にそのことを、察知してくれました。いいですか、この島は、決して、ナチスの絶滅収容所でも、ガス室でもありませんよ。徒刑囚送りの島であったとはいえ、その時代なりにヒューマンなものだった。地獄ではあっても、日々の暮らしはあった。人々は死におびえてのみ生きていたのではなかった。帝政ロシアの道徳観はそれなりに実現されていたのでしょう。わたしは運命によって、もっと正確に言えば、神のご加護で、ここまで生きてこられた身です。わたしは、父も母も、その顔さえも知らない乳飲み子だった！　さあ、これを、このわたしの根無し草の意識を、このサハリン島の百年に変転させてみたらどうでしょうか。

マーシェンカはそのことを考えているのです。つまり、だれか一人二人でも、わたしのような運命が、いや、わたしのように激しくはないまでも、しかし本質的にはまったく同様な運命が、今現在ここに続いて生きているというようなだれかに出会うならば、希望があるのです。ルーツが問題なのではないのです。ただ、もうその人自身にも分からなくなった、その運命の始まりにたどり着きたいのです。個人の系図づくりではないのです。魂の始まりにたどり着きたいのです。わたしはこの歳になって、もうわたしのどのような縁戚も血筋もなく、知らず、知りようもなく、ただこの世にひとりきりで投げ出された存在にすぎない。もし、わたしよりももっとその始まりの糸がわかりやすい人がこのサハリン島のどこかにいるとすれば、それが人の希望になり得るとわたしは考えています。わたしの世代では不可能ですが、未来では可能となるように思うのです。

そうですよ、チェーホフの考えでも同じだったように、わたしは思っています。わたしは見つけてあげたいのです。だれか若い人で、そのいのちの始まりについて、霧の中にあって、疑い、悩み、心が晴れないような若い人を。

アンゲラは冷めきった紅茶を啜った。そして一息ついてから言った。親愛なセッソン、分かりますか？

はい、霧の中に、いのちの始まりの形象が見えるような気がします。昨夜、プロフェッソル・エーリカ、ご存じでしたね、彼女からサハリン島の流刑史の簡単なレジュメをメールで送っていただいて夜明けまで読んでみたのです。分かる気がします。ええ、それに、エーリカ先生の紹介で、ぼくを昨日、ある若い娘さんが訪ねてきました。父の書き残したというある戯曲の原稿をもって。わたしはあずかりました。まだ先を読んではいませんが、おそらく、主題は、あなたのおっしゃった、いのちの始まりについてではないかとぼくは直感しています。おお、彼女は、自分は流刑囚の末裔です、と言いました。ぼくはびっくりしました。何か勘違いをしているのではあるまいかと。

そこまでセッソンが言うと、アンゲラがセッソンに割り込んで、おお、プロフェッソル・エーリカですか！　ええ、そうです。アンゲラは笑顔になった。セッソン、あなた方は知り合いだったのですってね。ええ、もうずいぶんになります。彼女のお嬢さんがまだこんなに小さかった頃に知り合ったのです。娘さんはもう天使のように美しい少女になっているでしょう。

ああ、セッソン、あなたは何ということでしょう。ねえ、マーシェンカ、わたしたちは彼女を頼ってやって来たのですから。わたしは彼女とペテルブルグで偶然知り合いになったのです。あのときは、彼女はご高齢の母を伴って来ていました。母の故郷だったのですね。


そのとき、玄関の階段を大急ぎであがってくる、エーリカの特徴のあるアフマートワ・カットの髪型、その大きく黒い眼がガラス窓から見えた。あわただしく嬉しそうな笑顔が煙るようだった。同時に濃い憂いが浮かんでもいた。たしかにロシア人の顔だが、アジア的な、あるいは草原的な、同時に瞑想的な印象が鮮明だった。セッソンは、若いころの詩人アンナ・アフマートワその人に見つめられた気がした。彼女は慎ましく、セッソンにも笑顔を送り、少し遠慮しがちに挨拶した。セッソンは喜びを覚えた。

第六章　方舟サナトリウム

1

　土砂降りのサハリン島の驟雨は、どんなに黄色い声をピアノの黒い鍵盤だけ打ち叩いても、アンゲラの話の腰をおることができなかった。くやしまぎれとでもいうようにホテルの裏の荒れ地に、大きな水たまりを残して駆け去った。そこにはもう青い空も、白い雲も映っていた。

　セッソンは憂愁からよみがえるエーリカに一瞬間見とれた。雨に肩が濡れていたのだった。小ぶりだが、昔の背嚢のようなリュックを右肩にかけていた。見覚えのある黒いなめし革のミニスカートではなかった。靴はと言えば、トレッキング用の軽快だがしっかりした編み紐のついたシューズだった。アンゲラと彼女は抱擁しあった。ペテルブルグ以来の再会に、二人は互いにやわらかく抱擁しあった。それから、エーリカはマーシャと握手した。セッソンとしてはこのような睦まじい光景を眼にして、豊かで圧倒される思いを禁じ得なかった。彼が画家だったなら、このような三人の女性の親密な情景を直ちに描いたことだろう。

アンゲラは過ぎし年のペテルブルグでの出会いを思い出し、エーリカに優雅なママは元気ですかと尋ねた。エーリカは答えた。ええ、ええ、ペテルブルグはまた行きたいと今も言っています。でも、夫のいるアルコヴォのさらに北の海村にまた帰ってしまいました。この島のずうっと北に近い海。病院もないというのに。そう、父は、海岸の段丘の上に、まるで灯台のように、自力で教会を建てて、おお、それはもう、驚かないでくださいね、一九二〇年代のことでしたから。彼はもう九十六ですよ。アンゲラは、そう、そうでしたね、と言い重ねた。セッソンはこの話にはびっくりした。母は再婚ですから、まだ若いですが、さすがに足が不自由になりました。

三人の話はそれぞれ軽やかでさえあった。少しも暗くなかった。重くなかった。マーシャは未婚だったが、とても明朗で、聡明だった。男たちは自由に解き放っておきましょう。だって、ごらんなさい、みんな、いずれ、早く滅びるのですから。アンゲラが言った。それは過激すぎますよ。しかし、考えてみれば、そうかも知れないわね。

それから話題は、今日の予定という事に移った。アンゲラとマーシャは、ドーリンスクへ、スヴェトラーナのアトリエを訪ねたいという。もちろん、彼女の父の書いた戯曲のことが問題だったのだ。すぐにもそれを読みたいと言うので、セッソンは席を外し、自室から原稿をもって戻って来た。ええ、ぼくはまたあとで読ませてもらって少しもかまいません。プロフェッソル・アンゲラ、あなたにこそまず読んでいただくのが正解でした。アンゲラはその戯曲がエーリカからの紹介だったことを知って、で、エーリカ、どうでしたか、と問いかけた。エーリカは言った。わたしはおかげで、これまで忘れていた、というよりあえて考えないように放置していた問題に、あらためて気づかされました。もう立ち止まるべき時だと、身がつまされるように思いました。

分かったわ、ええ、それじゃ、今日は、わたしたちは二手に分かれて行動しましょう。アンゲラは言った。わたしとマーシェンカはドーリンスクへ。タクシーを雇いましょう。エーリカは言った。ええ、それじゃ、わたしとセッソンは、〈カエル山〉のサナトリウムに、わたしの恩師を訪ねます。アンゲラさんたちもまたの日にお連れしますね。そして言い足した。ドーリンスクはいいところです。ナイバ川という長いながい川が恐ろしいほどの蛇行をくりかえしながら、スタロドゥプスコエという入江の海村で、海に注ぎます。あ、セッソン、あなたの国の詩人のケンジ・ミヤザワがやって来て詩を書き、「銀河鉄道の夜」を発想したといわれるサカエハマ、栄浜、昔の日本領カラフト時代の呼び名だとそうでしたね。でも、海岸はとても汚れていて、残念ですが。

アンゲラはびっくりした。おお、もちろんわたしも「銀河鉄道の夜」はドイツ語訳で読みましたよ。おお、ドーリンスクの近くだったのですか！　これは素敵です、ね、マーシェンカ、行きましょう。そこで、スヴェトラーナに会いましょう。あなたのためにも！　正確なアドレスは？　エーリカが答えた。画家のスヴェトラーナと言えば、小さい町です、だれでも教えてくれます。

2

外に出ると、七月の夏は、まだ暑くはなく、初夏の始まりだとでもいうようにすがすがしい風が吹いていた。日は輝いていた。空は秋のように澄んでいた。アンゲラとマーシャのタクシーを見送ってから、エーリカとセッソンも、玄関だまりにとまっていたでこぼこが目立つ白タクをつかまえ、〈山の空気〉のゴンドラ乗り場まで頼んだ。セッソンは自室から背負い袋をもってきていた。車はスピードをあげ、たくみに割り込みながら、丘山のふもとへ走り、黄金に輝く豪壮な正教会寺院を横目に、半分悪路の道路を上った。ひげ面の運転手は、へえ、ピクニックですか、と訊いた。エーリカは親しみをこめて答えた。ええ、頂上から〈カエル山〉まで行くんです。おやおや、これはまた何と！〈カエル山〉と言えば、方舟病院じゃありませんか。ええ、そうでしたね。ほほう、お見舞いですかい？ ええ、わたしの恩師がいらっしゃるんですよ。これは、これは、失礼しました。神様のご加護がありますように。方舟病院だって？ とセッソンは思った。エーリカがつぶやいた。建物がノアの方舟そっくりだから。設計者が二十世紀アヴァンギャルドの建築家。恩師の友人でしたがもう亡くなりました。

タクシーから降りると、ゴンドラの乗り場は荒れ果てて建築現場のように見えたが、別に荒れ果てているのではなく、人手がないのか自然にワイルドになっているだけで、強大な鋼鉄の円盤が激しい音をあげて回転し、実力は十分らしく、乗り場には三々五々、頂上まで行く客が待っていた。セッソンとエーリカは並んで、次のゴンドラを待った。スキー場のリフトに毛の生えたようなゴンドラで、これで六人も乗ったらどうなるだろうかと、不安になるのだったが、ゴンドラは重々しくどしんと音立ててやって来て、一瞬も待たずにドアが開き、慌てて飛び込んだ。客はエーリカとセッソン二人だと思ったが、間髪を入れず、レーニン帽の男がさっと乗り込んできた。

ゴンドラは動き出した。いきなり宙に浮き、ぐらつき、揺れながら、ぐいぐいと急斜面すれすれとでもいうように、登り始めた。山肌は荒れ果てていた。夏の山肌というより、裸山の斜面だった。それでも雑木が緑をたたえ、そのあいだに、鳥小屋のような、いわゆるダーチャが、あちこちに見えた。要するに自然生活を享受する鳥小屋のような木小屋で、上からみると、ただの納屋もどきにすぎなかった。半裸の男が菜園で腰をかがめていた。そんな原始的なダーチャがなくなると、急斜面はもう恐ろしいくらいの勾配を重力に負けずにさらにのぼっていった。

先ほどから、真向いの席に坐っていた男が、セッソンとエーリカを観察していたのは分かっていた。エーリカは知らんふりをしていた。男は何も言わなかった。なるほどとセッソンは思った。エーリカは首をそらして外の景色とも言われない貧しい景色に眼をむけていた。セッソンもそれに気づいた。ゴンドラは急激に持ち上がったかと思うと、たちまち轟音をきしらせ、乾いた黄土色の遠景の地面に一瞬停止し、係の男が飛んで来て、ドアが開き、彼女に続いてセッソンが、そしてレーニン帽の男が、さっと飛び出した。たちまちエーリカとセッソンはそのゴンドラステーションから出て、ほっと安心した。

二人が急な坂道を上りだすと、もちろんうしろからレーニン帽もゆっくりとのぼって来る。エーリカがセッソンを見て、眼で言った。セッソンは理解した。山の頂上は想像とはうってちがった、広々として、ユジノの市街が眼下にひろがっていた。名前のとおり、〈山の空気〉だった。ピクニックに来たひとたちが、三々五々、老年夫婦とか、中年の恋人同士とか、愛情深く睦みあいながら、七月の夏の下界を、風に眼を細めながら、眺めていた。エーリカとセッソンも、ほんのしばらく、展望台に立って眺めた。パラグライダーが一つ二つというように、白だったり赤だったり、翼のようにふっくらとした羽をひろげて、遊弋《ゆうよく》していた。教会のネギ坊主の十字架が輝いていた。

セッソンは沈黙を破って言った。エーリカ先生、あなたは飛んだことがありますか。すると彼女は、ええ、あの浮遊感は、夢の中のようで、くせになります、と言った。そのとき、いつの間にそばに来ていたのか、レーニン帽が、まるで自分からわざと身分を言うように、教授、それはあぶない、あぶない、と言い、さらに言い足した。夕方には天候がアニワから崩れてきますよ、お二人とも、無理はなさらないほうがいいですね。〈カエル山〉で熊が出没していますよ、とエーリカに慇懃な挨拶をして離れて行った。

エーリカはセッソンとひとまずベンチに腰掛けた。わたしたちが方舟病院を訪ねることのいやがらせ。盗聴しているんですよ。いいえ、ニチェボーですよ。心理的脅しですからね。

さあ、さあセッソン、いきましょう！　二人は立ち上がった。セッソンは彼女と並んで歩き出した。ねえ、プロフェッソル・エーリカ、方舟病院とは何ですか。ええ、セッソン、チェーホフみたいな話ですよ、つまり精神病院ですよ。そうでしたか。そうですよ。政治犯とか危険人物じゃあるまいし。

セッソンはエーリカと二人きりでこれから一時間以上、七月の林道を歩いて行くと思うと、熊に出くわそうが構うものか、この一時間のうちに愛の奇跡が起こるかもしれないのだ、などと心に漣《さざなみ》が立つ気がした。思い過ごしや勘違いのはなはだしい癖があるセッソンは、魂の愛の奇跡が、と思った。生涯ぼくはこの、サナトリウムへの夏の林道の夢を忘れないだろう。

やがて育ちの貧困な白樺林がはじまり、緑はいっそう濃くなった。林道はすぐに下りになった。白樺が切れたところで、視界が展けた。遠くにこんもりとひらべったい山が見えた。ほら、あれが〈カエル山〉。半時間は下りです。帰りがつらいですよ。暗い林道になる前に、生い茂った夏草が刈られて、褐色に変色して音立てていた。彼女の吐く息、吸う息、脈拍が、並んで聞こえるのだった。

3

うっそうとした暗い針葉樹の森が現れた時には足がすくむように思った。出口が遠くに、小窓のように見えるが、そこまではただまっすぐに平坦な林道だった。一キロはあるのではないか。セッソンは振り向きもしないで足早に進む彼女の後ろ姿を追うのにあわてていた。針葉樹の大枝が肩先に擦れると森全体がざわめくようだった。もし、彼女が急に振り向けば、その彼女がエーリカではなくまったく別人の女性だったら、どういうことになるだろうか。その後ろ姿はまるで、屈強なアマゾネスのようにさえ思われた。豊かな四肢がしなって、熊にでも槍を投げるようにさえ思われたが、もっと、もっと、速く、もっと速く、と繰り返しセッソンに言った。興奮した声がとぎれ、彼女は振り返った。さあ、離れないで、もっとぴったりですよ、と彼女は追いついたセッソンに熱い息を吹きかけた。その吐息はウイキョウの匂いがした。それに周りの針葉樹から松脂のタールの新鮮な匂いが混ざった。

セッソンは大いに背筋が寒くなり、彼女の腕にすがりつきたくなったが、かろうじて堪えた。こんな森がここには挟まっているので、林道にはちがいないが、サナトリウムから逃げ出すのは恐ろしいのです、さあ、セッソン、足を止めないで、さあ、行きましょう。そしてなお、光のこぼれない原始林の針葉樹林は左右がどこまでも分厚く、熊の毛皮でおおいつくされているように幻想された。

この妄想はすぐに効果をあらわした。セッソンがうつつに見た幻想は、数歩先の針葉樹の大枝に、人間の生首が、幾首も吊るされている光景だった。そこだけ、大枝が伐採されて、光が降り注ぎ、その生首はそれぞれが、その長い髪毛によって大枝に結ばれていた。

慄然としてセッソンは彼女に言ってみた。すると彼女は、おどろいたふうもなく、ええ、それはニヴフの生首でしょう。敵と戦って、殺されたなら、そのようにして枝に生首を吊るすのです。彼らは漆黒の長髪、その髪をたばねて枝に吊るすのです。セッソン、あなたは昔のニヴフの幻影を見たんですよ。

針葉樹の林道の闇はまだ残っていた。出口に光が降りそそいでいたが、まだ遠かった。そして林道が十字に交わった場所に、禁止の杭がうちこまれていて、そこから猟銃を背にした若い男ともう一人が飛び出した。背の高い麦色の髪の一人が明るいいい声を出した。もう一人はとても小柄で、足も短い男が、こちらはかなりの年齢のようだが、小柄過ぎたので、少年のようにさえ見えた。彼はお辞儀をしながら、笑みをうかべていた。


若いほうが言った。おお、おお、あぶなかった！　サナトリウムから徘徊に出た老人が、きょう熊に襲われたのです。わたしたちは山岳猟友会のメンバーです。見回りです。何と、方舟病院にミロラド老師を訪ねて来たですって？　え、あなたの恩師でしたか？　いいところで出会いました。さあ、お供いたしましょう！　お連れは？　ああ、なるほど、ヤポニアからでしたか！　ええ、わたしはクレー射撃の大会で一度招待されました。北海道島、ここと同じような風土地形でよかったです。

彼はセッソンに手を差し出した。指なしの手袋をはめた手だった。そこへ、小柄な子供のような老人が、にこにこしながら、こちらも手を差し出した。こちらは猟銃ではなく、小ぶりな弓を背に負っていたので、セッソンは驚いた。さらに腰には、半月形の鞘《さや》をさげていたのだった。彼は自己紹介した。はい、わたしはサナトリウムの守衛をあずかっているヤソンです。彼はエーリカと抱擁しあいながら言った。彼のロシア語はセッソンが聞いてもどこか吃音風なところがあった。プロフェッソロ・エリチカ、おひさしゅう、おひさしゅう！　ミロラド先生は毎日毎日、まだエーリカは来ないかと嘆いていたです。おお、やっとこ来られてくれましたなあ、ふむ、愛人《つばめ》をともなってですな、と言うものだから、エーリカは笑った。可愛いヤソン、いつもあなたはことばうまいですね。愛人はよかった！　するとヤソンは一五〇センチそこそこの体をくねらせるように答えた。はーい、ミロラド長老から受け売りですがね、愛ある人は、みな、愛人とよぶべきですからね。老師の口癖は、愛は肉にやどらず、魂にやどる、ですが、それですよ。彼はセッソンを見、またエーリカを見上げて、ほがらかに笑った。猟友会の若い射撃名人のイワンチクも、声をあげて笑った。

愛は魂にやどる、おお、わたしだって老師からさんざん聞かされましたよ。しかし、わたしのように健全強靭な肉体を有していると、もう一つわからんところがありますが、しかし、しかし、ロシア人にとってはまさに心に響く至言ですね。エーリカはセッソンに、ヤソンはニヴフですよ、と知らせた。ヤソンは、おお、おお、嬉しいです、ヤポニアの愛人セッソン、自分はまさにニヴフです！　ニヴフの故郷はサハリン最北の地ですが、何のゆえか、自分はこの南にまで流れて来て、いや追い立てられたか、ニヴフの末裔としてこのように生き延びています。かつてはサハリン・アイノのひとたちに大いに助けられましたが、いまや彼らもどうなっておられるか。いまわたしはこのような年齢になって、ロシア人の愛人になっております。

エーリカとセッソンは、この二人に先導されて、うっそうとした針葉樹林を抜けて、眼下に〈カエル山〉を見た。今度は登りがあって、それからサナトリウムに着くのだ。

4

近づくと〈カエル山〉の形はカエルではなくただのずんぐりとした丘山だったが、さて、サナトリウムの正門までというのは、〈カエル山〉の裾をこちら側からぐるっと回りこんで、それから急な登りになり、すると突如としてサナトリウムの建築物が、山上、つまりカエルの背中の上にではなく、そののどもとのくびれたあたりに、ぶつかってのめり込んだように建っていたのだった。そして正面から右手に海原が眺望できた。いわば指呼の間にアニワ湾だった。オホーツクの海原がひろがっていた。またとない光景でしょう、と猟友会のイワンチクとニヴフの老人がエーリカとセッソンを振り返った。エーリカは特別に驚かなかった。

ほら、どうです？　方舟さながらですよ。オホーツクの海から、途方もない大ツナミ、そう、ヤポンチクさん、あなたの国のことばでいうと、ツナミ、その大波に流されてここのどてっぱらに漂着したような塩梅です。ニヴフのヤソンが誇らしげに言った。ノアの方舟です。二十世紀の方舟です。この傾き加減がなんといってもよろしい。方舟は傾いたまま乗り上げたのです。そうです、アヴァンギャルディストの一等建築士ヨシフ・ヨシフォノヴィチの遺作です。あはは、と若いイワンチクが笑った。ピサの斜塔が傾くのは風情あり、かつまた、ええと、あの絵は何と言いましたっけ、ほら、天に届かんばかりに積み上げられた円形の建築物、ほらほら、言語の混乱の、と言って、傾いた方舟を見上げた。中に入って見れば、お分かりだ。だからといって、船内がかしいでいるわけじゃないです。廊下は水平です。共同ザールも室も、かしがっているわけじゃない。建築物は傾いても、内部は重力の法則に対して律儀にも水平を厳密にたもっています。われわれの先人のソヴィエト建築のホテルなどごらんなさい。廊下はうねっているし、部屋のドアも良く閉まらないので、ドアをむりやり曲げていましたね。あれもアヴァンギャルドでしょう。

セッソンは眼前の方舟が、コンクリートの打ちっぱなしの建築かと思ったのだったが、それはまったくの誤算で、方舟は全体が木造建築で、どう見ても、古いロシアのイズバーつまり農民家の巨大化されたものだと思われた。針葉樹の松材の丸太が基本で、ブロックごとにつなぎ合わせた感があった。ノアの方舟といった旧約聖書のお話ではなく、ロシアのイズバーが多くの難民を乗せて、この山に漂着した絵といったところだった。

北国育ちのセッソンは、すぐに疑問がわいて、まったく現実的な質問をヤソン老人に訊ねた。冬の寒さはすさまじいでしょうが、暖房はどうなっているのですか。するとヤソンは喜んで答えた。もちろん、ペチカです。薪ですか。まさか、石炭です。ほら、この山は石炭の露天掘りがいまだに行われているのです。彼は胸を張って答えた。流刑囚が掘ったとおなじ露天掘りがまだまだ埋蔵されていますぞ。山の裂け目のどこを掘っても石炭が出てくる。で、とまた見上げながらセッソンが質問した。高床式のようですが、あの底部はおそらく貯蔵庫でしょうか。いかにも、冬のたくわえです。とくに、ジャガイモ、キャベツ、玉ねぎ。これさえあれば。あとは穀物粒。ここでは黒パンを毎朝焼きます。サナトリウム滞在者、現在、三十七名として、その人数分ですから、これは重労働です。ただ、滞留者の中に昔のパン職人がいるので、彼がひとりで仕切っていますな。

そして四人は、この巨大な傾いた方舟の正面に立って、このサナトリウムの名前が記されたアーチ門の上の、草のような書体で彫られた文字を読んだ。アーチ門の左右には、どこまでもというように木柵が打ちめぐらされていた。その柵は乱暴なもので、ちょうど牧場のような木柵だった。ええ、風よけでもありますよ、とヤソンが言った。冬の猛吹雪には、この柵に針葉樹の大枝が張り巡らされます。途中気が付きませんでしたか、ほら、下の大枝がきれいになかったでしょう。あれを吹雪除けに囲うのです。セッソンは突然悪夢のような幻視を思い出した。針葉樹は空高く伸び、上方の大枝はみな、翼をひろげた緑の袖のようになって、その光がふる大枝に、人の生首が長髪を紐にしてゆわえつけられていたのだ。ヤソンが言い添えた。先住のわれわれは、守護神が必要です。侵入者ににらみをきかすのです。そのことばがセッソンの幻視と符合した。

セッソンはサナトリウムの名を、声に出して読んだ。これにはさすがに驚いた。長たらしい名前だった。筆記体で《名称アントン・パーヴロヴィチ・チェーホフ記念方舟サナトリウム》。これでいいですか。ええ、その通りです。もちろんれっきとした私設サナトリウムですよ、とヤソンがまた大きな声で笑った。わたしたち世代にとっては悪い冗談ですが、いや、そうでもないのです。チェーホフのアイロニーの深い悲しみと笑いは、あとになって利いてきます。セッソンはエーリカを見た。彼女はとても美しく見えた。青い空に真っ白い大きな雲のフェリーがいつのまにか動き出していた。要するに精神病院だったのですね、とセッソンは言った。ええ、ロシア語で、狂人と言う語は、スマトシェトシーだったでしょ？　あれは、知から離れた者、というのが語源です。でも、この「知・ウム」とは何でしょうか。簡単に言えば、ここでは普通一般の知、常識的知です。そうエーリカは言った。するとヤソンが、そうですとも、と賛同した。

その正門をくぐって、いよいよ管理棟の一室のドアが二度強くノックされ、エーリカとセッソンは中に入った。ヤソンはちいさくこごまってお辞儀し、猟友会のイワンチクは帽子をちょっともちあげてから、逃げ出した。ドアにむかって据えられた大きなデスクから立ちあがり、権威あるひとの立ち居振舞いで、こちらにやって来た。こんにちは、よくいらっしゃいました。もちろん、老師ミロラドがお待ちかねですよ。小柄ながらふっくらとした美しい顔立ちの婦人だった。サナトリウム長のアリサ・セミヨーノヴナです。なにぶん、去年、モスクワから単身赴任して来たので、多くのことを勉強中です。おげさですが、あの遠いチェーホフの時代の、サハリン島長官のココノヴィチの苦労がしのばれる思いです。襟をただしてまいりたいです。ところで、まあ、サナトリウム全館のご案内はのちほどにして、さっそく、おまちかねの、ここでは長老の名で呼ばれているミロラド老師と対面歓談してください。あ、途中、公安部からの嫌がらせがありませんでしたか。そうでしょうね。

このサナトリウムは、いわゆる精神病のサナトリウムですが、現実世界や巨大なロシア体制にとってなんら危険がありません。ラーゲリ体制の後遺症で、彼らはいらぬ手出しをしているのです。わたしは中央政府と太いパイプがあります。また財界とも良好な関係を築いています。財政的にも国庫で不足分は、サハリン島エナジーの石油資本からなにがしかの助成金を得て、滞在者たちに安心を確保していますす。ここだけの話、プロフェッソル・エーリカ、わたしはいわゆる健常人にはもううんざりしているのです。ところがここに赴任して来て、安心でなりません。みな、かつてはひとかどの人物だった彼らが、高齢になって、意識において若い日の理想を夢見るばかりに、知から外れた人になってしまいましたが、わたしに言わせれば、この《痴》にこそ真実ありです。学ばなければなりません。彼らの下意識の谷間に眠っている真実を。そうではありませんか、というふうに彼女は二人の前を行きつ戻りつして、能弁だった。

おやおや、おしゃべりがすぎました。さあ、老師とゆっくり対話を楽しんでください。彼女はセッソンを少しあやしげな眼でちらと見た。さあ、必ず、いい発見があるでしょう。すべてにおいて希望をもちましょう。彼女は大きな鈴を振り鳴らして、人を呼んだ。駆け込んで来たのは、若者だった。さあ、パーシェンカ、お二人をご案内しなさい。パーシェンカは、とても大人びた口調でこたえた。かしこまり、と言ったのだった。ここの賄い婦か誰かの子息だろうとセッソンは思った。エーリカはサナトリウム長のまえでひどく謙虚だった。恭しくさえあった。

廊下に出るとパーシェンカはエーリカと握手した。プロフェッソルとは一年ぶり。ほら、ぼくはこんなに身長がのびてしまいましたよ。エーリカはパーシェンカに言った。がんばりましたね、ハンサムになりましたよ。すると彼は身をよじるようにして喜んだ。一年も来ないなんて、不義理でしたよ、とパーシェンカが言った。先生は、きっと人生《ジーズニ》の悩みでもあったんでしょ？　と彼が言った。エーリカはやっと笑顔になった。廊下が共同ザールの広間に通じていて、そこを通って行くのだった。その大広間の情景にセッソンは見とれた。静寂の祝祭のようにサナトリウム滞在者たちが、思い思いの姿勢で、思い思いの場所に、瞑想しているとでもいうように坐り、あるいは浮遊するように歩き回り、まるで高山植物のお花畑に紛れ込んだ印象だった。

パーシェンカが先頭に立ち、見上げる彼らにいちいち挨拶した。彼らはエーリカの姿を見て、嘆声をあげる者もいた。クラサーヴィツァ、という声があちこちでもれた。別嬪とか美女という意味だった。セッソンが彼女の笑顔に見とれた。彼女は、笑顔をふりまいた。

その彼らの中を通っていくとき、セッソンは突然、アームチェアにかけていた太った婦人滞在者から声をかけられた。彼女は自分の左手を差し出して、言った。おお、ジャルコ、かわいそうに、と言ったのだ。ヤポニアからサンクトペテルブルグまで、ご苦労でありましたね、と。彼女は羽飾りのついた帽子をかぶっていた。パーシェンカがそっと耳打ちした。彼女は、自分がエカチェリーナ女帝だと思っているんです。挨拶したらいいですよ。セッソンは、ただちに身をこごめて、彼女に挨拶した。そして差し伸べられた手のふっくらとした甲に軽く唇を寄せた。彼女は、ドブロー、ドブロー、おお、ジャルコ、と言って涙ぐんだ。パーシェンカが言った、ね、ロシア語が少しへんでしょう。ドイツ訛りなんだそうですよ。エーリカも腰を低めて彼女に挨拶した。

エカチェリーナ二世は、うっとりと夢見るような口調でエーリカに助言した。サハリンの愛は苦難なり、こころして打ち勝つのですよ。

5

瞑想的で浮遊的な静寂のザールから出ると、渡り廊下がらせん状に続き、パーシェンカに先導され、エーリカとセッソンはザールが上から見渡せる場所に出た。ほらね、とパーシェンカが言った。みなさんの共同の集いが上から眺められる場所です。美しい集いです。一人一人が思い思いに自由に存在しているのですね。セッソンは大人びた物言いのパーシェンカに、え、〝存在する〟ですか、と聞き返した。パーシェンカは事も無げににっこり笑って言った。そうです。

わたしたちのことばで、存在とは、本質という意味を語幹にしてですね、生き物、つまりわたしたちの生そのものを言い表しているのです。ま、ここからの眺めは、ミロラド師が好まれるように、人の本質がまことに自然に流出している光景と言えるのです。エーリカは可笑しそうに笑いをこらえた。ねえ、パーシェンカ、一年会わないうちに、なんて大人になったのでしょう！　もちろんです、ぼくは公共の学校など行っていませんが、この方舟こそがぼくの大学なんです。いいですか、ぼくはこのサハリン島の最後の孤児を任じているのです。ぼくには大きな責任があるのです。たしかにまだ顔は童顔だが、背丈はセッソンよりも上背があり、エーリカとならんでも遜色がなかった。

パーシェンカが教授エーリカとセッソンの来意の理由を訊いた。ああ、ああ、そうでしたか。彼、ガスパジン・セッソンですね、この方を老師に会わせたかったのですね。了解です。ぼくは言うなれば、ミロラド師の秘書みたいな役柄です。師は来る日も来る日も、エーリカが来ない、あの子が来ないと嘆いていました。それはそうですね、師とあなたの父とは昔の同志だったと聞かされています。あなたをわが娘のように思われているのです。師は話し出したら、半日では済まないです。夜までかかるかもわかりません。だって、世界はこのように異質な原理が猛威をふるって、人間性にたいして狼藉《ろうぜき》の限りを尽くしているのですから、師はそれを語るべき人を待ちわびているのです。いいですか、この一年で、師の言語は、かなり怪しげになり、予言的言説が多くなりましたが、ガスパジン・セッソン、あなたはロシア語が自由ですか。セッソンは、こまったなと思いながら、答えた。ええ、ぼくは音楽のように解します。するとパーシェンカがにんまりと笑った。うふふ、よい表現です。つまり意味は分からなくても、本質が感覚できるというわけですね。師の難解な超脱線語は、ぼくが翻訳しますから、大丈夫です。エーリカはおしゃべりになったパーシェンカの成長に驚いていた。というのも自分の娘のアーシャよりパーシェンカはほんの数歳上のはずだったからだ。アーシャは容姿だけはすっかり大人びて、もう少女期の終わりになっているのに、世界に対するものおじで、引っ込み思案になっている。

三人は方舟内部のらせん階段からいわば甲板部分に出た。ここは頑丈な手すりがついていて、本当の船のように、手すりはてらてらした空色の塗料が塗られていた。手すりに倚ると、チェーホフ山系のこの支脈がカエル山その他をこんもりと重ねながらアニワ湾の海になだらかに通じているのが見渡され、海には小さな雲たちがたくさん浮かんでいた。ミロラド師の船室は船尾の一室だったのだ。老師は特別待遇なのです。とパーシェンカが言った。もちろん、彼もまた現代の痴愚者として隠棲されたのですが、それはそれとして、老師はタイシェットの囚人病院からここに移送されて来て、かれこれ半世紀になりますね。政治犯、思想犯などなど、いまや時代遅れです。もし嫌疑をかけるなら、哲学犯とでもいうのなら、ま、いいでしょう。ロシア史の大道ですからね。今年で九十八歳の老師ですよ、いったいどんな危険があるというのでしょう。いっぽう、老師はここのサナトリウムが気に入っています。身に寸鉄を帯びず、ただことばのみですからね、清貧これなく、大げさに言えば、荒野に呼ばわる聖ヨハネのようなお方です。そう、旧ソ連時代なら、このサナトリウムは官の上級者たちの避暑地であったわけです。作家たちでも、もうなにも書けないのに、このサナトリウムでむなしい余生を楽しめたのですが、もういまどきは余裕がなくなって、私設に移行し、ほんものたちの最後の居場所になりました。いいですか、さきほどブリッジでごらんになったひとたちは、ものすごい知識人の成れの果てもいれば、正真正銘の妄想者もいますが、しかしその哲学をあわせれば、世界が一変するはずなのです。健全なる肉体派の思想哲学では及ぶべくもない善き世界が描き出されるのです。そこまで饒舌になったパーシェンカは、老師の船室のドアを大きく二度叩いた。入口にどういうわけか子羊がつながれていて、膝を折って眠っていた。中から元気な声で、どうぞ、入りなさい、と返事があった。

6

老師ミロラドは、おお、おお、ああ、おお、と嬉しくて何を言うべきか一瞬度忘れしたようだった。来たか、来たか、おお、おお。いと優しきむすめよ、わたしの乙女よ。彼女が駆け寄り、ごきげんよう、先生、ミロラド・ダヴィドヴィチ、一年のご無沙汰を許してください、といい、椅子から立ち上がれない師の膝もとにうずくまるようにして挨拶した。師はエーリカのアフマートワ・カットの黒髪に手をのせて、彼女の額に十字を切って祝福した。おお、おお、そっくりだ！ 若かったころのアンナ・アフマートワのことはよく知っている、ほんとうにエリノチカ、あなたは瓜二つだねえ。師はそう言ってのち、少し藪にらみの目脂の眼で、セッソンを見つめた。おやおや、あなたは、これはまた、新しい友を連れて来なさったか、ややも年取っておられるようじゃがな。あははは。みんなが笑った。

彼女は言った。実は、先生、夫のヴォロージャがサンクトペテルブルグに出張なので、これはいい機会だと思って、彼、セッソンをお連れしました。ほほう、夫の留守中というのが、またよろしい。ロシア的だ。むかしはみんなそうしたものだ。あははは。さて、どうやら、アジア人だね。ああ、ヤポニアかな。ふむ、そうだね。セッソンは心おきなく挨拶した。ほほう、立派な挨拶だね。ことばがよろしい。わたしにとっては、ことばの意味は大事だが、それ以上にそのことばの心が大事なんじゃ。さあ、お二人とも、そこにかけなさい。おおい、パーシェンカ、薄荷入りの冷たいお茶をもらってきなさい。ジャムはキイチゴでよいね。パーシェンカは飛び出して行った。

セッソンにとって、このキャビンはどこかで見知った室のように感じられた。そうだ、僧院のケリヤだ、木の壁には、幾つも木に描かれた聖像画イコンが掛けられていた。ふむ、これは、セッソン殿、わたしの趣味ですぞ。中には何百万もするものから、そこいらの民間画家が描いたもの、おお、パーシェンカでさえ描いたものまで掛けてある。そうそう、かわいいエリノチカ、あなたの父から分けてもらった、ほれ、そこの角の漆黒のイコンは別格じゃ。オリョール包囲戦のときの拾い物だった。わたしが息を引き取ったら、そのイコンを掲げて、野辺送りをしてもらいたいものじゃ。おお、あなたの父のアンドリューシャは元気だろうか。彼女は、はい、と答えた。彼はわたしの魂の恩人だ。わたしより先に旅立たれては申し訳ないのだ。

おお、話せば長い百年の歴史と時代のこととなるので、これはしばし割愛じゃ。若い人たちに思い出話はつまらないだろうからね。さて、エリノチカ、きょうの久々の訪問の主題とは何かな。遠慮せずに何でも聞きなさい。予言が欲しければ言いなさい。ミロラドの庵室の窓から針葉樹の匂いがする風が入った。おお、今日は、不幸なことに、熊に誘い出されて食われた入園者があったというが、無事に天国に行ったことだろう。それでよいのじゃ。それぞれの運命があってのことじゃ。

このとき、カエル山の上空を飛び行く飛行機の轟音が高く低く響いた。ふん、あれはカナダのボンバルジアの双発機じゃ。ノギリキまでかのう。アレクサンドロフスク・サハリンスキーなら、わしも一つ乗って行きたいが。こころ豊かなエーリカよ、この大地から旅立つ前に、父上とアルコヴォの北でお会いしたいものじゃ。ええ、彼はまだ頑なに、タンギ村で海の灯台のような教会を守っています。で、マリア・アレクサンドロヴナは？　ええ、父の手を引いて、半身になっていますが、母もさすがに年になりました。それはそうだ、そうでしょうとも、わたしがお会いした頃は若かった。あなたが生まれたばかりだったから。

ボンバルジア機の轟音はよく響いてしばらく耳に残った。高度低くボンバルジア機の空路が見えるような現代なのに、この古風な庵室では、壁一面にさまざまな図柄のイコンが重厚な色彩を沈めて何かを祈ってくれているのだった。セッソンはこの取り合わせに心が惹かれた。文明は空を飛び、地上ではイコンたちが祈っている。

そこへパーシェンカがお茶を運んできた。もちろん彼も同席した。老師は一口薄荷茶でのどをうるおし、さて、エーリカからかな、それともヤポニアの客人からかな、と切り出した。ふむ、何と？　ニヴフのことだって？　もちろん、わしでもよいが、ふむ、待ちなさい、それなら、新任の施設長アリサ・セミョーノヴナがうってつけだ。いったいどういう話になろうか。パーシェンカはまた、アリサ・セミョーノヴナを呼びに駆け出した。

7

アリサ・セミョーノヴナが笑顔いっぱいにしてやってきた。その後ろにニヴフの末裔だというヤソンがしたがっていた。彼も満足そうだった。小柄な体躯をこごめて、老師に挨拶した。おお、あんたのことを忘れていたよ、さあ、かけなさい。恐縮至極です、とヤソンは答え、もう一度お辞儀をした。庵室は賑やかになった。パーシェンカは小さなイコンを背にして恭しく腰掛けた。サナトリウム長のアリサは窓辺にあるソファーにゆったりと席を占めた。老師が事の次第を説明すると、彼女は非常に喜んだ。彼女はもうすべて暗誦しているとでもいうように、話し出した。話し出す前に、セッソンとエーリカを見回した。

分かりました、先住民ニヴフについてというご所望ですね、もちろん、ねえ、プロフェッソル・エーリカ、これはあなたの方がもっと詳しいかと思いますが、と言って、いいえ、わたしは文学の領域ですから、というエーリカの応答があると、そうですね、わたしは、社会心理学が専門ですから、さてどうなることか、まずは、ニヴフというよりも、ピルスツキ、つまりポーランド語読みだとピウスツキですが、サハリン島流刑時の彼のことを少しおさらいしておきたいと思います。よろしいですか。するとみんながうなずいた。ニヴフの現況については、したがって、ここに守衛のヤソンをご一緒させてもらったので、いろいろ質問をいただければ結構です。実は、わたしに一つ謎解きがありまして、それで、それをここでみなさんにご披露できるのが楽しみでなりません。ひょっとしたら、十中八九、わたしの妄想であればよろしいのですが、で、妄想となると、ここのサナトリウムのことですから、わたしも妄想感染を受けていることになりましょうか。退屈なレクチャーといったところですが、五分ばかりお時間をください。

さて、ご存じのように、ポーランドの、といっても実際はポーランドの領土とされたリトワニア、つまりリトワニア人であるブロニスラフ・ピウスツキは、一八六六年にヴィリニウス、つまりヴィルノですが、ここの十三世紀以来の由緒ある名門の、つまり領主階級シュラフタの家に生まれました。ここまではよろしいのですが、さて、大学に進学するについては、ワルシャワか古都クラクフの大学に進むつもりだったのです。というのも、詩人アダム・ミツキエヴィチやユリウシュ・スウォヴァツキが出たヴィリニウス第一ギムナジウムを出たのですから、当然ながらそう願っていたのです。ここでパーシェンカの声が割り込んで、二十世紀においてもそうだったのですか、と質問が飛んだ。アリサは答えた。ええ、母国語はリトワニア語、そして公用語としてはポーランド語を自由にこなすのです。さらに、ロシア帝国の支配下にあるので、でき得ればロシア語もこなす。ワルシャワ大か古都クラクフの由緒ある大学へ進むのがいいのです。これで納得ですか、パーシェンカ。はい、了解です。で、さて、これは芸術家肌の母マリアの切なる願いだったのですね。ところが、リトワニア人である彼は、ポーランドの大学入学は当局によって許可されず、結局ロシアのペテルブルグ大学の法学部へと進学することになったのです。これが一八八六年ですから、二十歳ですね。おお、忘れていましたが、わたしたちのトルストイ亡き後の文豪、と言うべきでしょうか、文豪といってはアントン・パーヴロヴィチは苦笑するでしょうが、まあ、しかし、今日ではまさに、文豪に値しましょう。というのも、いいですか、わたしの考えでは、彼は不滅のドキュメント調査紀行『サハリン島』一巻によって、文豪に値する精神を獲得したのです。つまり、流刑のサハリン島において、彼はこれまでさまざまに批判し取り沙汰されはするが、彼だけが、このサハリン島、囚人の島において、〈人間〉を発見したからなのです。ここを押さえておけば間違いがないと思います。エーリカ教授、いかがでしょうか。ええ、わたしも同意します。人間の発見ですね。

で、わたしたちのチェーホフは一八六〇年生まれですから、ピウスツキはチェーホフの六歳下ということになりましょう。こうしてロシア帝国の首都の法学部に入学してただちに彼は、同じリトワニアから来ている学生たちの学生運動のリーダーとなります。もっとも、これは合法的範囲においてのことですが。ご存じのように、リトワニア、ポーランド、ロシア、というように、彼らは二重三重の国家支配の桎梏に苦しんでいたのです。

ところで突然彼の運命が一変します。というのも、同じリトワニア出身で、当時の《人民の意志》党員で、爆弾テロリストである友人のユゼフ・ルカシェヴィチの紹介ということで、一八八七年二月二十八日のことですが、ピウスツキのアパートに、アレクサンドル・ウリヤノフがやって来たのです。もちろんご存じのように、のちのレーニンの兄にあたる人です。このアレクサンドルは《人民の意志》党員の革命家です。急遽アジビラをペテルブルグのピウスツキの部屋でつくるためだったのです。まるでドストエフスキーの小説のようなペテルブルグで。ところが、何と、この翌日、アレクサンドル三世が爆弾テロで暗殺されたのです。それで、ピウスツキも逮捕され、裁判では、事件に直接かかわりがなかったと認められたにも拘らず、迅速な判決によって、四月の初め、死刑宣告を受けたのです。のちのレーニンの兄アレクサンドル・ウリヤノフは処刑執行されます。

しかし幸運にも、後にロシア帝国議会の議長となるヴラジーミル・ココヴッフが、ピウスツキの死刑宣告について弁護を展開し、彼の奔走で、五月の初め、死刑からシベリア懲役流刑十五年刑に減刑されたのです。当時の政治犯の刑期は、二十年、十八年、そして十五年というのが、相場と言うのも面妖ですが、そうなっています。無期はないように観察されますね。生きていれば、かならず、再起できるのです。このココヴッフはさらに手を尽くし、この若いリトワニア・ポーランドの青年がザバイカル地方の流刑地ではなく、サハリン島に送られるように奔走してくれたのです。というのも、当時、シベリアよりもサハリン島の方が、政治犯に関して扱いが人間的だとみなされていたからです。こうしてピウスツキは二十一歳の若さで、十五年刑でサハリン島に流刑されたのです。

すこし退屈なおさらいでしたでしょうが、ここで注目すべきは、ココヴッフのような知識人が存在したということでしょう。これがまた同時にロシアでもあったかと思います。ここまでで、なにか質問がありますか、とアリサは言って見回した。イコンを背にしてメモしていたパーシェンカが発言した。はい、十九世紀のロシア革命運動の始まりにおいてですが、彼のような篤実の知識人がいたことに感激します。反体制一本やりではなく、真のロシア・インテリゲンチャの精神が生きていたのですね。そこでひとつ質問ですが、二十世紀ロシアにおけるスターリン体制下の知識人粛清とラーゲリ送りにおいて、ピウスツキのような若い大学生などいたのでしょうか。もちろんですよ。もっと過酷です。マガダン以北のラーゲリです。そこが地の果て、もう二度と生きて刑期を終えることはないでしょう。サハリン島の比ではありません。しかし、生きて帰還できた人もいるのです。するとパーシェンカが、神のご加護ですね、と言い添えた。アリサ・セミョーノヴナは、右のこめかみに指を二本あてがって、そうです、と答えた。いや、神とは、だれか人間のことでもありますがね。

窓から馨しいウイキョウの花の匂いが風に運ばれてきた。谷間の水辺に密生しているというのだった。目をつぶって聞いていた老師が真っ白いひげだらけの顔をあげた。ふむ、神とは人間とな、よろしい。そうなのじゃ。人間を介して顕われる以上、そういうことになる。老師は眼を見開いて、まるでそらんじるように話し出した。話すというより、歌うようだった。その声の響きは、イーゴリ公軍記のようなリズムだった。

そうとも、忘れようもないことだ。一九三七年、モスクワ大学生のあなたは、ワルラーム・シャラーモフよ、あなたは二度目の逮捕だった、二十二歳だった、あなたはシベリア極北のコルイマのラーゲリに送られた。二十年刑だった。そして、ある日のことだ、あなた宛てに一通の手紙が、コルイマではなく遥かなヤクーツクに届いていると知らされた。あなたは許しを得て、コルイマからヤクーツクの郵便局までその手紙を受け取りに出かけた。あなたは零下五十度の酷寒のツンドラを不眠不休、五昼夜かけて疾走した、最初は鹿橇で、次は犬橇で、その次はトナカイ橇で、そして最後はマンモスのようなトラックにひろってもらった。襤褸《ぼろ》に借り物の鹿革のコート、氷のたるのようになってあなたは疾走した。先住民の御者は優しかった。あなたはついにその手紙を受け取った。無事に生き延びてすべてを書け、必ず生きて帰りさえすれば、ロシアの大地はむくわれるのだと、その手紙にあった、神のご加護あれと。老ミロラドはそこまで言って、沈黙した。そして、恩寵という一語を発した。

エーリカは、セッソンにささやいた。ほら、詩人パステルナークの手紙のことね、と。ええ、ええ、ぼくもそのように理解できました。実際にパステルナークは、自身は奇跡的に粛清を免れて生きて、そして自分の崇拝者である若いシャラーモフに本名で手紙を送ったのですから、ぼくも知っています。シャラーモフが、コルイマのラーゲリから、二十年刑の彼が、まるで投げ便通信のように、いつ着くともわからない手紙を詩人宛てに送ったのですから。

サナトリウム長のアリサも大きくため息をついた。いまは亡きロシア革命国家の指導部こそが、痴愚狂人の檻に収容されるべきだったのですが、まったくあべこべでしたね。老師ミロラド・ダヴィドヴィチ、ではもう少し、主題にふれさせていただきます。老師は、深くうなずいた。

さて、サハリン島に到着すると、ピウスツキはただちに道路建設に使役されます。そして、サハリン島長官としてココノヴィチが赴任してきてから、実はピウスツキの待遇が一変したのです。賢明な能吏であるココノヴィチは、この若い政治犯流刑囚が、父親の三つの領地経営に成功した経験者であることを知ったからです。ピウスツキは大学進学前に父の領地の農業経営に手腕を発揮していたのです。リトワニアの荒れ地の開拓や整備です。当時のサハリン島の監獄は、自給のためにも囚人の自立のためにも、大規模な農業経営を行わなければならなかったのです。しかし、畑や家畜小屋、倉庫などを采配できるような人材は見つからなかった。ココノヴィチ長官にとってはもってこいの人物だったのです。若いピウスツキは有能でした。やがてココノヴィチ長官はピウスツキに統計部局を任せるようになるのです。いかがです、このような僥倖に見舞われたのです。

セッソンはすでにエーリカのメールでサハリン流刑史の概略を知っていたので、なお明瞭に理解できた。

一八八七年、アレクサンドル三世暗殺計画が発覚し、後のレーニンの兄のアレクサンドル・ウリヤノフら五人が処刑された。ナロードニキの活動家ユヴァチェフは、死刑から十五年刑に減刑され、サハリン島に送られ、ルイスコエ村、いまのキーロフスコエですね、ここに住み、大工をやり、やがて測候所の所長として働きます。彼はチェーホフと同年の生まれです。一九四〇年に死去します。この同じ八七年に、ピウスツキも送られてきたのです。最初、ルイコフの監獄です。こうしてピウスツキは、ココノヴィチの厚遇下で流刑時代を生き延びるのです。そして、これは今現代のサハリン島にとっていちばん重大な出来事ですが、ピウスツキが流刑になじんだ頃、一八九〇年チェーホフがサハリン島に上陸するのです。彼は面会一番ココノヴィチ長官から、政治犯には面談しないようにとくぎを刺されます。もちろん調査においてもたえず監視がついているわけです。このときチェーホフ三十歳、ピウスツキは二十四歳です。

明敏なパーシェンカが割り込んで、質問をした。アリサ・セミョーノヴナ、ぼくはとても興奮させられます。チェーホフは、どうですか、政治犯には会わないという約束で、流刑囚人口調査が許されたわけですが、ルイスコエであれ、どこであれ、北部サハリンで、調査をしていて、偶然にも会わないということはなかったろうと直感しますが、いかがでしょうか。もちろん、チェーホフは慎重ですから、モスクワへの手紙にも、もちろん大著『サハリン島』のどこにも、そのような記述は残していませんね。しかし、ロシア人ですよ、ぼくはどこかでチェーホフとピウスツキが出会ったはずだと妄想していますが、いかがでしょうか。アリサはしばし答えに窮した。文献資料がありません。これは裏付けがあるわけではありませんが、わたしもそのような可能性を排除しません。さあ、エーリカ教授はどう思いますか。エーリカは、ええ、可能性は大きいです。ただ証明できないのですが。アリサは今度はセッソンに問いかけた。セッソンは証明もなしに決断した。ええ、もちろん、二人はルイスコエのどこかで、出会っていましょう。ただチェーホフが記さなかっただけでしょう。すると老師もまた、はっきりと言った。いいかね、ロシア人として当たり前のことじゃ。まちがいなく会ってよしみを通じたのだよ。いいかね、チェーホフはサハリン島の調査の準備期間に厖大な資料や書物を読んでいる。サハリン島に誰が政治犯として送られているかなど、とっくに調べあげてあったはずじゃ。政治犯は特別に足枷の鎖をひきずっていたわけじゃなし、集落からのちょっとした外出許可の折に、チェーホフと出会ったのじゃ。

突然パーシェンカがイコンの前の席から立ちあがった。眼にみえるほど興奮していた。おお、ぼくに

郵　便　は　が　き

適宜な
切手をお貼り
下さい

〒101-0064

東京都千代田区
神田猿楽町2-5-9
青野ビル

（株）**未知谷**行

ふりがな ご芳名 E-mail	お齢 男

ご住所　〒　　　　Tel.　-　-

ご職業	ご購読新聞・雑誌

愛読者カード

ご購読ありがとうございます。誠にお手数とは存じますが、
アンケートにご協力下さい。貴方様の貴重なご意見ご感想を
賜わり、今後の出版活動の資料として活用させて頂きます。

本書の書名

お買い上げ書店名

本書の刊行をどのようにしてお知りになりましたか?

書店で見て　広告を見て　書評を見て　知人の紹介　その他

本書についてのご感想をお聞かせ下さい。

ご希望の方には新刊書のご案内をさせて頂きます。　要　不要

信欄(ご注文も承ります)

は見えます。二人がルイスコエの埃っぽい悪路で出会ったのです、右側には監視兵たちの住む宿舎が並んでいます、右側奥には政治犯の獄舎ですが、獄舎といったところで逃亡するところなんてないんです。ほら、いまピウスツキがつぶれた汚れ切った学帽みたいな帽子、つばのとても短かい帽子をかぶって歩いてくる。リトワニア人ですから、体躯はずんぐりとがっちりしています。中肉中背ですよ。顔はひげに覆われています。こちらからはチェーホフが聞き書きの助手をともなって、歩いていくのです、助手の案内で囚人の農民小屋を回る途中なのです。チェーホフはハッと立ち止まった。向こうも一瞬立ち止まった。チェーホフが挨拶の声をかけると同時に、ピウスツキの方が後ろから監視人にともなわれながら、大きな明るい声のポーランド語で挨拶し、自己を名乗ったのです。早いポーランド語の内容など、監視人にはちんぷんかんぷんだったのです。チェーホフは子供時代からアゾフ沿海地方のポーランド人になれていたので、若いピウスツキのポーランド語はすぐに理解できたのです。ええ、何と言ったかですって？　わたしは生きて故国に帰るだろう、いずれアレクサンドル三世の死去があれば、恩赦になって、刑期も短縮され、わたしはパリ経由で故国に帰還するだろう、そう早口に言った。チェーホフは、もちろん、あなたのことは知っています、来る前に知っていました、運命の艱難に神のご加護がありますように、とこちらもよどみないポーランド語で返した。おお、すると若いリトワニア人は、帽子をとってもういちど挨拶し、アントン・パーヴロヴィチ、あなたの精神に感謝します、と応えたのです。

さあ、どうでしょう、とパーシェンカは自己陶酔のあまり泣き出しそうになってイスにへたばりこんだ。そばでヤソンが彼を落ち着かせた。そして今度は、ヤソンがその小躯を反り返すようにして起立し、アリサ・セミョーノヴナ、ピウスツキとニヴフの絆について、その運命については、ここで、ニヴフの末裔として、ややも、わたしに発言させてもらえますか。アリサは、ええ、そのつもりですよ。あなたにはその権利があります。よろしい、よろしい、と老師が言った。パーシェンカはまことにサハリン島の息子じゃ。ロシアの根っこの情熱を忘れてはいない。まちがって流出すると、悲劇だが。ほれ、われらが歴史のロシア革命がそうじゃった。そうだな、チェーホフもピウスツキもロシア革命を知らずに早々と旅立ったが、チェーホフなら、革命の時代に入ったとしても、もちろんボリシェヴィキではなく、左翼エスエルの社会思想に近いことだったろう。となれば、生き延びて革命を迎えるとなれば、まずはボリシェヴィキ権力によって、名著『サハリン島』はどうなったことやら。サハリン島とは、ボリシェヴィキ政権の最終の監獄組織のラーゲリの原型なのだから。

8

発言を認められたヤソンは前に進み出て、老師の傍らの小卓の前に立った。アリサ・セミョーノヴナによるご所望を光栄に思います、と彼は少しもおじずに話し始めた。でも、いいですか、ヤソン・オレニスキー、あまり脱線せずに簡潔にお願いいたしますよ。ここは学会じゃありませんが、持ち時間は十五分ですよ。ヤソンはおおきく満足そうな笑顔でうなずいた。イコンの下の席で、ようやくパーシェンカがいわば一時的失神から目覚め、耳を傾けた。

さあ、何から話し始めたものやら、しかし主題は明瞭です。その変奏については、少しく装飾音がはいることをあらかじめ言い添えておきます。わたしことヤソン・オレニスキーは、生まれはニヴフの血筋で、国民国家ナツイアと言う点では、みなさんと同じロシア人です。

わたしのご先祖はむろんサハリンの最北地方のニヴフの集落が根拠地でしたが、ほら、この長い歳月を閲《けみ》するうちに、わが家系の支脈は北から南へと移動を余儀なくされた次第です。生きるためには故土のケジロヴォ村にしがみついているわけにはいきません。人間とは移動する生き物です。生きやすい大地を求めてともかく動くのです。時代の歴史によって、そのようにして離散しました。このような離散を、今日的には、欧米的のタームによって、ディアスポラなどと定義していますが、ことわたしたちサハリン島先住の民としては、ちょっと事情が違います。それはもちろん少数民族ゆえに新しい支配者からはひどい処遇をうけたのですが、わたしたちは、それでもめげませんでした。四散しながらも、血を重ね、代を重ね、そして民族の血の純潔性については、もちろん原理主義的によしとしながらも、しかし現実においてその原理主義を徹底するとなると、わたしたち自身がこの世に生きられなくなるのです。わたしたちは当然のことながら、ここサハリン島土着の人々と、縁あるにおいては、結婚し、いわば混血しながらも、精神において、いわゆる民族の自己同一性をつないできたのです。滅びゆく少数民族だなんて、とんでもないです。人間はみなハイブリッドであるのが本来的なのです。一民族一言語一国家などというふうに囲い込むことで、妙なことになった。幸いにも、サハリン島はソヴィエト・ロシアの体制下にあって、そうですね、一時的な雪解けとはいえ、一九二〇年代の半ばにおいて、ようやくロシア革命も少し安定して、若い民俗学徒たちが、シベリアからサハリン島へと民族調査を、特に言語、民《みん》譚《だん》、伝承文学の研究を開始したのです。もちろんこれは一時的開放でしたから、また三十年代にむかってしぼんでいくのです。わたしたちの存在はこの時期に脚光を浴びました。シベリアからここまで、先住民族はなにもニヴフだけではありませんね。もとよりシベリアからここまで、わたしども複数の少数民族の大地であっただけの話です。

ヤソンの話の悠長さにアリサ・セミョーノヴナが、ちょっと右手の人差し指を振って、早く主題に進みなさいという合図をした。ヤソンはとくに小柄な体をこごめてうなずいた。

ダー、と彼は一息ついた。それでは、ピウスツキとサハリン島のニヴフとの絆について簡潔に話します。若いピウスツキはサハリン島に流刑されて、その翌年、一八八八年頃ですね、当時はまだギリヤークという名で呼ばれていたニヴフたちに出会うのです。そうですね、同じ時期のサハリン流刑仲間である、イワン・ユヴァチェフの一九二七年刊行の回想によれば、そのころいち早くピウスツキはニヴフの言語とフォークロアに関心を寄せていたというのです。となると、ソヴィエト・ロシアの研究者たちよりずいぶん早い着眼であったわけですぞ。流刑地に送られたから、いち早く関心を寄せることができたというべきでしょうか。あるいは、ある意味では、ユーラシア大陸の果てにおけるエキゾチシズムとでもいうべきでしょうか。中欧では考えらない言語やフォークロア、このアジア的なるものへのエキゾチシズムがあったのは間違いないでしょう。

ユヴァチェフの回想によればですが、こういうふうだったのですね。ピウスツキはギリヤーク語を、つまりニヴフ語ですが、これを学ぶことを思いついたのです。ニヴフたちの方では、ピウスツキに情報を与えると、いい報酬がもらえたので、喜んで情報を提供したのです。最初は、ニヴフ語のすべての語彙、それから自分たちのファンタスチックな民譚、フォークロアをそらんじて聞かせてくれたのです。

でも、どうしてピウスツキにはそのような資金の余裕があったのでしょうか。もちろん、これは有能な彼が、ココノヴィチ長官に大事な仕事を任せられていたので、その給金があって、それをニヴフ語、フォークロア採集に使ったのでしょう。それにしても、十三世紀以来の由緒あるポーランド・リトワニア王国のシュラフタ階級の末裔が、サハリン島に流刑されて、最初に出会ったのがニヴフ語とそのフォークロアだったというのは興味尽きませんな。もちろんニヴフたちはじぶんたちの言語やフォークロアがお金になることなど思ってもみなかったのです。どれほど貴重な財宝であるかも、思ったこともないでしょう。ゆくゆく失われてしまうかも分からない言語であることなど、明瞭に意識化したことなどあるはずもないでしょう。彼らニヴフは、わたしのご先祖でありますが、自分たちが自然に話し、また語り伝えて来た口承文芸が、どれほどの価値ある財宝かなど、文化人類学的にもどれほどの財宝かなど、知る由もなかったのです。

そうそう、おお、ヤポニアから来られたガスパジン・セッソン、あなたの国には、「まれびと」というタームがあるとわたしはエーリカ先生の本で読んだことがありますが、ピウスツキはニヴフ世界への最初の「まれびと」であったのでしょう。あるいはまた、「貴種流離譚」というタームもありましたね。これはどこにでもあるモチーフでしょう。まさしくこれはピウスツキの運命にぴったりです。いわば、中世の武人の末裔がですよ、よりによって、ロシア皇帝アレクサンドル三世暗殺の計画に連座したとして逮捕され、迅速な裁判結果により、死刑を十五年刑に減刑されて、サハリン島に流刑される。そしてあちらでは少しも知られることのなかったニヴフ民族とその言語に出会うのです。そう言って、ヤソンは、少し背伸びしながら、セッソンに、そうではありませんか？　と大きな声で問いかけた。セッソンは、答えた。ええ、その通りです！ ついでに言えば、日露戦争の時期に、サンクトペテルブルグ大から日本に国費留学で来ていた東洋学者のニコライ・ネフスキーがいます。彼もまた逆の意味で、ピウスツキと同じではありませんか。彼は日本語研究よりも、むしろ、アイヌ語、沖縄語、日本語辺境地の方言やその信仰、民譚について収集研究をしました。「オシラ」さま、というのがその筆頭ですね。

セッソンが席から発言したので、不規則発言やアドリブが嫌いらしいアリサ・セミョーノヴナが、再びヤソンに指を立てて合図した。にもかかわらずヤソンは言った。おお、そうです。ネフスキーは一八九二年の生まれですから、ピウスツキよりはるかにのちのことです。さて、アリサ・セミョーノヴナにご注意をいただいているので、先へ話を動かしましょう。ニヴフ語を採集し学び始めたその翌年ですが、一八八九年夏に、サハリン島に新しい政治犯の一団が送られてきたのです。この中に、レフ・シュテルンベルグがいたのです。チェーホフが来島するちょうど一年前ですね。彼はサンクトペテルブルグ大学の物理と植物学者ですが、ナロードニキ運動の流れの《人民の意志》に属して逮捕され、サハリン島に流刑されて来たのです。一八六一年生まれですから、チェーホフと一歳違い。典型的な六十年代生まれの生粋のロシア・インテリゲンチャです。流刑後、彼はアレクサンドロフスク・ポストに居住させられたのです。やがて彼は、ルイスコエ村に、ピウスツキたちに会いにやって来た。そこで、ピウスツキはニヴフ語に関する自分の仕事を彼に見せたのです。これを契機に、シュテルンベルグも深い関心を寄せ、ピウスツキの仕事にも細やかな助言を与え、自分でもトゥイミにいたニヴフと個人的にも知り合いになっていくのです。のちに彼は、ニヴフ語、ウィルタ語、アイヌ語の研究で大きな成果をもたらしますね。

以上が、ピウスツキと同じ収容小屋にいたユヴァチェフの回想ですが、実はもう一つ、こちらのほうが信憑性ある説があるのですぞ。それはこうです。一八九〇年頃ですが、つまりチェーホフ来島の年ですが、サハリンには政治犯流刑者のために、二つのコロニーがつくられたのです。長官ココノヴィチはこの政治犯が特化してサハリン島送りにされることになったので、扱いに苦慮していたのです。他の徒刑囚から隔離しなければならなかったのです。そのコロニーは、アレクサンドロフスク・ポスト、もう一つはルイスコエ村です。この二つの政治犯コロニーの連絡は普通、郵便でしかなされなかったのです。

ところが、一八九一年の一月に、まだこの時点で、チェーホフはサハリン島にいませんがね、この冬のことですが、革命家シュテルンベルグは、自分の収容されているさらに北のヴィアフタから、数日間例外的に、アレクサンドロフスク・ポストとルイスコエの二つの政治犯流刑者コロニーを訪れることが許可されて、やって来るのです。おそらくココノヴィチの思惑があってのことだったでしょう。とにかく、全ロシアから送られて来る政治犯流刑者の扱いについて、ココノヴィチは危機意識を抱いていたにちがいありません。意気消沈している政治犯の友人たちを、シュテルンベルグは励まし、サハリンの先住民族の習俗を研究することを提案したのです。ところが、シュテルンベルグのこの提案に応えたのは若いピウスツキただ一人だった！　いいですか、これが新しい説です。人民の意志派の革命家たちは、みな政治的人間であるゆえに、ただちにシュテルンベルグの提案に乗ることはできなかったでしょう。

そこまで話して、額をぬぐうと、ヤソンは大いに満足そうに笑みを浮かべた。アリサ・セミョーノヴナ、いかがでしょうか、と声をかけると、彼女は親指を立てた。

それでは、さて、結論です。それからかれこれ十年がたちます。十五年刑の三分の二が勤め上げられた頃ですね。さあ、親愛なみなさん、ここが肝心かなめです。いいでしょうか、政治犯流刑者はただコロニーで意気消沈していたのではありません。それなりに、刑期が終わるまで、さまざまな仕事をしていたのです。特に学校教育ですね。いわば一軒の建物、分教場のようにして、サハリンの移民者、農民、あるいは徒刑囚の共棲者の子弟たちに、読み書きの教育を行っていたのです。幸運にも、わたしは、当時の写真を図書館のアルヒーフで見る機会に恵まれたのですが、何と！　髭もじゃのピウスツキが五十名くらいの子供たちの前列中央に坐っている写真に出会ったのです。ピウスツキはもう若くはなかった。ナロードニキ、人民の意志派の革命家、あるいはロシア革命時期の革命活動家がよくかぶっていたひさしの短かい学帽みたいな帽子をかぶって、ピウスツキが坐っているのです。背後の子供たちは、着ているものもさまざまですが、みな生き生きして笑っているのです。浮浪児みたいな男児もおれば、ぼろを着てはいるが天使のように可愛い女の子たちも大勢います。

そのときわたしは、申し訳ないですが、妄想派の人間として、忽然としてこの一枚の写真の印刷ページのなかに、わたしの曾祖母にあたるべき一人の明らかにニヴフの女の子の面影を見出したのです！なんということでしょう！　もちろん、明らかにサハリン・アイヌの子らも混ざっていました。少数民族は教育から外されていたはずですが、実際は写真のように、ニヴフもアイヌもウィルタの子弟もまじっていたのですね！　チェーホフは三か月の調査で、八、〇〇〇以上の流刑徒刑囚たちに面談しているわけですが、その調査において彼がもっとも自分のこの仕事で価値があると自任したのが、こうしたサハリン島の子供たちの調査記録だったのです。囚人の子らであれ、罪はありません。彼らの子供カルテと言っていいのです。

刊行案内

No. 58

（本案内の価格表示は全て本体価格で
ご検討の際には税を加えてお考え下さ

ご注文はなるべくお近くの書店にお願い致しま
小社への直接ご注文の場合は、著者名・書名・
数および住所・氏名・電話番号をご明記の上、
体価格に税を加えてお送りください。
郵便振替　00130-4-653627 です。
（電話での宅配も承ります）
（年齢枠を超えて柔軟な感受性に訴える
「８歳から８０歳までの子どものための」
読み物にはタイトルに＊を添えました。ご検討
際に、お役立てください）
ISBN コードは 13 桁に対応しております。
総合図書目録

未知谷
Publisher Michitani

〒101-0064　東京都千代田区神田猿楽町 2-5-9
Tel. 03-5281-3751　Fax. 03-5281-3752
http://www.michitani.com

リルケの往復書簡集二種完結

* 「詩人」「女性」からリルケ宛の手紙は本邦初訳

若き詩人への手紙
若き詩人F・X・カプスからの手紙11通を含む
ライナー・マリア・リルケ、フランツ・クサーファー・カプス著
／エーリッヒ・ウングラウプ編／安家達也訳

208頁 2000円
978-4-89642-664-9

若き女性への手紙
若き女性リザ・ハイゼからの手紙16通を含む
ライナー・マリア・リルケ、リザ・ハイゼ 著 ／ 安家達也 訳

176頁 2000円
978-4-89642-722-6

8歳から80歳までの **岩田道夫の世界** 子どものためのメルヘン

岩田道夫作品集 ミクロコスモス *
フルカラー A4判並製 256頁 7273円
978-4-89642-685-4
「彼は天才だよ、作品が残る。生きた証も人柄も全てそこにある。
画家はそれでいいんだ。」（佐藤さとる氏による追悼の言葉）

波のない海 *
192頁 1900円
978-4-89642-651-9

長靴を穿いたテーブル *
—走れテーブル！ 全37篇＋ぷねうま画廊ペン画8頁添
200頁 2000円
978-4-89642-641-0

音楽の町のレとミとラ *
プーレの町でレとミとラが活躍するシュールな20篇。挿絵36点。
144頁 1500円
978-4-89642-632-8

ファおじさん物語 春と夏 *
978-4-89642-603-8 192頁 1800円

ファおじさん物語 秋と冬*
978-4-89642-604-5 224頁 2000円

らあらあらあ 雲の教室 *
シュールなエスプリが冴える！ 連作掌篇集 全45篇
廊下に出ている椅子は校長先生なの？ 苦手なはずの英語しか喋れない？ 空から成績の悪い答案で出来た紙飛行機が攻めてくる！ 給食のおばさんの鼻歌がいろんな音に繋がって、教室では皆が「らあらあらあ」と笑い出し……

192頁 2000円
978-4-89642-611-3

ふくふくふくシリーズ フルカラー64頁 各1000円

ふくふくふく **水たまり*** 978-4-89642-595-6
ふくふくふく **影の散歩*** 978-4-89642-596-3
ふくふくふく **不思議の犬*** 978-4-89642-597-0

ふくふく 犬くん きみは一体何なんだい？ ボクは ほんとはきっと 風かなにかだと思うよ

イーム・ノームと森の仲間たち *
128頁 1500円 978-4-89642-584-0

イーム・ノームはすぐれた友だちのザザ・ラパンと恥ずかしがり屋のミーメ嬢、そして森の仲間たちと毎日楽しく暮らしています。イームはなにしろ忘れっぽいので お話しできるのはここに書き記した9つの物語だけです。「友を愛し、善良であれ」という言葉を作者は大切にしていました。読者のみなさんもこの物語をきっと楽しんでくださることと思います。

おお、わたしは、そこで妄想しました。わたしのニヴフの曾祖母は、ピウスツキに、ロシア語《アズブカ》を習ったのだと！　となれば、その他大勢の子らもまた、ピウスツキから習ったことになりましょう。これこそが記憶の宝物です。いいですか、正真正銘のニヴフの末裔として、このヤソン・オレニスキーは断言したいのです。ピウスツキが失われるかも知れないと危惧したであろうニヴフ語を採集しそのフォークロアを記録したことはたしかに学術上は大きな功績ですが、わたしにとってはそれよりも、わたしの曾祖母がロシア語の読み書きを、まさに、まさに貴種流離譚のピウスツキから習ったということなのです。その想起こそが、励ますのです。人間とは、ニヴフという語は、人間という意味ですが、その想起こそが我らを生き延びさせるのではないでしょうか！　おお、もちろん、わたしはウラジオストックの高等専門学校で歴史を学んだ身ですが、このようにサナトリウムにひろわれたこともまた、妄想派のゆえにであったとしても、すべてが必然であるように思うのです。ありがたいです。みなさんは、わたしがどこへ行くにも、昔のニヴフのシャーマンのように、ビンビンと打ち鳴らす小弓をもっていることを可笑しく思うでしょう。しかしわたしは、いまこの現代において、ロシア人として生きながらも、そのようにして、記憶を身体的につないで生きているのです。

　山中で熊に遭遇するならば、恐れることなくわたしは、かつてのニヴフたちのように、ニヴフ語で呪文を唱え、弓をビンビン打ち鳴らすでしょう。われらが人間ニヴフのゆりかごなるあたたかき熊の毛皮よ、われらはこの山におまえたちの毛皮を敷き詰めよう、われらに蜜のありかを知らしめよ、こんなふうに唱えて。ここでの結論は、いいですか、いまこのサハリン島にまだまだ多くの、曾祖父や曾祖母がピウスツキに会ったその子孫が、そのことを意識することもなく、生きていくだろうということです。

ああ、わたしたちの霊肉は、祖先の想起の場所なのです。

おお、のどが渇いた、賢いパーシェンカ、流刑囚の最後の末裔の孤児よ、きみは天涯孤独などと口が裂けても言ってはならないよ、さあ、水を一杯わたしに！　水を！　高揚したヤソンの求めに、ただちに水差しからたっぷりとコップに水を入れて、ヤソンに手渡した。おほほ、なろうことなら、ウオッカの一杯もほしいところだが、それはいけない。わたしの妄想が爆発するだろう。いや、パーシェンカ、実にありがとう。ありがとう！

それでは、最後の結論を話しましょう。流刑十年がたって、ピウスツキは、ニヴフの民譚の語り部のヴニトという娘に出会うのです。彼女はケジロヴォ村に住んでいた。古くからのニヴフの集落です。そう、ケジロヴォというとトゥイミ川沿いの小さな村だった。二人に霊肉の愛が芽生えたのは自然だった。彼女はピウスツキのもとにやって来たものの、一緒に暮らす家が見つからなかった。ピウスツキには、彼女は若い女としてと同時にニヴフ民譚のインフォーマントだった。愛と仕事と。ついに彼女はピウスツキと同居することを諦めた。その後アイヌの人たちと一緒にアルコヴォに移ったのです。ピウスツキのいたルイスコエでも、また移った先のアルコヴォでも、ヴニトがピウスツキの子を身ごもっているのは周知のことだった。問題は、ヴニトが産んだピウスツキの子がどうなったかなのです。これこそがわたしにとって重要な謎解きと言っていいのです。これについてはとても慎重な調査が必要なのです。

言うまでもなく、ピウスツキは自分の子供を見ることなく、サハリン島を出ることになったのです。彼は流刑をとかれ、サハリン島を出てウラジオストックに研究者身分で赴任することになったからです。

一八九九年のことです。それから三年後、彼はヴニトの弟インドゥインを、インフォーマントとしてウラジオストックに呼び寄せたのですが、何と一年も経たぬうちに彼はウラジオストックで死去、おお、結核です。悲惨と言うべきでしょう。サハリンの大地からひっこぬいて当時の都会へ、これがどういうことだったか。いいですか、みなさん、わたしは正真正銘のニヴフの末裔としてですが、このヴニトの問題に関しては大きな疑いを禁じ得ないのです。なぜ、ピウスツキは、ヴニトと子をウラジオストックに呼び寄せて暮らすことができなかったのでしょうか。ニヴフ研究のために、今度はインフォーマントとして彼女の弟のインドゥインを呼び寄せ、結果としては死なしめることになったのです。研究のために、というエゴイズムを、わたしは非難すべきでしょう。もちろん、当時の条件で、ヴニトとその子を、ウラジオに呼び寄せることが許されないということを差し引いてもですが、貴種流離譚のヒーローが、辺境の異民族の娘に子をなさしめて、そののちの世話を怠ったと言うべきではないでしょうか。

わたしは断固としてこのような家父長的男児の仕事を、よしとすることはできないのです。もちろん、研究と愛情と、一緒になってのことですが、そして彼は流刑が終わったとしても、ウラジオストックまでは自由圏だったのですから。わたしはインフォーマントとして姉の身代わりになったインドゥインをわが身のように思うのです。ピウスツキはそののち、ふたたび同じことを繰り返すでしょう。アイヌ語研究をして、サハリン・アイヌの娘との愛です。こちらもまた子が生まれ、その末裔はやがて、運命によって日本に移り住むのです。

さあ、わたしの結論は終わりました。妄想系のシャーマンとしてのわたしは、ヴニトの子の末裔が、必ずや現代のサハリン島のどこかに生き延びていて、そのことを知らずに、美しく、また誇らしく生きているのだろうと確信するのです。おそらくはロシア人とも混血して、あたらしいハイブリッド民族として、生き延びているのにちがいないのです。人類史とは、そのようなことではないでしょうか。ご清聴に感謝します！

9

老師はほとんど半眼半睡といったところだったが、まことに、まことに、とつぶやいて眼をあけた。セッソンのそばの窓からは風と光が差し込んでいた。窓からは、窓辺まで、アニワ湾に浮かぶマシュマロのような雲たち、そしてそこから渦毛のこんもりした緑の旋毛の山がうねうねと重なって、すぐ下まで来ていた。ミロラド師のアームチェアを取り囲むようにセッソンたちは坐っていた。庵室は小さかったが、壁一面にイコンがならべてかけてあるので、不思議な賑わいがあった。イコンの画面に書かれた教会スラブ語の省略文字が光の加減で草のように見えた。金色にマリアと読める文字があった。イコンの下にパーシェンカが坐り、その隣が、席に戻ったヤソンの場所だった。その手前が、セッソン、セッソンの左となりがエーリカだった。その隣の少し離れたイスに、サナトリウム長のアリサが脚を組んで坐っていた。

庵室の集いはわずかこれだけだったが、老師がふっと気づいたので、ドアの片隅に山林官のイワンチク・ペトローヴィチがいつの間に来たのか、丸椅子に腰かけているのが分かった。おお、イワンチクではないか、と老師が声をかけたのだ。ヤソンがびっくりして立ち上がった。おお、親愛なイワンチク、わたしの話を聞きに来てくれたんだね、ありがとう、と言って、また坐りなおした。イワンチクは立ち上がり、挨拶した。そっとお邪魔させていただきました。身につまされる内容でした。わたしがこのようにぶしつけにこっそり忍び込みましたのは、カエル山の沼沢地で、幸運にも野ガモをしとめたものですから、これはカモ肉が好物のミロラド老師に急ぎお届けしようと思ってのことでした。ほら、と言って彼はリュックを掲げて見せた。ひも付きの口から頭をたれてぐったりとした野ガモの首が見えた。緑色の光沢がきらきら光った。よろしいね、さすがに、山林官じゃ、ひまでよろしい。人生は急いでどうなるものでもない。今夕の楽しみが増えた。まことにありがたい。よわい百歳ともなれば、食の喜びは格別じゃ。ありがとう、ありがとう。老師はそう言いだして、やっと半睡からさめたようだった。

老師はゆっくりと言った。ヤソン・オレニスキーの話はとても良いヒントがありました。ありがとう。血筋がニヴフでないと分からないことだ。ピウスツキとヴニトとやらとの愛の関係について、ヤソンの非難めいた思いも、よろしい。正しい。しかし、ややも浅い考えでもある。うつらうつら聞いておって感じたのじゃ。いいかね、およそ男と言う生き物は、動物と同じでのう、自分の子だねを卵子のなかに、なにやら欺いてでも、送り込んだら、それで任務は終わりじゃ。もともとその子だねとやらは、女性の卵子にとっては異物じゃ。そう簡単に卵子に入れるわけにはいかんよ。愛がどのようにあってもじゃ。そこで、子だねも考えたものじゃ。偽装して卵子に突入できる方法じゃ。あはは。卵子、母性、母なる母胎のほうでも、そこは承知の上じゃ、子だねさえ入ってくれると、それでいいんじゃな。あとは男はいらん。自分も、子も、父親とは関係なく、と言うと語弊があるが、生き延びようと意志する。生き延びるという事はそういうことぞ。母性なのだ。家父長制などあれは都合のいい暴力措置にすぎん。本来は、母性に尽きる。母性に始まり母性に終わるのだ。けだし、ヴニトは女の本能で悟ったのじゃよ。いずれピウスツキは去ると。子は自分が育てると。みなそうして来たのだ。しかしだねえ、父を知らぬ子という側から言えば、酷なことだ。しかしそれでいいのだ。うむ、と老師はことばを濁した。ところで、イワンチク、あなたは何か発言したいのではないかな。

もちろん、イワンチクは勇み立った。はい、お許しいただければ、一つだけ、個人的思い出も含めて、ピウスツキについて本当の話を披露させてください。わたしはこうして山林官を拝命していますが、父もまた同じでした。長いことドーリンスクで、ということはチェーホフ山の広大な山林の管理に一生を捧げました。で、若いころは、北サハリンで仕事をしていましたので、よく炉辺夜話《ろへんやわ》とでも言いましょうか、父からニヴフ、ウィルタ、サハリン・アイヌの人たちの話を聞かされたものです。その話が、さきほどらい、ヤソンの話を聞きながら、ゆくりなく、おおいに懐かしく思い出されたのです。そのことをちょっと披露させてください。

時は、いまでも覚えていますが、父の語りでは、一八九九年の二月、マイナス五十度もあるほどの酷寒の日です。ピウスツキは、晴れて刑期も、恩赦も加わって、いよいよ当局からの許可がおりて、ウラジオストックに去ることになったのです。その時、アルコヴォ、ケジロヴォ、タンギの三つの村から、ルイスコエのピウスツキのもとに駆け付けたニヴフ達がいました。別れの宴を催すべく、厳寒の道を越えて来てくれたのです。そのなかに、語り部の老女がいたのです。チュブクの妻だったと、父は言っていました。もちろん、父はそのまた又聞きですがね。で、ニヴフ達のあいだで人望篤いピウスツキは、白人種ですからね、「パチュルリャド」と呼ばれていたのです。顔の赤い人、というニヴフ語です。この別れの宴で、チュブクの妻の語り部は、こんな歌を即興で歌ったのです。

おお、ヤソン、的確な質問です。そうです。アルコヴァ、ケジロヴァ、というと、いうまでもなく、ヴニトの故郷の集落、そして身ごもって暮らしていた村です。もちろん彼女はこの宴には駆け付けなかったでしょう。生き別れです。

その歌は、ニヴフ語ですが、父はニヴフ語もそれなりに学んだので、こんな風にロシア語に訳して、子供の頃、炉辺でわたしに歌ってくれたのです。すっかり忘れていましたが、ヤソンのおかげで思い出しました。さあ、節も覚えていますから、歌ってみましょう。おお、ヤソン・オレニスキー、あんたがリズムをとってくれ、とイワンチクは言って、低い声で歌い出した。ロシア語なのにまるでニヴフ語のように響いた。

赤鼻のパチュルリャドよ
お別れとなれば
あんたは誰のことを思うのか

遠くに行くとなれば
わたしらのことなど思うこともないね
わたしらがルイスコエに来ても

赤鼻のパチュルリャドはおらず
わたしたちが寄るところはもうない

飢えに苦しむときは
わたしらはあなたのことを思い出そう
思う人はあなただけ

ああ、ルイスコエの村は空っぽになる
わたしらがロシア人の村に行っても
お茶をふるまってくれるような家はどこにもない

イワンチクはレーニン帽を脱いで、帽子を握りしめながら歌った。ヤソンがニヴフ語で唱和した。窓から、夏の蝶が入ってきた。白い刺繍がほどこされた蝶だった。

歌が終わると、エーリカが立ち上がった。ええ、わたしもまた思い出します。貴種流離譚と言い、わたしたちのサハリン島は、その運命を生きています。先ほど、タンギという最北の村の名が出てきましたが、わたしの父はその地で、教会を建てて、いまなお、終の棲家として生きています。流刑と言い、貴種流離と言い、わたしたちは、ここの大地で、個々人のうちにおいて、流亡の運命を生きているのです。このような強靭な運命こそ望むところです。

彼女はもっと多くのことを言いたかったに違いなかった。そのプロフィールがほんとうに若き日のアンナ・アフマートワに瓜二つだった。高い鼻梁には、アンナとおなじように、ちいさな崖があった。セッソンはあらためて、彼女の流亡の血筋について想像を逞しくした。白い羽にミシン糸で縫ったような模様の蝶は庵室の中を舞ったあと、窓から出ていった。

サナトリウム長のアリサ・セミョーノヴナが明るい声で立ち上がり、発言した。さあ、皆さん、ヤソンもがんばりましたね。さあ、簡単なオビヤドにいたしましょう、と言った。おお、それはポーランド語ですね、とパーシェンカが言った。ええ。オベドです。ええ、ええ、わたしもまた流離の身で、ここまで来ているのですよ。さあ、しばし、休息しましょう。プロフェッソル・エーリカ、ヤポンチクのセッソン、オベドの用意ができるまで、わがサナトリウムの庭を散策なさってください。まるでここが海辺でもあるかのように、ハマナスの花が盛りですよ。

10

セッソンはエーリカと連れ立って、サナトリウムの庭園へ散策におりて行った。庭の半分が菜園になっていて、畑の中で草をむしっているのはサナトリウムの入園者の幾人かだった。二人が声をかけると、返事が返って来る。それも繰り返しかえってくるのが可笑しかった。彼ら自身小躍りして喜んでいるのだ。白い花と紫の花をつけて盛んに生い茂っている畝があったので、エーリカがたずねると、オイオイォ、カルトーシュカ！　とまた笑い声が返された。若いのはカルトフェリの花も知らぬで、マッシュポテトなどと言うて、ひまわりあぶらをこってりかけて食べくさる。少し口のまがった老女がしかめ面をしてみせた。そして舌を出した。のうてんきで、いいですね、とセッソンは言った。エーリカも、いいですね、それが自然だから、と答えた。時間刻みで仕事仕事に追われてきた彼女は、なにかぼんやりとしていたのだ。

菜園の柵から離れると、こんどは本当の庭で、それなりに手入れがなされ、遠くに四阿《あずまや》があった。あそこまで、とエーリカが言った。しかし、足元をよく見ると、小道が砂浜のようだった。もちろん土がまざっているが、本体は白い綺麗な砂だった。そしてふり返ってみると、サナトリウムはカエル山の腹に遭難した方舟のように傾いて建っていた。地層的にここまで大昔は海だったのでしょうね、とセッソンは言ってみた。ほんとにそうですね、とエーリカはあまり関心がなかった。少し小高くなった四阿に近づくと、もうそこから、アニワ湾のオホーツク海が見えた。そして四阿の向こうはもう崖のようになっていて、その崖ぷちにハマナスの花が咲き乱れていたのだった。人が植えた灌木ではなかった。自然にずっとむかしからここに自生していた末裔にちがいなかった。そして砂があちこちに露出して白かった。砂岩をけずったのか。セッソンはこの白昼に、ここまで海の波が来て、砂浜のきわのハマナスの花と語り合っているように思った。彼女もハマナスの花に気が付いた。よく口紅色で少し紫が混合されたような紅色があるが、その色の花がほとんどだったが、その中に、点々と、白い花もまじっていた。風があって、四阿の周りには、ハマナスの花の香りが、気品ある香水のように匂っていた。二人は、ハマナスの花に囲まれるようにして四阿のベンチに掛けた。

セッソンは彼女に質問した。ハマナスは、ロシア語だと、〝しわしわのバラ〟とありましたね。皺皺というのは、どういうことでしょうか。そういえば、そうですね。正式には西欧のことばからで、そうね、ルゴーザ。でも、わたしたちは、バラの花と言ってから、形容詞を後ろに付けます。つまり、バラの花・しわしわの皺がある、というようにね。まあ、いままで考えてもみなかったわ。セッソンは、舌を噛みそうになりながら、エーリカの発音をなぞった。ローザ・モルシチーニスタヤ。モルシチーナは、いわゆる、しわですね。それじゃ、花びらの形容でしょうか。おお、そうね、きっとそうですよ。そうね、花びらはやわらかすぎて、さわるとしわしわ。彼女は四阿から崖ぎわに行き、すこししゃがみ気味にして、ハマナスの花びらをつんだ。花びらはすぐに簡単にとれた。そして手の中で匂った。指にも香りがうつった。エーリカ先生、棘に注意、とセッソンが言ったのと同時に、彼女が小さい声で、痛い！と叫んだ。刺された人差し指を押さえた。セッソンは言った。口で強く吸って抜いてください。彼女はハンカチをはずしてから、指の腹を吸い上げた。やはり、薔薇は薔薇。花びらはこんなにしわしわになるのに。

四阿で二人はぼんやりとした。ヤソンの話、ピウスツキとヴニトのこと。何から話していいか迷った。サハリンの流刑史など、テーマが大きすぎた。セッソンは言った。ヤソンがシャーマンの家系だなんて、びっくりでした。また、あのイワンチクまでが、父を介してニヴフに縁が深かったなんて。ええ、ほんとうに、わたしたちは、面白い。いいえ、興味がつきないのね。始まりまで遡《さかのぼ》ったなら、いったい何が出てくるのかしら。いいえ、わたしたちは現在が忙しすぎて、そんな夢を見ている暇なんかないわね、そうでしょ？　もちろんです。

　エーリカはもう指のことは忘れて、摘んだ花びらを鼻腔にもっていって、おお、海の匂い、とつぶやいた。ええ、ええ、サンクトペテルブルグの市の花は、ハマナスの花よ！　ああ、そして、わたしの父が終の棲家にしたあの最北の流刑地の海村も、いまごろは段丘がいちめんハマナスの群生よ！　父が生きているうちに、多くのことを聞いておかなくちゃね。人生とその運命にいったいなにがあったのか。そうよ、一九二一年だったかしら、内戦が終結しても、アレクサンドロフスクには、ロシア革命の干渉戦争に突入した日本軍が、ついにシベリアを撤退して、なおサハリン島の北部に駐留を続けた。そのアレクサンドロフスクは、白軍の最後のアジールだった。赤軍はまだサハリンに手を伸ばすゆとりはなかった。わたしの父は、そうね、もっと聞いておかないとね。彼は白軍の従軍司祭だった。ともにシベリアで戦い、ついにサハリン島にたどり着いた。もちろん、南サハリンは、すでに日本領でしょ。父たちはまだ若かった。アレクサンドロフスクから日本に、神戸に行き、そこからアメリカやフランスへ渡る。亡命です。それを夢見ていたのね、きっと。祖国ロシアの大地に帰ることは不可能です。白軍だったのですから、司祭であったとしても。もし亡命していたら、このわたしはこの世に生まれなかった！

　セッソンは、うなずきながら、ダー、ンダー、ええ、ええ、と言いつづけた。父上の教会のある海村は、タンギだったですか、とセッソンは訊き返した。イワンチクの発言のあとのエーリカの言及を覚えていたからだった。ええ、そう、あの一帯は、ニヴフの故郷、大地です。そうです、北サハリンがついに赤軍の勢力下になったのちは、もうロシア全域で、宗教は弾圧され、司祭などはみなラーゲリ送りの時代になった。白軍の生き残りで、しかも司祭だったと分かれば、どうなっていたでしょう！　わたしはまだ、若かったころの父の運命について何一つ聞いたことがなかったのです。おお、若かった父は、赤軍と戦い、追われてシベリアを横断するさいに、どれほど多くの死にゆく人たちの最後の告解を聞いたことでしょう！　死者を葬った大地には、白樺の墓標一つ打ち込んで。

あ、プロフェッソル・エーリカ、蚊にくわれますよ！　とセッソンは言った。体温と吐く息をかぎつけた獰猛なやぶ蚊が彼女の二の腕を攻撃してはまたもどってくる。彼女は振り払った。振り払ってもまた音をあげて突進してくる。そのときだった。四阿をめがけて、サナトリウムの入園者の七、八人が、大きな羽飾りのついた貴婦人帽をかぶったあの老女、自称エカチェリーナ二世を先頭に、大きな声で歌いながらやって来た。彼女は四阿にいるセッソンとエーリカに気が付いて、また大きなしわがれ声で宣告した。十字さえ切った。おお、ジャルコ、おお、存在は悲しい。おお、ジャルコ！　と彼女が発した、〝存在〟ということばは、朗々として、スウシチェストヴォー、と響いた。おお、コマールに食われるがよい、存分に血を吸わせてあげなさい。おお、存在のなんというジャルコよ、あわれよ。そうご宣託する彼女の後ろで、男女のまじった園者たちが、両手を天にさしあげて、サーハル、サハル、サーハル、サハル、と唱えて左右に体を揺らした。まるで夢遊病の舞踏をしているようだった。サーハルとは、ロシア語で、砂糖という語だった。優しいエーリカは、自分でも両手を上にあげて揺らし、エカチェリーナ女帝に、サーハル、サハル、と繰り返し、お辞儀した。

よろしい、よろしい、さあ、愛を続けなさい。存在は肉のごとく悲しい。しかし堪えなさい。エーリカはセッソンを見て、笑いをおさえて。サーハルは砂糖だから、甘いぞ、甘いぞ、という含意なのね。

僭称者の老女は嬉々としていた。そしてまとっていたのはだぶだぶの真紅の、しわしわのワンピースだった。彼女はセッソンを厳しい嫌悪の表情で見ながらも、異教徒であれども、まあ、よろしい。さあ、そなたたちに神のご加護あれ！　と言って、彼女は恭しく十字を切った。その時、後ろの数人が、おどろきの声を発した。

ラードゥガ、ラードゥガ！　虹だ、虹だ、そう口々に言って、小手さえかざした。セッソンもエーリカも指さすほうを眺めた。アニワ湾の海上にいつのまに発生したものか積乱雲の壊走していく薄雲のあいだに、大きな虹が空中に橋をわたして、七色をくっきりと際立たせていたのだった。女帝はまた叫んだ。おお、おお、虹よ、束の間の夢よ、存在の喜びよ、おお、ラードスチよ、ラードゥガよ。女帝は涙を流していた。セッソンは、この四阿でエーリカと一緒に立ち、このような巨大な虹を見たことを忘れないだろうと心にしまい込んだ。

午餐の用意ができたと叫びながら、背の高いイワンチクが走って来た。彼の前を、短脚の賢そうなダックスフントが女帝一行に目もくれず、四阿に走り込み、彼女の前でお坐りした。彼女は抱き上げた。イワンチクが来た。チェーホフの愛犬はダックスフントだったでしょう、わたしも、あやかって、狩りの道連れにしてますがね、臆病で役に立たない。さあ、午餐は共同の食堂ですよ、老師が待っています。

第七章　〈いつも恋しいのは〉

1

　午餐の宴は共同食堂から、一階のテラス露台に変更であった。テラスには木の階段があって直に庭に降りて行けるようになっていた。夏の花も草もいまを盛りと生い茂り、山にのぼってくる遠い海風に戦《そよ》いでいた。虹が消えたあたりから雲の流れが乱れ少しあわただしかったが、空の広大な画布はまだ地の色が青空だった。テラスに集って待っていたのは、ミロラド老師を中心にしてサナトリウム長のアリサ、ニヴフ・シャーマン自称のヤソン・オレニスキー、そしていまエーリカとセッソンが、イワンチクに導かれてテーブルについた。

　卓上にならべられた御馳走の数々は、実にロシア的なもので、大皿に野菜の山盛り、キュウリもトマトもそのまま、自分でとって自分でナイフで切るのだ。別の大皿にはアニワ湾であがった魚の姿焼きではなく、油であげたまるごとの大魚だった。白身が少しやぶけているので、骨が難儀のように見えた。そしてたっぷりとジャガイモのマッシュポテト。ここの厨房で今朝焼きあげたというライ麦パン、それから小麦の丸パン。胡桃《くるみ》まぶしの真っ黒いパン。バターは大びんに入っていた。チーズもまた各自がナイフで削り取る。野菜につけるマヨネーズは、もちろんここの手作りで、酸味が弱かった。飲み物はアルコールは禁止で、真っ赤な色の果汁液、青い果汁液、そして紅茶のポットがどっしりと構えていた。さて、主菜たる肉はと言えば、イワンチクが撃った野ガモの丸焼きだった。みんなは席について、老師のことばをいただいてから、会食がはじまるのだった。セッソンは思った。

それにしてもイワンチクは仕事が早い。野ガモの羽むしりだけで大変だったろうし、第一、野ガモは血抜きをきちんとして、内臓を抜いて、体内を空洞にするまでが厄介なのだ。セッソンもやったことがあるので、かわいそうな首を切り離すときは、野ガモがあわれで、そしてあとはのどから尻まで、要するに一つの袋にすぎなかった。いまその大きな野ガモがこんがり焼かれて、大皿に鎮座していた。塩も胡椒も十分にふりかけられていた。肉を切り取る役はイワンチクだった。

老師が会食の祝辞を述べた矢先のことだった。テラスの下にいつの間に来たのか、十名ばかりの楽団が並んで見上げていたのだった。老師が、谷間の水と、紅茶とで、一期一会の会食についておことばを発したとたん、なんとも言われない、なんとも名状すべからざるようなリズムと音色で演奏が始まった。指揮をしていたのは、十代くらいの少年だった。やれやれ、またオサムナイか、彼は一種の天才少年です、と隣の席でパーシェンカが言った。音楽は演奏された。食事は始まった。

音楽はつづいた。ヤソンが大きな声で言った。オサムナイがこしらえたサナトリウム楽団でね、サナトリウムの名にあやかって、チェーホフスキー・アンサンブル、というのです。彼の作曲ですよ、チェーホフというよりチャイコフスキーばりでしょう、ほら、ほら、ここがロシア人の魂と情感をしびれさせる。やがて、ほら、泣きたくなる。しかし、そこをこらえさせて、さらに広大な大地と空へと魂を運ぶ、すばらしい、オサムナイはまことに抒情詩人です。楽団員はみなそれぞれのみなりで、勝手気ままであったが、チェロあり、バイオリンあり、アコーディオンあり、どうみてもあり合わせの楽器をかき集めた構成だった。団員はほとんどが老齢者と見た。背中がまがったひと、手が不自由なひと、眼が見えないようなひと、それぞれが懸命になって、天才少年オサムナイの指揮に従って、演奏しているのだった。そして一曲が終わると、オサムナイがテラスの食卓のこちらを見上げて、首を垂れて会釈した。ブラボー、ブラボー、ヤソンから声がかかった。イワンチクが立ち上がって拍手した。サナトリウム長のアリサ・セミョーノヴナも立ち上がって拍手し、おお、なんてすばらしいことでしょう、ドメーチイ・オサムナイ、お見事！　と言って祝し、励ました。彼は金髪のおかっぱ髪をかき上げるしぐさをしてのち、それでは、アンコールをいただけたものと早とちりしまして、最新の作曲〝未来の島〟をご披露させていただきますと言い、よじれた朝顔の蔓のようなこんがらがったような老齢の楽団員の方を向き、指揮棒をあげた。指揮棒といっても、柳の枝にすぎなかった。それはもうなんとも言いようがないほどけたたましいもので、そのノイズの底を聞こえるか聞こえないくらいにしみじみと胸が痛むような旋律が流れていた。それを担っているのがアコーディオンの切ない吐息だった。

アリサ・セミョーノヴナが言った。ええ、彼らはみないわば意識の老化にあるのですが、どうして、むかしとったなんとかやらで、左手と右手が、いわば、別人格みたいなものですが、そう、どうでしょう、左手と右手が調和してこそ、ピアノは弾けるのですが、そうではない人たちもいて、それでも演奏したいのです。自己存在そのものが矛盾そのものなのです。それでこそ、つまり生きていることを確認し、未来を感じたいのです。だれもが自分の殻に閉じこもっていたところに、オサムナイが立ち上がってくれたのです。ええ、ドメーチイ自身、いわば相当調子が狂っているのですが、同時にとても聡明なので、半身は覚醒し、作曲という生産の喜びが彼を現世にひきとめてくれているのです。もう三度も自殺未遂ですからね、やっといいことになりました。ほんとうの他者と出会ったのですね。ただただ自分自身と出会ったところで、それは自同律にすぎず、堂々巡りなのですから。

そしてもう一度盛んな拍手が起こった。オサムナイとともに楽団員が首を垂れた。彼らの後ろに様子を見に来ていたエカチェリーナ二世の老女が、拍手し、おお、ラードスチ、おお、ラードゥガ、喜びの虹よ、われらはみな、虹の橋を駆ける存在なり、おお、ほめたたえてあれ！　と叫んだ。これぞ宴ですね、とセッソンは隣のエーリカにささやいた。老師ミロラドは、そうとも、すべてよしだ、と言った。ほれ、客人のセッソンよ、いいかね、わたしもまた、偽予言者という濡れ衣で、このサナトリウムで生きさせてもらっている身だが、くるおしいばかりじゃ。

イワンチクが空を見上げて立ち上がった。プロフェッソル・エーリカ、この分では、一雨来そうです、まずは二時間後に一度に来ますね。そろそろ山を下りるべき頃合いです。彼女はすぐに応じた。はい、そういたしましょう。親愛なセッソン、ごめんなさい、今日はここのゲストルームで一晩語り明かしたかったのですが、ほら、ドーリンスクからアンゲラたちが帰ってきます。わたしは、あなたをここに残して、急ぎユジノに帰りましょう。よいよい、可愛いエリチカ、いつまでたっても、あなたは少女のときのままじゃ、太ったのを別にしてだがね。さあ、遠慮せずに下山しなさい。セッソンは任せなさい。わたしはこの通りじゃからね、一晩彼と語り明かそう。さあ、イワンチク、ヤソン、心ここにあらずのプロフェッソルのお供をしてくれ。あの長い林道は、ロシアの歴史みたいな暗さだから、くれぐれも気をつけなさい。熊は熊にあらず、本体は歴史の亡霊ぞ。イワンチク、野ガモを撃つのとはわけがちがうぞ。自称ニヴフのシャーマンのヤソン・オレニスキー、プロフェッソルの護衛ですぞ。いいかね、彼女こそ貴種流離譚の妃ともいうべき人だからね。杖と合羽、万一の食料も、忘れるでないよ。彼女はセッソンの手に手をちょっと重ねて言った。老師と心ゆくまで話してくださいね。

用意ができたので、セッソンは見送りに門まで送って出た。パーシェンカも出て来て、ヤソンとイワンチクに言った。〈山の空気〉のステーションが動いているかどうか。動いていても、彼らには十分気を付けてください。おお、分かっているとも。何をするか分かったもんじゃない。イワンチクは猟銃を肩にかけなおした。わたしは大丈夫よ、とエーリカが言った。たしかに雲脚が怪しくなっていた。パーシェンカがさらに念押しした。林道は、よほど慎重に！　熊が動き出す時刻ですよ。ヤソンが答えた。わたしが先頭ですよ。しんがりはイワンチクです。〈山の空気〉までお送りすれば、任務は完了ですが、さあ、どうなるか。彼らが脅しで張っていて、見せつけるから、そのときの判断で、任せてください。

エーリカはふりむいて手を振った。ミロラド師が彼女のことを、流離譚の妃、というように比喩的に触れたのをセッソンは思い出した。それはまた同時に、このような自然が妄想的に刺激するのにちがいないとも、セッソンは反省した。早い雲の流れ、あの長くて暗い針葉樹の林道、襲い掛かるかもしれない熊。いや、そんなことはどれほど繰り返されてきた運命だったか。セッソンははじめてのようにぞっとした。熊が恐ろしいというより、人間が恐ろしいのだ。イワンチクで大丈夫か。ヤソンで大丈夫か。セッソンは見送りながら、後悔した。

門のそばに先ほどの天才少年のオサムナイが一人でやって来て、パーシェンカに話しかけた。エーリカについて尋ねたのだ。どうして？　ああ、ぼくの音楽を真に分かってくれたのが、あの方だったと、ぼくは直感できたのさ。いや、そう直感しただけさ。さっきの新作は、サハリン島に献じられたんだよ。もっと難しく言えば、あのプロフェッソル・エーリカさんに。

これだから天才は厄介だ、とパーシェンカが言った。彼女はサハリン島じゃないよ。だからさ、比喩としてだよ。オサムナイはセッソンに向かって、そうじゃありませんか、と問いかけた。セッソンは困惑しながら答えた。おっしゃる通りです。彼女はサハリン島の本質です。献身という意味で。するとオサムナイはセッソンの手を握りしめ、あなたは分かっている、そうなんです、彼女こそサハリン島の運命そのものなんです。ぼくはもちろん、彼女のここへの来着なんかまったく知らなくて、それでいて新作ができたのです。練習不足でしたが、しかし、成功でした。

2

エーリカたちの下山のあと、雲の流れはあっというまに濃い霧になってたちこめ、方舟をガスにつつみこんだ。そして一気に雨脚が激しくなった。太陽がどこにあるかも見当がつかなかった。太陽のことは忘れ果てた気持ちだった。セッソンはゲストルームの窓によって土砂降りの雨をながめていた。

セッソンは雨がさらに激しさを増すのを眺めながら、林道を思いだしていた。三人で、走るようにあの暗いトンネルを抜けるだろう。ヤソンがシャーマンの弓を手に、エーリカのうしろにはイワンチクがいつでも発砲できるように身構えて、林道を急ぐだろう。そしてふたたびセッソンは、このサナトリウムに来るときに林道で幻視した白昼夢のような生首を思い出した。一本だけ、下枝がきれいに払われた松の木の上方、広げ下した翼になった大枝の松葉に、長髪のニヴフの首が、いくつもぶら下げられていた。戦死だったのかどうか。針葉樹の上方に、半月刀のような大きな月がかがやき、その生首たちを照らしていた。たちまちその幻覚は消え失せた。

ゲストルームにはベッドが二つおかれていた。鉄製の細長い棺型だった。ドアにノックがして、パーシェンカがロウソクの灯った燭台をもって現れ、小卓の上においた。そとは雨で暗くなっていた。パーシェンカはセッソンのそばに来て言った。心配は無用ですよ、彼らは無事に〈山の空気〉の頂上に着きますよ。ヤバイのは、公安部の吏員です。なにかと、ここのサナトリウムに出入りする者たちには、嫌がらせのように、心理的脅しを加えるのです。ここは要するにたんなる保養園にすぎないのに。しかし、哲学を恐れているのです。その予言者が、ミロラド師だからです。偽予言者と言って。しかし端的に言えば、彼を恐れ、彼と接触する者を調べ上げているのです。スターリン時代以来、基本的に何も変っていないのですよ。どうしてミロラド師が扇動者などであり得るでしょう。ただもう百歳に近い、老師にすぎないというのに。彼らは彼のことばを恐れているのです。今時、荒野に呼ばわるヨハネだとでもいうように。蝗《イナゴ》を食べ、腰を荒縄で縛った予言者ヨハネだなんて。彼らはアレクサンドル三世時代から何も変わっていないんですよ。おお、言い忘れるところでしたね。ミロラド師からの伝言です。師は夕食も夜食もとりません。そうです。七時になったら庵室に来てほしいとのことです。もちろん、ぼくも同席させていただくことになっています。ガスパジン・セッソン、それではお待ちします。パーシェンカは急いで出て行きかけたので、セッソンは言った。そうだ、あの作曲の、ええと、オサムナイでしたか、天才少年の、彼も一緒なら、もっといいですね。パーシェンカは、何故？　というような顔をした。ええ、名案ですね。ぼくも賛成です。老師も、もちろん喜ぶでしょう。

ドアに手をかけたパーシェンカにセッソンはもう一度念押しをした。プロフェッソル・エーリカは大丈夫ですね？　おお、何とまた心配性なことでしょう。心配したところで、始まりませんよ。ほら、オサムナイが、彼女を、はじめてのことなのに、サハリン島そのものだって、言ったじゃないですか。それでは七時に呼びに来ますよ。

3

やがてカエル山も方舟のサナトリウムもすべて霧に朽ちていったので、室内の灯りだけが世界になったようだった。濃霧というより、暗い雲海の底だった。しばしセッソンは鉄製の簡易ベッドに横になった。一日が夢のように流れ去った。並んだもう一つの鉄製のベッドにも、背もたれになるくらいのクッションがおかれていた。本当なら、ここに彼女が、そうとも、朧《ろう》たけたる悲しみが、ゆたかに寝て、一晩中話がかわされてもよかったのだ。彼は、〈山の空気〉上に停泊してセッソンを誘った大きな白い雲を思い出した。しかし、あの天才少年のドメーチイ・オサムナイがエーリカのことを、彼女はサハリン島です、と比喩的に定義したことをいまここで思うと、ホテルで彼女をあの白い雲だと思った自分はいかにも幼稚だったように思うのだった。もう、無事にユジノに着いて、ひょっとしたら今ごろは、ドーリンスクから戻っているアンゲラたちと会っているのかも分からない。あるいは自宅で夕食の支度をし、また大急ぎで積み残しの仕事を片付けているのかも知れない。一体、彼女はそのようにして、何に献身しているのだろうか。隣人のために自分を無にしてでも尽くしているふしがあるではないか。あれこれと思いわずらっているところへ、もう時間ですとパーシェンカが呼びにやって来て言った。

この濃霧は、海から雨雲が帯状にそうとう長く続いて生まれたのでしょう。夜の風が動いてくれると、霧の帯は自然に消滅します。チェーホフ山あたりは、もちろんもう星空ですよ。ましてユジノの市街は、平地部、きれいに晴れているでしょう。日没さえ見えたことでしょう。セッソンは訊き返した。ところで、ドーリンスクの方はどうでしょう。落日はドーリンスクの方角。え、何と、ドーリンスクですか、あそこまでこの帯雲は届かないから、今日は、いい海だったでしょうね。丘に日が沈む。没する。おお、ガスパジン・セッソンは泳げますか。パーシェンカは続けた。水温はまずまずでしょう、だれしも夏には泳ぎたくて、泳がないでは夏を迎えた気がしないのです。ぼくだってうずうずしているのですよ。サハリン島の女性たちは、こんがりと日焼けした北のヴィーナスになりたいのです。まあ、ここだけの話、どなたも可愛いトドの子供みたいでしてね。なんて平和な眺めでしょう。もう人生の意味や目的など知ったことじゃないのです。でも、ぼくらはそれでは困るのです。

パーシェンカは手燭の灯りをゆらしながら、階段から長い回廊に出て、甲板デッキに沿ってゆっくりと歩いた。方舟のデッキは霧に埋もれていた。霧の感触は絹のようだった。セッソンは答えた。ええ、実は、アンゲラとマーシェンカが、あ、あなたは知りませんでしたね、マーシェンカというのは気鋭の作家ですがね、アンゲラは彼女の恩師です。二人はある人をたずねて、ドーリンスクに行ったのです、でももうユジノに帰っているでしょうね。プロフェッソルは、ひょっとしたら今ごろホテルで二人に会って話しているかもわからない。パーシェンカはセッソンを急がせながら、はい、アンゲラですね、とメモするように聞き返した。そしてマーシャさん。そのお二人は何か取材ですか？　ええ、そうですね。戯曲のことで。チェーホフの戯曲ですか？　いや、あるひとの父の遺稿ですよ。

話は途中までになって、もう老師の庵室の前だった。パーシェンカがドアをノックした。返事が来る前にパーシェンカは、今晩は、入りますと大きな声で言った。中はセッソンのゲストルームと同じように、ロウソクの灯りだった。ロウソクの灯りで壁のイコンがそれぞれ動いて揺れているようだった。老師は窓辺のアームチェアに掛けて、まるで濃霧に埋葬されてでもいるように暗鬱な顔で、額に節くれだった手指をあてがっていた。

おお、来なすったか、よろしい。さあ、もっと近くに、おお、来なさい、ここに、と低い声が動いた。その声の場所はとくに闇だった。ここに来て、さあ、われわれの難問を解き明かそうではないか。おお、ヤポニアからの客人、セッソンだったね、さあ。パーシェンカが老師に言った。師よ、天才少年の作曲家、ドメーチイ・オサムナイも同席していいでしょうか。おお、いいとも。おぼえておる。あの、午餐のときの、楽団だね。よろしい、呼びなさい。はい、もう声はかけてあります。セッソンが老師の真向かいのソファーに掛けると、ドアにノックがして、今晩は、入りますという声がして、ロウソクの灯りで金髪のおかっぱが光った。オサムナイが遠慮もなく、パーシェンカと一緒に、背もたれのない椅子に腰掛けた。

窓辺に星空が出てこそ歳月が自転する、この霧が尽きる頃、一番鶏が鳴くだろう。われわれは逃げ出すだろう。敗北こそが勝利の秘訣じゃ、と老師がぶつぶつつぶやき始めた。秘書役のパーシェンカがセッソンに囁いた。始まりますよ。ぼくは記録係です。記録しておく、意味不明のところはあとで分かる。そこへ老師がいきなり、言った。いいかな、若い人たちよ、わたしが自動筆記的に語っているうちに、少しでも反問したいと思うたなら、すぐに質問しなさい。わたしの話の腰を折ってよろしいのじゃ。いいかね、わたしは偽予言者としてこのサナトリウムに幽閉されている身ではあるが、わたしは世界の果てまで魂は自由の身だ。思うところを述べて悪いことは何一つない。わたしの百年という歳月は徒労ではない。わたしの記憶は徒労ではない。わたしは見るべきものをすべて見て来た。いや、それは広大な世界とは決して言われぬでも、いわゆる巨視的なものにあらずともじゃ、しかし見るべきものはすべて足元にころがっておった。わたしはそれを拾った。わたしは石ころのようにそれらを集めた。わたしの意識の蔵は、その重みでもうつぶれそうで、折りにつけてはいくばくかを捨て去ってきたのじゃ。おお、若い無知なる魂たちよ、心するがいい、現実に惑わされることなかれ、現実こそは言うところのサタンたちの手を変え品を変えて誘惑する甘いことばの幻影なのだ。わたしはとても若かった。世界も現実も、確固とした実在に他ならないと教えられていた。懐疑することはなかった、それが右であれ左であれ、どちらの現実にも真があるものと思っていた。いいかね、たとえば、わが母なるロシアについて言うならば、わたしはロシア革命の十月は、つまり旧暦の十一月であるが、わたしは二十歳だった。

ほら、始まった、とパーシェンカがセッソンに囁いた。必ず一九一七年のロシア革命から予言が始まるのですよ。まあ、ミロラド黙示録ですねとアリサ女史は言っています。老師の語りに接するのが始めてだというドメーチイ・オサムナイはそばで貧乏ゆすりを小刻みにやり始めていた。ねえ、パーシェンカ、いつでも話の腰を折っていいと言いましたね。そうだよ。いいですか、ぼくは折りますよ。だって、こういったモノローグの独白は要するにモノフォニーであって、他者がいない。それではただの堂々巡りでしょう。回想の、すこしだけ社会派的な、抒情詩にすぎないじゃないですか。自己完結した抒情詩ほどみすぼらしいことばはない。ポリフォニーであってこそ予言となるのではありませんか。いいですか、ぼくは作曲の啓示に打たれたときは、まさにモノフォニーがポリフォニーに変容する刹那なのです。語り手の独白のモノローグを他者的な声がかき消そうとする。そのときのせめぎ合いにおいて、新しい曲想が生まれるのです。いいですか、その十月革命だって、ぼくのような世代から言わせたら、妄想の成就の最たるもの。いいですか、何千万の人間が、そのせいで大地の肥やしにさせられたことか。ウジ虫に食われ、意味もなく土に還させられたのですよ。パーシェンカが、シッと言った。

おい、誰だね、夜鳴き鶯のようによい声でつぶやいておるのは、オサムナイかな。いいとも、言いなさい、わたしの話に突っ込んで来たまえ。百年そこそこの如きは一瞬のことじゃ。そこへ若い世代が突っこんでくれてこそ、わたしの人生にも意味があるというものじゃ。さあ、言いなさい。はい、とオサムナイは答えた。ミロラド老師よ、あなたはまだ真の狂い人、すなわち、知から離脱した存在ではありません。なぜなら、馬鹿らしい十月革命を現代の始まりと認識しているようでは、ただ賢い研究者ぶりにすぎません。ほほう、そこまで言うてくれるか。ミロラドはロウソクの炎に揺れながら、泣きそうな顔になった。その獅子鼻を母の指が押したとでもいうようにだった。

するとと突然、老師が、涙ながらに、ううう、とうめいた。おお、しわしわのバラの花よ、おお、今は亡きしわしわのバラの花びらよ、われらのマリヤよ、おお、悪しきことばを許したまえ、火影よ、ラスコーの洞窟におけるあの狩猟の歓喜と絶望よ、この世の終わりと始まりの恍惚よ。ううう、ううう、金髪のおかっぱの少年兵よ、それでは言ってみなさい。おまえは一体何者なのだ。この方舟にひきとられて、老いたる痴愚者たちを束ねて楽団などこしらえて、この世のノイズ交響曲を作曲しているが、それがいったい何の役に立つのか。おお、きみにはあの聖なる処女マリアのしわしわの花びらの悲しみと喜びが想起できるのか！　ほれ、もう赤軍の先兵が対岸まで迫っている。

さあ、きみは彼らから聖なる処女マリアのしわしわの花びらの、いと麗しき洞窟を救出して帰還せよ。きみの任務であり、使命ではなかったか。いいかね、忘れるな、ミーシアとは、使命であるばかりではなく、天職をもわれわれのことばでは意味する。われわれはいまそのために赤軍と戦っているのだ。彼らは裏を返せば、新農奴制主義者の与太者集団にすぎないのだ。彼らにとって聖なる処女マリアなど、くそ喰らえなのだ。行け、金髪のこの世の孤児よ、聖なる母の栄誉のために、行け、この大河を渡れ、彼女を小舟に乗せて帰り来れ。おお、わたしは彼女たちを救い出せなかった。かろうじて極東共和国まで逃れて来て、そこでもまたこんどは聖なる処女マリアが凌辱されるのをつぶさに見た。いずこにも愛はなかった。金髪のおかっぱの少年兵よ、きみはその禍禍《まがまが》しさから生まれた一つの星なのだ。

セッソンのそばでパーシェンカが手帖の紙幅も見ずに空色のボールペン字を走らせていた。オサムナイは顔をあげた。ええ、だからこそぼくは狂ったのです。この世でそのような現実を超えようとすれば、狂うしかないではないですか。そこから活路を見出すのです。それがぼくの作曲です。ぼくの未完の交響曲なのです。ああ、ミロラド老師よ、あなたのたわごとの、しわしわのバラの花びらの、悪しきことばをお許しください、それは、いったい何の比喩でしょうか。存在の底知れない無常さとその馥郁たる香り。おお、このぼくでさえ、そのしわしわのバラの花びらの、そこからこそこの現世に、この歴史に産み落とされた孤児なのです。ぼくはその花びらを探しに行きます。父親捜しなど意味がありません。いや、もうぼくは出会ったのです。見出したのです、ついに。今日の午餐の時に。プロフェッソル・エーリカこそがぼくの海、ぼくの生みの母であることを直感したのです。啓示、オトクロヴェニエ、つまり、覆いをとること、ですね、啓示とは、ああ、あのひとがぼくの母だったのです。最初の処女の、ミロラド師よ、あなたのことばを借用させていただくならば、しわしわの花びらの、第一子がこのわたし、ドメーチイだったのです。ぼくは一瞬にして分かった！　彼女のヴェールがとれたのです。おお、なんという至福！　ぼくはついに聖なる母性にめぐりあった！

高揚しながら詩を暗唱でもするように話す傍らのオサムナイに耳をかたむけながら、さすがにセッソンは、これはほんものだと思った。聞いているうちにセッソン自身もどこかおかしくなるような眩暈《めまい》を感じた。

4

ミロラド師は妄念の混沌とした流れに乗って漂流し始めたようだった。隣で手帖に速記していたパーシェンカは、ハリネズミのように丸くなって、棘を逆立てていた。ね、と彼が言った。これからですよ。しわしわのバラの花、だなんて、飛躍しすぎ、耄碌《もうろく》、ばかげていますね、しかし、老師には区別がつかないのです。異次元が入り混じる。棘のある現実のバラの花も、現実も、さっぱり境界が見えていないのです。セッソンは、ふむ、で、きみは？　と聞き返した。意地悪だなあ、とパーシェンカは言って、シーっ、と口に指を立てた。ぼくだって見えていませんよ。

ところでじゃ、と老師がさらに身を乗り出すようにして、三人を見つめた。いいかね、やつらは、メメント・モリがさっぱりわかっておらんかった。自分らがそのうち悲惨な死を遂げることなど、きれいさっぱり忘れていたのだ。現実でもっておとぎ話づくりに血道をあげて、自分たちは命令するだけじゃ。したがって、権力の四囲をして幾百万の死をつみかさねた。死臭さえ気が付かなかった。悪夢でさえ見なかった。個々人の命なんてみえなくなる。なにしろ夢中で権力という情欲の代替物、つまり偶像崇拝に魅入られてしまったからじゃ。いいかね、知っての通り、それもこれもつい昨日のことだ。元祖レーニンだよ、矢継ぎ早に、殺しを命じた。彼が最初じゃ。つぎつぎに命令が出された。うむを言わさず殺す。まるでモンゴルから学んだ拷問の種類のようにだ。一歩譲って、さなくばこちらがやられるという恐怖からでもあるが、それにしても狂っている。そのことを思わなかった。第一、ロシア革命の、ボリシェヴィキ革命なんて、自前の発明なんかではない。歴史がこれまでうんざりするほど繰り返してきた模倣なのだ。模倣犯にすぎない。悪いことに、いいかね、これは、パーシェンカよ、ええと、おお、疑似チャイコフスキーのオサムナイ・ドメーチイよ、彼らは、それはきみたちもだが、あまりにもロシア的な情欲、すなわち、〝ストラスチ〟の意味をとりちがえたのだよ。心せよ、いいかね、あまりにもロシア的なストラスチとは、情欲ばかりを意味しない。情熱ばかりを意味しない。これこそロシア精神の精髄じゃ。つまり、苦悩をこそさす古い古い起源のことばじゃ。〝ストラダーニェ〟じゃ。あるいは受苦とも言う。いいかね、このことばに、接頭辞のサ、をつけてみたまえ、たちまちにして、共に・苦悩する、となるであろう。すなわち〝共苦〟じゃ。彼らは権力の魔力にのまれて、この情欲から発する〝共苦〟の精神を自ら埋葬してしまった。おかげで、あのような未曽有の地獄だ。ようするに、やらずぶったくりの情欲になりさがってしまったのじゃ。メメント・モリを忘れたからじゃ。忙しくてそれどころじゃないとでも言わんばかりに。つまり、宗教をアヘンだというようにガセネタをながし、扇動し、イエスをふたたび十字架にかけ、あまつさえ、火あぶりにまでした。隣人を愛せという第一の思想を、隣人を殺せという汚鬼《おき》の憎悪にかえた。民衆のうちなる憎悪を炙り出した。ヨハネの黙示録をロシアの地でやってみせたのだ。

おお、思い出すだに、あの十一月の吹雪の晩をわたしは忘れない。あの一夜からわたしは始まったのだ。モスクワの路地裏に吹雪が吹き荒れていた。わたしは場末の診療所から帰宅する途中だった。何？おお、わたしは二十歳だった。わたしは研修医だった。いいかね、これはここだけの話だが、これはわたしの唯一の誇りだったんだよ。というのも、何と、そこがアントン・パーヴロヴィチが最初に勤務医になって働いていた小さな診療所だったからだ。二十歳のわたしは、そこに通ったのだったからね。わたしはチェーホフの優しい影を感じた。

そこまで来て、老師は急に話の筋を見失ったようだった。自分の膝を打って言った。そうとも、肉は悲しきなり、肉は重きなり、ここに、メメント・モリを、死を思え、の覚醒を措け！　あまりにもロシア的な情欲は空しかりけり、ことごとく死灰となって失せるであろう、大地もまた認識するあたわずなり。されば、魂をもとめよ、肉の重きを超え行く魂の飛翔をもとめよ。セッソンは太い蝋燭が三本、燭台で蝋涙を醜く流し、とどこおり、静脈瘤のようにふくれているのを見つめた。ミロラドの影、パーシェンカとドメーチイの影が揺れていた。

その時、ドアがあわただしく鳴って、飛び込んで来たのはイワンチクだった。パーシェンカが立ち上がり、イワンチクに訊ねた。ああ、無事に任務完了ですね、でもずいぶん遅かったですね。それどころじゃありません、とイワンチクはみなにむかって説明した。それを聞いて老師が言った。うむ、そんなこともあろうかと思っておったが、まだレーニンの亡霊が続いておる。

イワンチクは老師のそばの背なしイスにどっかりと腰をおろし、ずぶ濡れのままで、事の次第を説明した。それを聞いてドメーチイが言った。ああ、彼女は、おお、ぼくのサハリン島よ、ぼくの母性よ、尽きない愛のメタフォラよ、二重の暗喩よ。いや、ぼくが行きましょう。あのしわしわのバラの花びらを救出します。イワンチクが言った。いいかい、オサムナイ、そう興奮してもはじまらないよ。弁護士、弁護士、さっそく連絡しなくてはならんです。

イワンチクの話はこうだった。暗い針葉樹の林道を何事もなく抜けて、激しい雨のあとの、濃霧の中を、ようやく〈山の空気〉のゴンドラ・ステーションに着いたが、もう稼働していなかった。霧の底には、滲むユジノの街の灯りが見えていた。ニヴフの弓を肩にかけたヤソンの判断で、ステーションの脇の登山道を下ることになった。まさかここであのお方を一人下山させるわけにはいかない。そして下山しかけたときだった。登山道に車の音がし、四輪駆動の黒い車が大揺れしながら登ってきて、三人の前に止まった。三人はたちまちその場で拘束された。プロフェッソル、あなたは拘束されました。彼女は聞き流しながら、すぐに言った。今晩は。で、何の罪ですか？　車の助手席にはハンチングをかぶった人物が乗ったまま見ていて降りてこなかった。二人の男がいきなりエーリカさんの腕をつかもうとした。

彼女は言った。汚鬼《おき》よ、離れなさい。嫌疑について言いなさい。二人はへへへというように顔を見合わせた。偽聖母の違法行為、および、ニヴフの少数民族土地返還訴訟に関する違法支援行為についてです。おい、あんたも同罪です。そう言って、ヤソンが引き立てられた。小柄なヤソンは二人の吏員にくらべると子供のように小さかった。ヤソンは少しも臆せず、また始まったか、ニチェヴォー、と言いながら、シャーマンの弓をイワンチクに託した。イワンチクは、サハリン州の山林官だったからだろう、おとがめなしだった。おい、あなたはそうそうに職場に帰りなさい。雨の後は日照りが来て、山火事が頻発するじゃあないですか。国家の仕事に励みなさい。このような者たちとよしみを通じてはならない。とばっちりをうけてもいいのかね。イワンチクは身分証を返された。エーリカは四輪駆動に乗り込む前に、イワンチクに言った。わたしの友人の弁護士にすぐ連絡をとってください。

ここまで話して、イワンチクは老師の水差しから水を一杯所望した。パーシェンカがただちに反応した。その友人の弁護士とはだれですか。電話番号は？　イワンチクは、おお、忘れてしまった！　これだもの、あなたは、これで熊撃ちだなんて。いいです、ここはアリサ・セミョーノヴナに助言をいただきましょう。嫌がらせですよ。プロフェッソル・エーリカが、何とまあ、偽聖母云々とは、笑ってしまいますね。おそらく、サハリン島に浸透している新興宗教との連想でしょう。まったくお笑いです。それも、ただ一つの嫌疑だけではヤバイので、本命は、つまりニヴフ問題でしょう。先住民族の土地問題裁判については、もうひさしくモスクワまで行っているのですが、まったく動きがとまっていますね。それですよ。サハリン島及び世界の少数民族との連帯を恐れているのです。ヤソンもそれですね。しかし、ヤソン・オレニスキーはこのサナトリウムの守衛であり入園者です。したがって、サナトリウム長たるアリサ・セミョーノヴナが動きましょう。

さすがに若いとはいえ、パーシェンカは事情通だった。老師は、まさにパーシャの言う通りだねえ。ここ一〇〇年、ロシアはなにも根本的に変わっていないのじゃ。やらずぶったくりの、ろくでなしのロシアじゃ。パーシェンカはすぐさまアリサ・セミョーノヴナを庵室に案内して来た。彼女は一緒に、彼女の右腕とも言うべきロマン・ロマヌイチを伴っていた。糞ったれめが、とロマヌイチが憤慨していた。

ロマヌイチは、アリサ・セミョーノヴナから命令を受けた。彼女はパーシェンカに言った。いいですか、パーシェンカ、あなたもロマヌイチと同道なさい。権力の下っ端の実態を知っておきなさいな。一歩も引いてはなりません。彼らは引くものを卑しめ、引かぬものをいちばん恐れます。

これをじっと聞いていたドメーチイ・オサムナイが言った。おお、ぼくはニヴフの偉大な民族運動家のヴェー・ミハイロヴィチさんを知っていますよ。ニヴフの大叙事詩を三十年もかけて翻訳著述したすごい人物です。そうでしょう、このサハリン島の北部は、先住民族ニヴフたちの大地です。なにもこれを全部返還しろと、あのお方が主張しているわけではないのです。そうそう、彼は最近までに、ニヴフ語の字母も創り出し、子弟にはニヴフ語の再生復活を励ましていますね。われわれはロシア語だけで、生まれつきのように、満足していますが、これは恐るべき頽廃です。もしぼくらに、ロシア語が奪われていたら、どうでしょうか。母語なしで、生きろと言われたら、どうでしょうか。母のない子と同じです。まさにぼくは母のない子であるのですから、分かるのです。母語はぼくの意識と魂そのものなのです。あのお方の気持ちが分かります。そうですとも、ロシアは何につけてあのお方に大きな国家賞などを贈って、民族の精神を骨抜きにしようとしてきたようですが、彼は分かっていたのです。今や世界が彼を見ているのです。

5

老ミロラドは混乱した回想の小道に迷い込んだあげく、アームチェアのゆりかごの中で居眠りを始めた。ときどき、オヨヨ、オヨヨというような奇声をもらした。その叫びから戦場の夢のようだった。アリサ・セミョーノヴナは、老師はいつもこのようです、別に心配はいりません。老いの中に真実ありです。悪夢の中に希望ありです。さあ、ガスパジン・セッソン、まだまだ夜は長いです。わたしの執務室で、善きお話をいたしましょう、と彼女は言って立ち上がった。セッソンは了解した。この方舟病院についても、また彼女自身についてもその過去などを知りたいと思った。それじゃ、パーシェンカ、気持ちが高ぶっているオサムナイを落ち着かせたら、みんなをわたしの執務室に呼んで来なさいね。今夜はみんなで善きお話をしあいましょう。明日のことは明日のこと。プロフェッソル・エーリカに関しては塵一つ心配はいりませんよ。悲しみにうちふるえていたオサムナイはパーシェンカに伴われて、病棟に足を引きずった。アリサ・セミョーノヴナの執務室は、いわば船首にあった。灯りはロウソクの灯りではなく電灯だった。

　執務室はとても簡素で、すべての物があるべきところに位置して、静かに、つまり豊かに呼吸していた。書棚にざっと目を走らせると、空の青色の油布引装幀のチェーホフ全集が並んでいた。おお、とセッソンは心で言った。懐かしいのだ。一九七〇年代の思い出の道標なのだ。

　ソ連科学アカデミー版だった。全三十巻。創作が十八巻、書簡が十二巻だった。創作の十八巻は、どの巻も初版三十万部だったではないか。ソ連の国立出版社は、増刷はしないから、一度に三十万部を世に送り出す。人々は予約しておいたり、あるいは発売と同時に大書店に殺到する。書簡集の方は、読者層を考慮した判断だろうが、各巻が五万部。こちらは年をまたぎながら粘り強く刊行されたのだ。チェーホフはまさか全集が生誕百年も経てから三十巻で、彼の知らなかった新しい国家、ロシア・ソヴィエトの国立出版社で出るなどとは想像さえしなかっただろう。セッソンがチェーホフ全集の書棚の前に立っていると、アリサ・セミョーノヴナが言った。はい、前サナトリウム長の蔵書です。一つだけ残念なのは、この全集には、ほら、サハリン島でアントン・パーヴロヴィチが記録した一万枚近くのサハリン島囚人記録カードが収録されていないことです。ロジンスキーはそれをいちばん残念がっていましたね。そしてセッソンは、特別分厚い十二・十三で一冊の全戯曲の巻と、十四・十五で一冊の「シベリアから」「サハリン島」の背表紙に指をふれた。さしもの頑丈な、床にたたきつけても糸かがり造本がびくともしないような背表紙がやや傷んでいるのが分かった。ええ、ええ、中のページは鉛筆の書き込みで一杯ですよ。ほら、紙が悪いので、消しゴムなんてつかうと、印字がこすりとれてしまうので大変、とアリサ・セミョーノヴナが言った。

セッソンがこの全集の副編纂長の思い出を口に出そうとしたところへ、パーシェンカが、この方舟病院の重要なスタッフを従えて入って来た。もちろん、さきほどのロマン・ロマヌイチがひげ面に笑みをたたえていた。いま、厨房のドゥニャーシャが夜のお茶と焼き菓子を運んできます。本来なら、ヴィノーかウォトカであるべきですが、それはいけない。少人数の会議か討議のように、みんなは議長席のようにサナトリウム長をとりかこむかたちで長テーブルについた。セッソンは不思議な親近感が生まれる、いい風が吹いている森の草地に坐っているような気がした。まるでピクニックのような。ドゥニャーシャという若い娘がお盆に茶器を乗せ、焼き菓子を山盛りにし、さらに大きな薬缶《やかん》を手に提げて入って来て、彼女も長テーブルの席についた。すばやくパーシェンカが敏捷に動き、みんなのカップに紅茶をつぎ、焼き菓子の大皿を手渡し送りにし、じぶんはアリサ・セミョーノヴナのそばにきちんとかけ、あいかわらず、記録ノートをひろげた。

アリサ・セミョーノヴナはみんなを見回して、発言した。彼女の発言はおよそこんなふうだった。ヤポニアから有名なチェーホフ学者が本サナトリウムを訪問された。プロフェッソル・エーリカの友人です。ここの老師ミロラドと会う目的でしたが、さて、すでにご存じのようにプロフェッソルは帰途、〈山の空気〉頂上で、その筋に拘束されました。同行したわがサナトリウムのヤソン・オレニスキーもとばっちりを受けて拘束されたのです。そこで、明日、ここからロマン・ロマヌイチが救援に向かう手はずです。もちろん、パーシェンカも一緒です。

さらにアリサ・セミョーノヴナは、サナトリウムの歴史とでもいうべき沿革について手短に話した。いいですか、ガスパジン・セッソン、この病院は、国立のサナトリウムではありません。最初は、戦後この南サハリンがヤポニアからソ連領になったあと、この施設の創始者がヤポニアから接収した製紙会社の経営にあたり、大いに成功しました。従業員のためのサナトリウムを最初ここに建てました。その後、彼は、国営の林業、パルプ工場、製紙業で個人的にも財を蓄えることになったのです。その余財を投じて、ここ〈カエル山〉に現在のこのサナトリウムを新築したのです。人道上の理念によるものです。入所者はいうまでもなく社会的弱者として、ここの大地にあってはやがて野垂れ死にする運命の人々ですが、彼は、そういった彼らの内なる〈魂の財宝〉に注目したのです。で、ここは当初から、そういう人々が自力で生きる場として、共同自治にまかせ、入園者がみなそれぞれの得意な面をいかしながら、自力更生する場としたのです。もちろん、経営は財政的に困難ですが、ここにおられる職員はみな、この収入だけで生きているのではありません。別途の副業によって、生活しているのです。もちろん、わたしも同様ですよ。ただ、創業者が老師ミロラドのかつての同志であったことから、年々、サハリン油田のオホーツク・エネルギア社から助成金を無償で受けているのです。創業者は、現在では私企業の製紙工場、石油エネルギア企業というふうに展開していて、その富のほんの一滴をくださっているのですが、それでわたしたちのサナトリウムは生き延びているのです。今ではこのようにかろうじて希望のあるサナトリウムを経営できているのです。まあ、ほんとうに小さな自由サナトリウムですね。みなさんは、それぞれが、知から外れた人々、巷間で言うところの精神疾患ですが、どっこい、それほどかんたんに分類できるものではありません。

チェーホフであれば、そうですね、ブラート・オクジャワがギターの弾き語りで歌うように、知者と愚者とのその中途のちょうどよい存在を求めるのですが、実は、このサナトリウムの理念もまたそこにあるというべきでしょう。孤独な知だけの者だけではいけないのです。簡単に素手で捕まってしまいます。また愚だけの馬鹿者たちだけでもいけないのです。これは群れになって、これまたいつでもごっそり持っていかれてしまうのです。ですから端的に言うと、むかしのロシアの聖なる痴愚者的な、中間の存在をわたしたちは求めているのです。ごらんなさい。たとえば、あの天才音楽少年のオサムナイは、ここの人々から楽団を作り出しています。また手作りの物づくり集団も生まれています。大きな、強い、健者世界では評価されない押しつぶされた才能が、芽を吹き出してきているのです。こんなわけで、彼らの活動が、ようやく市民間でも知られるようになり、次第に寄付金もあり、また彼らは各家庭への労働奉仕グループとなって、とくに暮らしの弱い人たちに助力しているのです。小さな劇団も最近立ち上げたのです。このドゥニャーシャが主宰です。さて、つい話が長くなりました。ここで、みなさんに、ガスパジン・セッソンを紹介し、今夜の宴に、スピーチをいただきたく思います。さあ、どうぞよろしく。

セッソンは大いに戸惑ったものの、立ち上がり、紅茶のカップを手に持ち、一言二言、発声をあげたのだった。こんばんは、みなさんとの出会いに感謝いたします。アリサ・セミョーノヴナのお話を聞いているうちに、何という事でしょう、わたしは、あなたたちのこのサナトリウムでひと夏をともに過ごせたならという妄想を抱いた次第です。わたしはヤポニアからの旅人にすぎません。とても、チェーホフ研究者だとは言われない小さな存在です。今夜のひと時が自然からの贈り物だと感じ、感謝いたします。それでは紅茶で乾杯いたします。未来の一〇〇年の希望のために、またアントン・パーヴロヴィチの栄誉のために乾杯！

そこまで言うと、一斉に拍手がおこった。すかさず立ち上がって、汚れた白衣姿の老人が発言した。みなさん、ガスパジン・セッソンがひと夏をわれわれの仲間となって滞在されるそうです、何という素晴らしい提案でしょう。また拍手が起こった。自己紹介するのも何ですが、わたしはこのサナトリウムのただ一人の名医のユーリー・チェプハーフです。わたしは内科医ですが、もうすっかり耄碌して役に立たぬのですが、精神、魂の領分については、入園者の支えになっております。それだけ言って、感極まってか眼に涙を浮かべていたのだった。次に立って自己紹介したのが、サナトリウムの管理全体を保全するエヴァンゲル・エヴァンゲロヴィチだった。石炭による自家発電、暖房、水道その他の保全を行っているのだ。さらに、大工の棟梁であるというトーリャ・ゼリンスキーが立ち上がって、不愛想だが、ただ、ゼリンスキーですと挨拶した。そしてもう一人、婦人看護師のアマリア・サビーナが挨拶した。彼女は婦人棟にいる人たちの面倒を一手にみているのだった。こうしてにぎやかに話が花咲きだした頃、もう夜更けだったが、濃霧が窓から流れ去り、星空が方舟の船首の窓に嵌まった頃、オイオイオイ、と大声を出しながら、弓を片手にしたヤソン・オレニスキーが子熊のように入って来た。

いやー、やれやれでした。どうにもならない連中です。尋問室に呼ばれて、根も葉もない疑いで苦しめられましたなあ。まさか、ニヴフが独立できるわけがないじゃないですか。そうです、ヴェー・ミハイロヴィチを狙っての仕業です。あなたは何人《なにじん》かと馬鹿な質問です。もちろん私はロシア人ですと返した。すると今度は、民族は？　ときた。そこでもちろんわたしはニヴフだと答えた。すると今度は、ヴラジンとの関係はどうだときた。それは尊敬していますと返した。民族の誇りですと返した。するとまた訊く。あなたはほんとうにロシア人かとね。そこでわたしは、あなたは何人かと返してやった。もちろんロシア人だと答えがきた。しかしご先祖はどうですか、七代前はどうですか、と返すと、困った顔をして、そんなことは知らん、という。

まあ、こんな調子で、これで二十世紀の世紀末ですが、やっておられないです。ヤソンも紅茶をもらい、話の仲間に加わった。おお、大事なことを言い忘れました。プロフェッソル・エーリカのことは、とパーシェンカが言った。そうです、あの方は別室で取り調べでしたが、わたしと同じように放免されました。セッソンは彼に聞き直した。はい、もうとっくに帰宅していましょう。偽聖母云々はどうだったのですか。ああ、あれは連中の苦肉の策でしたよ、要するに先住民族権問題へ無理筋の補助線を引きたかったということですね。おお、彼女から伝言がありました。明日、ホテルで、アンゲラたちと会いましょうと。ええ、とても晴れやかでしたよ。久々に啓示が、そうインスピラツイアが降りてきたと言っていました。ふむ、お顔が聖母のような輝きでした！

6

ささやかで慎ましい愉快な宴をおえて、それぞれがそれぞれの夜の仕事に帰ったあと、アリサ・セミョーノヴァはセッソンを伴って方舟サナトリウムのデッキに出た。もう霧が消え去って、夜空は星たちの世界だった。彼女はデッキの手すりに背をもたせる姿勢で話しだした。セッソンはデッキに倚って下界を眺めていたが、方舟は針葉樹の森の島々をめぐっていましも航海を続けている本当の船のようだった。星空が動いているのだった。あのあたりがアニワ湾の海で、そこにも星屑がひっきりなしに流れ落ち、銀河が銀の滴の帯になって夜空を横切っていた。ここはどこですかと、ふと言いたくなるような静けさと荘厳さだった。針葉樹の森も、カエル山のすそ野も、かすかな風の音を奏でていた。いまこの一時間と、永劫とでも言うべき宇宙の時間とが、いまここで、この甲板で、出会ったという感覚だった。この現実の時間に、宇宙の時間が星辰の形象で投影されているような気持ちだった。アリサ・セミョーノヴァは言った。

わたしたちは過去を思い出さない。思い出さないで先へ先へと行き急ぐのね。でも、わたしたちは思い出さずにはいられない。それが人間なのです。記憶が失われているというふうによく言いますが、そしてここでも幾人かはそうですがね、そんなことはないのです。ただ記憶の蔵を開く鍵がどこかに見えなくなっているだけです。時間と根気が必要です。記憶の蔵を全部開く必要はないのです。ほんのちょっとでいいのですよ。ほら、わたしたちだって、どれほど多くの、厖大な記憶を忘れ去っていることでしょう！　その記憶の一つ二つが、いいですか、春の花のつぼみのように、ある日突然に花開くのを待っているだけでいいのです。生きるということは、そういうことなのですね。さあ、それを探り当てましょう。なにも昔の自分そっくりになるなんて必要はないのです。記憶もまた刻々と変化し、更新されるのですから。しかし、原点はすでに心身に、魂の板に記録されているので、それを忘れないでいればいいのです。あるロシアの詩人は、それを〝運命の板〟などと書きましたが。

夜の針葉樹の樹脂の匂う風がわたってきて、彼女の髪をとかしていった。記憶とは何でしょうか。おお、幻影よ、存在の証の幻影よ。

おお、ガスパジン・セッソン、なぜわたしはよりによって現在このような場所にいるのでしょう。選んだと言えば、選んだことになるでしょうが、わたしは意識的に選んだのではないのです。ここに運ばれてきただけのことなのです。おお、松明の火が燃え尽き、その灰の中に、輝くディアメントの一粒のように、わたしはそのように自分の生涯のいのちを遺したいのです。その煌めくディアメントが、わたしの運命なのです。それをわたしは〝希望〟と名付けましょう。ええ、四十代の若すぎる晩年にもうすっかり老いて憔悴しきったプロフィールのアントン・パーヴロヴィチのいちばん愛したことばです。いいですか、人間とはこの希望の同義語なのではないでしょうか。あなたもご存じのとおり、ロシア語で〝希望〟ということばは、〝ナジェージュダ〟舌を噛みそうなことばでしたね。そして動詞形は、〝ナジエーヤッツァ〟ですね。いいですか、これはわたしだけの恣意的な解釈ですが、このことばの語幹は、〝ジェーヤ〟にあるのです。この語幹こそ、行動、行為を表わすことばなのです。ほら、仕事、ということばも、この〝ジェーラ〟ですね。簡単に言えば、希望ということばは、行動に、行為に〝向かう〟

という意味なのです。これが本来のロシア語の〝希望〟の意味するところだったのです。そうですね、もっと分かりやすく言えば、〝使徒行伝〟というようなことばも、この〝行動、行為〟の事跡をさしているのです。人間はどのような環境にあろうとも、希望する、つまり、そこに〝向かって〟行動する行為する存在、いのちであるということだとわたしは考えています。では、その、〝そこに向かって〟という接頭辞が暗黙の裡に示すものとは、その場所、その時間とは何でしょう。

セッソンは星たちが夜空からここまで降りて来て、肩のすぐ近くで、星語で話しているような気持ちをおぼえていた。彼女はふたたび両手で髪をかきあげる所作をした。彼女の豊かな毛髪のほつれ毛に小さな星屑が鏤《ちりば》められたように見えた。ええ、ええ、そうですね、使命ということばで表してもいいです。人間とは使命なのです。セッソンは自分の母国語で、使命というときの漢字表記をふっと思い重ねた。行動、行為、そうとも、いのちを使うこと。セッソンは聞こえるか聞こえないかのようなつぶやきで、命がけで、ですね、と言いさし、アントン・パーヴロヴィチも、と付け加えた。ええ、彼は人間でした。いわば一種の使徒ですね。それからアリサ・セミョーノヴナはため息をもらした。

ええ、わたしがなぜこのサナトリウムに赴任して来たかと問うのですね。それは運命です。そう、希望です。行動です。行為です。人間であろうという行動です。退屈でしょうが、わたしの物語を少しお話しさせてください。わたしは、突然、サハリン島に行こうと希望したのです。モスクワでは何の不自由もないポストを得ていたのですが、とつぜん、わたしは自分の根が朽ちかけていることに気が付いたのです。再び生き直すために、老師ミロラドとの縁もあって、ここに赴任して来たのです。

ええ、もちろん、父は三十年代の知識人粛清に巻き込まれ、シベリアの奥地のタイシェットのラーゲリに送られ、そこで亡くなったのです。幸い、生き延びて帰還できた父の友人から、話をきかせてもらったのです。いいですか、父たちは最後の最後まで行動していたのです。シベリア鉄道の支線に打ち捨てられた機関車を、雪の上を何十ヴェルスタの距離をものともせず、ロープで引きずって来て、ラーゲリの外庭に置き、機関車のボイラーを焚いて、酷寒を凌いだのです。ただ、凌いだだけではなく、父たちはそれぞれの暗誦している詩を披露しあったのです。なんという魂の余裕でしょう。凍死や病死がすぐそばにひしめいているのに、この知識人たちは、プーシキン、アレクサンドル・ブローク、エセーニン、などなど、好きな詩を暗唱していて、それを人間の声に出すことで生きていたのです。生きる希望を得ていたのです。想像してみてください、タイシェットの酷寒の針葉樹は凍えて岩石のようでしょう。機関車のボイラーに薪をくべて、みんなで手をあぶりながら、それぞれの詩を記憶だけで、朗読するのですよ。そして、新たな記憶をもその時に発見するのです。その記憶が、記憶された詩のテクストを強化するのです。そう、あまりにも抒情的な詩句が、ビシッと直立するのです。ええ、父は大学がロマンス語系文学だったので、たとえば、ダンテ、ペトラルカ、そしてジャコモ・レオパルディの詩をそらんじたそうです。いいですか、シベリアのバイカル湖のはるかに北の奥地に流刑地ラーゲリの重労働のさなかに、そんな土地に、ダンテやペトラルカ、レオパルディの詩のことばをひびかせていたのです。シベリアの零下五十度もの酷寒の露天で、もちろん運んできた機関車のボイラーの熱にあたたまりながらですが、それらの詩によって、地中海の光をよみがえらせていたのでしょうね。もちろんですよ、人間とは想像力そのものなのです。ああ、わたしは、この父の記憶がないのです。母から、友人たちから聞いた記憶だけがたよりなのです。もちろん、写真では知っていますよ。アリサ・セミョーノヴナはセッソンに言った。さあ、わたしは父がタイシェットの厳寒の密林で朗読したというジャン・ジャコモ・レオパルディの詩「無窮」を暗唱しましょう。

いつも恋しいのは　この遠い丘　そして
この生垣。この垣が　遥かなかなた
水平線のあちらこちら　視線を遮っている。
それでも腰かけ、目をこらすと、
果てしない宇宙が垣間見え
ふかい静けさが
ぼくのなかに生まれてくる。すると
心が震撼する。ぼくは風になり
この木々にかこまれ
葉のさやぎに耳すます、あの無窮の沈黙を
この声に擬するぼく。永遠　そして
死の季節があらわれ、いまの
生きた季節と季節の音があらわれる。
無限のなか　ぼくの思念は浮遊する。
ああ　この海で　溺れることの心地よさ。

アリサ・セミョーノヴナは少ししわがれた低い声で、明朗な地中海のイタリア語の発音をひびかせた。まるで楽曲のように聞こえた。セッソンはおよそのイタリア語の意味が分かったが、彼女はそれをさらにロシア語に移し替えて、朗読したので、さらに意味が明瞭になった。

セッソンは言った。親愛なアリサ・セミョーノヴナ、あなたのお父上は帰って来なかった。しかし、タイシェットの奥地から凪になって、この詩の思い出によって、あなたのもとに帰って来たのですね。あなたたちのロシアは常にこのようにして知識人たちを滅ぼして来たのですが、しかし彼らは、タイシェットの奥地で、酷寒と飢えと病気におびえながら、にも拘らず、希望を捨てなかった。つまり人間を捨てなかったのですね。行動を捨てなかった。一日、一時間を、愛しみながら。このようにレオパルディの詩を暗唱することそのものが行動であったのですね。いや、ぼくに言わせれば、あなたの父はこの詩によって、悲惨なタイシェットを地中海の、海に転位させた!

アリサ・セミョーノヴナは、ありがとう、ガスパジン・セッソンと言い、ふたたびつぶやくように、〈いつも恋しいのは　このとおい丘　そしてこの生垣……〉とそらんじた。

第八章　すべて過ぎ去っても

1

それからセッソンは一、二時間ばかり深い眠りに落ちたはずだったが、ふっと目覚めてみると、すでに日没時で、窓には海に沈む太陽の最後の光が射しこんでいた。パーシェンカたちが覗き込んでいたのだった。夜明けから日没までセッソンはただただ眠りにおちていたのだ。さぞ多くの夢を見たでしょう、とパーシェンカが涼し気な眼で言い、白樺の樹液をうすめたような甘い水を一杯さしだしてくれた。

何と言うことだろう、とセッソンはやっと体を起こした。どれほど多くの夢を見たのかさえも記憶になかったが、起き上がった瞬間、赤い衣服をつけた三歳ばかりの童子が、まだ歩けもせず、ことばもできないで、海辺に坐っている光景が浮かんだ。セッソンは、おお、ハマナスの花だ、と夢のどこかの欠片を思い出した。海のステンドグラスの欠片のようにだが、その赤はすべすべして、もうハマナスの花は受精をおえて実っていたのだった。もし夜の夢のような情景を白昼にもうつつに見るようになったら、どういうことになるだろう、とセッソンは思った。そこから現実を見るようになったら、現実はどのような世界になるだろうか。

パーシェンカが言った。もともと老師がバカなことを言ったからですよ。ハマナスの花、バラの花しわしわの、とか。ルゴーザと言えばいいものを、さらには、何ということでしょうか、言うに事欠いて、聖母マリアの女について空恐ろしいことばを平気で連結させるから、これが意識のしわしわに残って、したたるのですよ。ガスパジン・セッソン、あなたもやられましたね。そうでしょう？　で、そこで、ぼくはいま吟遊詩人のイーデン・ゲリマンを連れてきましたよ。邪気払い。もっと社会思想的にね。歌ってもらうんです。ゲリマンはここの客人ですが、天才少年オサムナイとは好敵手ですね。

窓辺にいたそのイーデンという中年臭いひげもじゃの男がギターをかかえながらそばにやってきて、空いている鉄製のベッドに腰を下ろした。

彼は言った。ノヴォシビルスクから来たイーデンです。ゲリマンと呼んでくださって結構。アリサ・セミョーノヴナが、ほら、わが国現代の吟遊詩人の雄である詩人・作家ブラート・オクジャワのファンなんですよ。彼女は音楽がなくては生きていけないお人なんです。聞くところによると、ガスパジン・セッソン、あなたの国でも知識人大衆には、いや一部でしょうけれども、オクジャワの歌はとても好まれているそうですね。セッソンは何が何だか、話のつなぎが分からないながら、ええ、もちろん、と答えた。そうでしょうとも、実に分かります、そこで、ぼくがここはオクジャワにならってですが、あなたの目覚めと回復のために一曲ご披露させていただきたく思うのです。ついでに、あなたの国はオクジャワを誤解しているとも漏れ聞きます。そこで、ぼくとしては、その誤解をとくために、歌いながら、弾き語りしながら、解説など若干ですが加味したく存じます。

ハラショー？　パーシェンカはまた手帖を取り出してメモマニアぶりを発揮した。セッソンは何の歌にするのかな、と聞き返した。おお、そりゃあ、アントン・パーヴロヴィチが出て来ないと、ここではサマになりません。ああ、あれですね。あれはいいですね。ただ、ちょっと調子がよすぎるかな。そうセッソンは答えた。

ゲリマンはギターをかかえ、はい、「もう一度バカたちのこと」、これがタイトルです。いきますよ！

セッソンには非常に懐かしい歌だった。ゲルマンの声は体にくらべて優しくやわらかだった。

アントン・パーヴロヴィチ・チェーホフはあるとき言った
賢い人は学ぶのが好きだがバカは教えるのが好きだと
ぼくは人生でどれだけ多くのバカたちに出会ったことか
だからとっくに勲章をもらってもいいころだ

バカたちは群れて集まるのが大好きで
その先には——精一杯着飾ったご本尊がお待ちかね
少年の日のぼくは信じていたよ　ある日目が覚めたら
バカがみんな飛び去っていなくなっているのだと

ああ　ぼくの少年の日の夢よ　何たる間違いだったことか！

愚かなぼくはどんな雲のなかで遊んでいたのだろう！
造物主は口元にこずる笑いをうかべるものさ……
きっとぼくは何かを勘定にいれなかったからだ。

ここまでひとくさり、速いテンポで歌い上げてから、ゲリマンはギターの弦をおさえた。ね、ここまではなんの問題もありゃしないでしょう。前振りはチェーホフの警句ですがね、要するに、わが国のバカたちの揶揄ですよ。何度歌っても通じないから、もう一度ってわけです。少年時代からオクジャワはバカばっかりに出会ってきてうんざりだったのです。勲章でも貰いたいくらいにね。おお、彼は少年兵で従軍してたじゃないですか。バカたちは群れたがり、その先にいるのが、着飾った醜悪なるグラーヴヌイ、つまり元帥ですよ。とくれば、これは個人崇拝の、偶像崇拝にたいする揶揄でしょう。少年時代の夢は、ある日目がさめたらバカたちはきれいにいなくなっているはずだったけれども、ね、素朴で純粋な夢想、ロマン主義かな、いや、そうはいかんのですよ。ぼくは何か計算違いをしたんだとオクジャワは悔やんでいるんです。そうです、ここまではよろしいです。わが国の知識人、民衆、バカの壁、みんなこうだったんですからね。いまだってかわりやしない。胸に勲章だらけのボスが行く手で待っているんです。

さて、じゃ、賢どころの知識人たちはどうでしょうか。賢い人、というのは、いわゆる賢人ではないでしょう。要するに学ぶのが好きな知識人です。そりゃあ、わたしだって以前は、その端くれでしたが、もううんざり。脱退しました。では、次を歌いますよ。

ところが賢い人ときたら孤独で散歩ばかりぐるぐる
彼は孤独を何より高く評価しているので
だから彼を素手で捕まえるなんて簡単至極
やがて彼ら一人残らず捕まえられてしまうだろう

彼らがぜんぶ捕まえられてしまったら
想像もできないような時代がやって来るだろう
賢い人は手が焼けるし　バカとじゃやっていられない
何かその中間が必要だが　でもどこでそれを見つけたらいい？

バカになるのは得だが　なるのはまっぴらごめんだ
賢い人にはなりたいけれど　ぶん殴られて終わりだ……
造物主は口元にこずる笑いをうかべて予言するだろうが
しかしきっといつかぼくらはその中間に行きつくだろう

ゲリマンはギターの胴をぽんと叩いて、これでおしまい。さあ、どうでしょう。最後のスタンザが結論です。そう、中間《スレジー》の思想です。賢い知識人は孤独を愛し、連帯せずに孤立し、その結果、いともかんたんにふんづかまるのですね。で、知識人がみんな捕まえられてしまった後にくる世界は、もう筆舌に尽くせない世界なんです。群れることを崇拝するバカたちの世界ですからね。で、オクジャワはどうしたいかですね。知識人はめんどうくさくて手が焼ける連中ですね。なりたいけれどそれはやめよう。バカとはやって行かれないからごめんこうむります。どうでしょうか、ガスパジン・セッソン、知識人が最左翼、バカが最右翼だとすればですよ、こちらは要するに今日のポピュリズムというあやしい主義ですが、いずれも、ロシアの歴史的経験に照らせば、過激すぎるのでしたね。賢い人、知識人と言うとですね、これはいわゆる人民の意志派の社会革命の母体なんですが、やがてこれが過激な無茶をやる。バカたちが浮き上がる。で、バカたちはごっそりボリシェヴィズムにからめとられて、さんざん利用されて、あげくはこれまたラーゲリ行きでしょう。で、オクジャワは詩人ですからね、どちらもうんざりだ。ここでね、造物主だなんていきなりことばが出て来られると、面くらいますが、なあに、これは自然ということばです。世界と言ってもいいでしょう。宇宙とまで言ってもいいでしょう。これは人間世界の本然についてとても狡猾な考えをもっているんですね。人間をあざわらっているのです。そしてよくない予言をするのです。しかしですよ、最後の一行で、さすがに詩人ですからね、オクジャワは、そっと、甘いには甘いけれども、いつかわれわれ人間は、中間に至りつくと言うんですね。これが彼の思想です。

いやいや、わたしのコメントはこれでおわりじゃありませんよ。わたしが言いたいのは、この歌で前振りにされたチェーホフは、ただのダシではありません、そんな失礼なことは断じてありませんね。これこそチェーホフの思想だった。そうわたしは言いたいのです。賢い人でもないし、バカでもない、その両極の中間を探しているのです。いえいえ、中庸などということばもありますが、それともちがいます。わたしをして言わしめれば、そうです、知から離れた者たち、そこにおいてこそ、この中間が見いだされるのではないでしょうか！　ああ、いわゆるバカたちから、知識人たちから、狂人とみなされているようなわたしたちにこそ、オクジャワが指摘した中間、真ん中が、あるんです！

そこまで言って、ゲリマンはしわくちゃの汚いハンカチで額をごしごし拭った。セッソンはすっかり目覚めて、おお、ああ、と声を出した。同感です。賛成します。チェーホフは根本的に過激派でしょうね。しかし彼はそれを、いまあなたが説いたような中間へと転位させたのではないでしょうか。なぜですって？　それはきまっています。知識人でもバカでも、その両極では人間は長い間生きられないのです。

ゲリマンとの語らいが終わると、ロマン・ロマヌイチがやって来て、ガスパジン・セッソン、ユジノのホテルはキャンセルしましたよ。無駄な出費です。さあ、心行くまで、わがサナトリウムに客人として逗留してください。それに一つ、朗報がありましたよ。アンゲラとそのお弟子さんがドーリンスクの取材から帰ったそうです。明日にでも、わがサナトリウムを訪問したいとのことでした。

2

イーデン・ゲリマンはとても満足して戻って行った。パーシェンカも満足そうだった。ガスパジン・

セッソン、どうでしたか。ええ、あらためてオクジャワを理解できましたね。そうでしょう、そうでしょう。彼のレパートリーはものすごいですよ。オクジャワがあのような哀愁と憂愁、そしてアイロニーと社会風刺であるとすれば、ゲリマンは自分でも吟遊詩人として、歌詞は自作ではないですが、たとえば、マンデリシュタームの詩集全曲、アンナ・アフマートワ、パステルナークその他、ぜんぶ暗記していて、驚くべき記憶力です、それに自分で曲をつけて歌うのですから、それはすごいものですよ。おお、とくに悲劇の詩人マリーナ・ツヴェターエヴァの詩を歌うにかけては未曽有のことでしょう。そうですね、オクジャワとちがって、そう、歌いあげるような旋律がすごいのです。絶唱ですね。で、彼は知識人をすてて、何とかして、自分の曲でもって、ロシア詩人の詩の内容によって、さきほどの講釈のように、左右の過激からちょうど中間のあたりに自分の立ち位置をもどしたというようなことですね。いや、ここの居候、寄食者になっているのは、〝知から離れた人〟という扱いではなくて、サナトリウムの人々にまことのロシア詩人の詩による曲を聞かせてもらうためなんです。言わば、歌唱療法とでも言うべきでしょうか。詩、メロディー、肉声。この三位一体です。よろしゅうございますか、たとえばパステルナークの詩ですが、何と！　みんなはゲリマンの曲によって、すばらしく歌えるようになっているのです。知から離れた者ではないぼくだって、歌えるようになったのです。そう言ってパーシェンカは口ずさみだしたのだった。いきなり、〈ブラームスを聞けばぼくは思い出すだろう〉、と彼はリフレーンを繰り返した。次第に涙声になって、こんなふうに歌いあげた。

………

そしてぼくはたちまち涙にぬれ　泣いて心が晴れるより前に

ぐしょぐしょになるだろう　燃えやすい過去が　裂け目から鳴り響くだろう　入口の垣根　人々
友人たち　そして家族が
そしてインテルメッツォの草地で輪になるだろう　手をつないで　木のように　歌を取り巻いて
影のように　四つの家族は踊りめぐるだろう　子供時代のように純粋な　ドイツのモチーフに合わせて

パーシェンカは感涙にむせんでいた。おお、インテルメッツォ、おお、間奏曲よ。セッソンも心が疼《うず》いた。パーシェンカが涙を拭きながら言った。聞いてください、ガスパジン・セッソン、これはですね、詩人が最初の妻と別れることになるその夏の出来事を歌っているんです。だからですよ、この詩集のタイトルは、『第二誕生』つまり再生なんだ！　そう、この情景は四つの家族が夏のダーチャで一緒に過ごすのですがね、ここで詩人はそのうちの人妻に恋してしまった。過激に突き進んだ。ああ、ブラームスよ、ドイツのモチーフよ。ほら、ゲリマンはドイツのユダヤ系ですからね、ブラームスと聞いただけで泣けてくるのです。ぼくだって同じです。ぼくはこの世の孤児ですが、父も母もこの詩と同じようにして、別れたのに違いないのです。なるほど、そうだねえ。ゲリマンが歌ったなら、オクジャワの歌とはずいぶんちがった絶唱になりそうだね。すると急に気が高ぶったパーシェンカが言い足した。ぼくは一生結婚はすまいと決めていますよ。セッソンは少し笑った。でも、出会いという問題があるから、きめつけないでおくのがいいでしょう。

セッソンはすっかり嗜眠症《しみんしょう》状態から回復した。そこへ今度は何ということだろう。まるでお手柄だとでも言うように山林官のイワンチクとヤソン・オレニスキーが飛び込んで来た。朗報です、朗報です。ヤソンの顔が輝いていた。ガスパジン・セッソン、よかったです、ほんとうによかったです。何がですか？　何がって、つまり、あなたがわがサナトリウムの滞留者になったことですよ。あなたが十二時間以上こんこんと眠り続けていたあいだ、あなたのそばに付きっ切りだったのはこのヤソンです。よくまあ、あれだけの夢を見ながら、疲労困憊しなかったものです。驚くべきことです。あなたはたえずうわごとを言っていた。それで、わたしはすべて分かったのです。

いいですか、わたしはこれでもニヴフですからね、まずいまは使わないが、母語はまぎれもなくニヴフ語です。どうも、わたしは夢を見ていると、ニヴフ語でなにかにとうわごとを言っているらしい。いや、当然のことですね。何しろ、母語なのですから。わたしの母の子宮の中で聞いたことば、それが母語なのです。どんなにロシア語がかぶさって支配しても、この母の子宮言語は消え去らないのです。ところで、ガスパジン・セッソン、あなたはもしや、ヤポニアのシャーマン系の生まれではありませんか。だって、わたしはよく森で使う呪いの唱えごとをするが、あなたはまったくそれとおなじに聞こえるようなことばを延々とくりかえしていました。内容は知る由もないのだが、あなたはきっと夢でシャーマンをやっていたんですよ。わしには確信があります。

それにもう一点、これにはわたしも仰天したのですが、あなたは、ナジャ、ナジャ、希望のナジャよ、きみはたしかにピウスツキの血筋だったんだね、おお、ピウスツキが曾祖父だったとは！　というようなうわごとを言っていたんですよ。わたしは耳を疑いました。まさに、それこそわたしがこの歳月サハリン島を経めぐりながら、探し求めていた答えだったのです。さあ、親愛なシャーマン系のガスパジン・セッソン、わたしに開示してください。その、ナジャとはいったいだれですか。わたしの質問はこの二点です。一は、母語について。二点目は、この謎の名、ナジャです。いったいどこにいるのです、そのナジャは？　で、彼女の父称と姓は、何と？

セッソンは、このヤソンもまた、知から離れた組の者だろうと思うのだが、一概にそうとばかりも言われないように思うのだった。そうか、長い眠りのなかで、自分はそんなうわごとを言っていたのか。そこでセッソンは、にじり寄るように答えをもとめるヤソンの眼の輝きに応えなければならなかった。

はい、分かりました、親愛なヤソン・オレニスキー。まず一番目の母語について。おっしゃるとおりです。ぼくはもちろんヤポニェッツですが、ぼくの母語は、現在流布しているような日本語ではないのです。もっと土着的な古い大地の、たいへんに訛ったパワフルな、同時にくぐもったような、鼻風邪をひいたような日本語なのです。ぼくはあなたの母語のニヴフ語はどういうことばか知らないのですが、おそらくかなり近い要素があるのではないでしょうか。

するとヤソンは、おお、おお、そうでしょう、そうに決まっています。さあ、それじゃ、あなたにニヴフ語で、わが母語で、ふだん使っておらないのでかなりさび付いているかと懼れますが、一節でも、わがニヴフの叙事詩を諳んじてみせましょう！　そう言うなり、常に脇から離さない弓を手にして立ち上がり、叙事詩の一節をやりだしたのだった。

山林官のイワンチクは、ニヴフ語を学んだ父を思い出すと言って感激した。セッソンは注意深く耳をかたむけた。この調子はたしかに覚えがあるとセッソンはすぐに気が付いたのだ。その音をことばにあらわすと、こんなふうに聞こえたのだった。最初の発声が、呼び出す掛け声のように、エー、エー、と聞こえ、それからくぐもった発音が、徐々に速度の緩急をととのえ、どこがどのように韻律的なのか明瞭ではないのに、きもちが和らぐような快調だったのだ。それはこうだった。〈エーエー、ピラーンゲルクーン　ナンル　フィティ　ウィーグミッフ　ヴォハトゥ　ィトインドゥ　イヴードゥ、ターフニャクーンル　イヴドゥ　タフ　ニャケンル　プィルク……〉というように音は急にばたばたと早まったり、また歌のようにあがりながら、ヤソンはいっぱしの語り手シャーマンでも演じているようだった。

時々、イワンチクが、〝ホニ！〟と掛け声をかけた。どうやら、さあ、語れ！　という意味の掛け声だったのだ。わたしが覚えているのは、父からの、この〝ホニ！〟だけだがね、とイワンチクが言った。ヤソンは弓を杖にした格好で、しばらく、記憶に迷いがあるとでもいうように、ふっと沈黙も一拍置きながら、ひとくさり歌い終えた。で、意味だが、なんのことはないよ。つまり、大きな海の入り江があって、そこに一つの村があって、その真ん中に家が一軒だけ。そうだねえ、いまの長さで言えば、縦横十二メートルくらいのおおきさだ。とても大きいので、風だってこの家の中で迷うくらいだ、……というようにヤソンは意味を起こしながら言った。

この叙事詩は、〝黒い大地の入り江の村〟といったところだ。要するにニヴフの発生譚ですな。ははは。久々に、ガスパジン・セッソンのおかげで、母なる言語をこのように発声することができた、ああ、心地よい。いいです、と彼が問いかけたので、セッソンは答えた。何と言ったらいいのかな、自然的言語とでも言ったらどうでしょうか。おお、自然的言語ですか、そりゃ、いい。とてもいい。イワンチクが、ホニ、ホニ！　と合いの手を入れた。パーシェンカは左利きだった。やはり手帖を膝において、ヤソンの歌ったニヴフ語をロシア語のキリル文字で、耳に聞こえたとおりに書き取っていたのだ。ヤソンはさらに言った。自然的言語で、かつまたシャーマン的言語ではありませんか？　セッソンは、そうです、たしかに、と引き取った。ガスパジン・セッソン、たしか、あなたはまる一日昏睡していたときに、まるでこれとそっくりのことばでうわごとを言っていたように、たしかにわたしは聞いたと覚えているが、さあ、どうなんです、あれは、ヤポニアのシャーマンのことばではなかったですか？　さあ、そう言われるとそうでしょう。

ああ。そうです。おそらくそうでしょう。やはりね。わたしは最初にお会いした瞬間に、ピンときたのです。ガスパジン・セッソン、あなたはヤポニアから来たシャーマンに違いないと！　やっぱり、正しかった！　セッソンはここで反対する気持ちもなかったし、さて、日本のシャーマンとは何かを、ここで縷々説明するには、込み入って面倒だったので、ええ、ぼくはシャーマン系です、とだけ答えた。

さて、第一の質問の答えはこれくらいにして、とヤソンは第二の質問に移った。で、親愛なシャーマンのガスパジン・セッソン、あなたが睡眠のさなかに、うわごとのように幾度となく言った、ナジャ、そのナジャについてです。いいですか、あなたははっきりと、明瞭すぎることばで、ナジャ、きみはピウスツキのひ孫だったのかと、言いましたよ。これにわたしは心底震撼させられたのです。というのも、わたし自身が、ピウスツキがニヴフの乙女に産ませた子供、その子孫がその後どのような運命にあったのか、ずいぶん調査をしてきて、結論としては、かならずやこのサハリン島で生き延びているのだと確信していたからです。このような予期せぬ符合、おお、符合ですよ、これにわたしは仰天したのです。

セッソンは困惑して、心に思った。

ナジャのことだ、あれは一瞬の根も葉もないようなひらめきにすぎなかった。確証なんかあるわけもない。しかし、どうしてぼくはそう思ったのか。ぼくがうわごとで言ったというのだから、それはぼくの意識下で事実のようになっていたのだろう。ここでシャーマンにされて、さらにここに逗留して、その先が厄介なことだ。セッソンはいい答えが見つからなかった。そこへ助け船のように、イワンチクが割り込んでくれた。ああ、ああ、とセッソンは声に出し、ナジャ探しについては、ここで言っておいた方がよいと判断した。ええ、そうです。彼女は、サハリン芸大に在籍しています。実はぼくは訪ねたいと思っていたのです。授業料がとても払えない、退学するかも分からないと。ヤソンが叫んだ。おお、芸大の学生だったとは！　美術ですか、彫刻？　いや、ムズイカ？　これは一刻の猶予もならない。善は急げ。イワンチク、明日にでも早速、芸大に行こう！　ナジャに会おう！　窓敷居に置いた燭台のロウソクの炎が一瞬大きくなった。

3

いいかね、どの夜も最後の夜だと思うてこそ明日があるというものじゃ、と長老ミロラドは夜昼がさかさまになっているので、覚醒して、声に力がこもっていた。船尾の庵室ではなく、手作りとおぼしい車椅子に乗って、方舟の甲板に出て来て、星空を仰いでいた。車椅子の世話をしているのは、このサナトリウムの名医ユーリー・チェプハーフだった。チェプハーフは長身で、白いあごひげをたくわえていた。自分では耄碌して役立たずだと言っていたが、彼はここの精神的な支えらしかった。この真夜中の星空のもとでの歓談にセッソンが呼ばれたのだった。もちろん秘書役のパーシェンカが加わっていた。ドクトル・チェプハーフは、自嘲気味に言った。どうにも、当惑するんだが、これは昔からだから、もうなれてしまった。アントン・パーヴロヴィチには申し訳ないのだよ。いいかね、と彼はセッソンに言った。もちろん聡明なあなたはとっくに気が付いていると思うが、チェプハーフという姓は、どうもへンでしょう。この、プ、がなければ、チェハフとなって、まさに、アントン・パーヴロヴィチの姓と同じになって栄誉なことだが、余計な一音、プ、が入ったおかげで、そうですな、つまりロシア語で〝チェプハー〟と言えば、バカげたナンセンスを意味するわけで、わたしの姓が、ナンセンスという意味になるのだ。ああ、ご先祖がだれから賜った姓にしろ、これはひどいです。そうではありませんか、ガスパジン・セッソン。はい、さあ、どうでしょうか、とセッソンは答えた。

そう言えば、チェーホフ自身がその戯曲のなかで、登場人物に、このチェプハーを、なにかあると言わせていましたね？　なにかと言えば、チェプハー！　と言う。そうですよ、まことにくだらないことではありますが、わたし自身かつての名医として、どうにも恥ずかしいのです。わたしの存在そのものが、チェプハーだと万人に知らせているようなもので。

ところで、高邁なるミロラド老師よ、今夜はまたどんなたわごとのご披露ですかな、とドクトルは車椅子の隣の椅子にかけ、たばこに火をつけて、訊いた。ちびた煙草だった。ここでは禁煙だったのだが、ドクトルは特別だった。いや、煙いっぷくだけだから。みんなには内緒です。パーシェンカが言った。あはは、みんな知っていますよ。でも、ドクトルがいないとみんなの魂は弱るので、だれも非難なんかしません。おお、うれしいことだ。あなたたちはほんとうに心がひろい。寛容だ。で、今夜は、何が急に気になりだしたのですか。

するとと老師が、話し出した。毎夜、星空の夜は、これが最後の夜だと思って、すべてを語りおえておきたく思うんじゃ。しかも、今夜は特別に宿題があって、それをガスパジン・セッソンにも知らせておきたいと思った。思い出したんじゃ。百年も生きて来ると、何が何だか、時系列などどうでもよくなるが、いや、それでいいのだ。時間などどうでもいいことだ。問題は、その事実だ。その事実とは、いったい何ですかな、とドクトルが水を向けた。やれやれ、その事実まで至るには、一晩語り明かしてもらちがあかないようなことだ。しかし、話しておくべきだろう。いいかね、時間のなかで現象は生起するというが、わたしのような耄碌になると、まず現象があって、そこから時間が生まれるかのように思うのだ。時間があって、その流れのなかで、ファクト、事実が生起して、というよりは、いきなり、ファクトが存在して、そこから時間があふれだすというような感じなんじゃ。セッソンの隣に坐っていたパーシェンカがすばやく星明りの下で、例の手帖に何かを書き記した。

ドクトル・チェプハーフは言った。まあ、そうでしょう、そうでしょう。最初から時間が物質的な比喩として存在しているというように考えると、どうもおかしなことになる。何かとても重大な現象が生起して、はじめてそこから時間が流れだすという方が、ほんとうでしょう。それまでは、時間なんてなかったも同然とでもいうように。毎日毎日来る日も来る日も、同じ繰り返しであるならば、時間はあってなきがごときものでしょう。で、その先は、どういう話でしょうか。

老師はしばし星空をみあげて言った。おお、この分では、明日は海から夏雲がヒマラヤ山脈のように湧くでしょうな。わたしには最後の夏になりましょうぞ。するとパーシェンカが口をはさんだ。老師、余計な口出しですが、最後の夏、という言い方には、もう一つ、去年の夏、という意味がありますね。あなたは〝去年〟の夏を生きているのです。最後の夏なんてありません。人生はすべて思い出であると、老師は常々おっしゃっているじゃありませんか。ぼくらはまだこれから何十年もの人生が待っていてくれるのです。セッソンは、ここで何かがボタンのかけちがいがあったとみて、口をはさんだ。聡明なパーシェンカ、いいじゃないですか、夏はいつもこれが最後で、たちまち去年の夏になるのです。去年の夏が、最後だったのです。で、いまのこの夏もまた、来年には、直近の夏として、最後の夏だったということになるのです。ミロラド老師は荘厳でにぎにぎしい星空に囲まれて、人生なんともまあチェプハーじゃ、と言った。ドクトルが笑った。歳月のなんというチェプハーだ！　もうナナカマドでさえ、真っ赤にみのっているというのに、百歳のわしは、何一つみのらず、のびるのは真っ白いひげだけだ。いや、しかし、わしはそれに反対する。わたしのみのりは、思い出なのだ。それをここですべて言い遺したいのだ。

おお、わたしは虚無主義に反対する。すべての諦念に反対する。老師の口調がしだいになめらかになってきたようだった。

一九一七年の夏、わたしは二十歳だった、と老師がそこから語り出そうとすると、パーシェンカがセッソンの耳元で、ほらね、早く進めって、誰かが言わないと、いつも二十歳だ、とささやいた。自作の詩を度忘れしてしまった朗読者のようにね。誰かが、その先の一行をプロンプターみたいに言ってやらないと！　ガスパジン・セッソン、プロフェッソル・エーリカのことを、訊いてください。セッソンがその気になって身を乗り出しかけた瞬間、ドクトルが老師に促した。ほら、プロフェッソル・エーリカのことですよ。わたしも高揚した天才少年のオサムナイから聞かされましたが、さて、ねえ、あれも困ったことだ。老師も知っておられるでしょう？　ただちに老師は、うーむ、と言ってから、さもありなん、あれでよろしかろう。若い者は得てしてあのような突拍子もないでっちあげをするきらいがある。愛ゆえにじゃ。愛が過剰にすぎると、そうなる。いや、愛は本来過剰な性質があるからな。愛を捏造して、生き延びようとする。そうであろう？　パーシェンカよ。

するといきなり振られたパーシェンカは、はい、と答えた。それみなさい、このような怜悧なパーシャでさえ、こうなのだから、あのオサムナイでは当然のことだ。母性を慕い、永遠の相を、プロフェッソル・エーリカに見てしまったのだ。それでよいではないか。プロフェッソル・エーリカがそれでどうということはない。わしはこんな少女のころから彼女を知っているが、おお、まさに、これはチェプハーだ、彼女の第一子がドメーチイだなんて！　おお、一体、彼女は誰の子を生んだというのかね。ありえないことだ。生んで、生み捨てたとでもいうのかな？　ドメーチイはそのように思っている。出会ったあの午餐の一瞬間に、閃いてしまったのだ。われわれはその閃きを間違いだという権利はない。あれは、善い間違いだ。生産的な間違いだ。ただ、しかし、プロフェッソル・エーリカとしてはややも困惑するねえ。崇拝され過ぎるのはよろしくない。ほどほどでないとよくない。

おお、それはそれとしてだが、イワンチクとヤソンから聞かされたが、エーリカがここからの帰途、偽聖母の廉《かど》で、拘束されたとかいうが、まあ、解放されたとは言っても、どうにもならない連中だ。一九一七年以来、少しも変わっておらないではないか。いやいや、わたしが啓示に打たれてだったが、バラの花しわしわの何々と口をすべらしたのが祟《たた》ったとでも言うべきか、反省しきりなのだ。若すぎるドメーチイが興奮するのも理のあることであった。わたしとしては、植物への転位というメタフォーラでもって、女性、もしくは母性の、母なる存在の根源の美しさを言いたかっただけなんだが、口がすべったか知らんのう。そうともわたしはエーリカの父とは同志だったのだ。おお、そうだ、忘れないうちに言っておこう。あなたたちも見ての通り、彼女はどう見たって、わが国の最大の閨秀詩人アンナ・アフマートワに瓜二つではないかな？　眼も、あの黒髪も、その容姿全体が。そして献身的精神においても。そうとも、彼女の髪型について、どうかな。あれこそアンナ・アフマートワの、アフマートワ・カットというものじゃ。しかし、あれは、彼女がアカデミック・ポストに就いてからのことだったと、わたしは記憶している。おお、事のついでに、この星空のもとで、わたしは語っておきたい。わたしもまた証言者であったからだ。

いいかね、アフマートワには弟がいた。末の弟だよ。アンナより六歳下だった。十九の時にペテルブルグで海軍士官候補生となった。そしてセヴァーストポリで黒海艦隊の少尉になったが、ロシア革命が勃発して、海軍の赤軍派が黒海艦隊の虐殺を行ったのじゃ。この虐殺をただ一人免れたのがこのヴィクトルだったのだ。彼は逃亡に成功した。航海で土地勘のある極東に逃れた。そしてサハリン島のアレクサンドロフスクに渡って、ここに三年はいたのだ。ここで結婚もしたがね。で、わたしと彼との縁と言うのは、極東共和国の最期のときだった。わたしもまたここまで逃げて来ていたのでね。サハリン島のアレクサンドロフスクは、もちろんわれらがアントン・パーヴロヴィチがかつて上陸したサハリン島調査の最初の基地であったが、この、サハリン島のパリと称された町は、内戦は終結したとはいえ、赤軍は余力がなくて、手をつけずにおいたのだ。それで、シベリアから逃げて来た白衛軍の最期の根拠地、アジールだったんじゃ。とにかくここには白衛軍の将校から貴族から、この先の亡命地をもとめる最後のロシアの島だったのだ。しかし、いつまでもここにいられるわけがない。赤軍が入ってきたら、もうそれこそ銃殺されるか、運良くて強制労働で死ぬしかないのだ。

ヴィクトルは若かった。彼はここで海運の仕事にたずさわった。いいかな、そこへ、母のインナ・エラズモヴナ・ゴレンコが、何と単身でシベリアを横断して、息子ヴィクトルのもとに身を寄せたのだった。これにはわれわれも仰天したんじゃ。おお、詩人アンナ・アフマートワの本姓は、ゴレンコだ。キエフの出身だね。このゴレンコだが、これは古くはロシア化したタタール貴族だと言われているが、先祖はアフマト汗だとか言うんじゃ。要するに、ロシアはタタール貴族をとりこむことで、支配を確立していった歴史がある。どうかね、ガスパジン・セッソン、詩人のアンナ・アフマートワはあきらかにその容姿に、その目に、その髪の色に、タタールのアジア的なエレメントがあるのに気が付いておられよう。

ほれ、プロフェッソル・エーリカも、アンナ・アフマートワとそこが瓜二つと言っても過言ではあるまい。どうかな？　まてまて、おお、その前に、母インナのことだが、わたしもアレクサンドロフスクのサロンでたびたびお目にかかったものだが、優雅で、会話はすべて流暢なフランス語で、ほれぼれとする、まことにペテルブルグの教養ある淑女そのものだった。あのころわたしは若かった。インナ・エラズモヴナはわが母のような年齢だった。わたしは混乱のモスクワに残してきた母を思い重ねたものだった。彼女は三年、つまり、一九二一年から三年、アレクサンドロフスクに住んだのだ。その間、息子のヴィクトルは結婚した。ところがいよいよサハリン島がボリシェヴィキ政府の手に落ちるのは目に見えて、ヴィクトルは上海へ亡命する決心をした。母インナを一緒にともなっていくつもりだったが、母は一緒に亡命して息子に迷惑をかけることを悟って、再び単身、またシベリアを横断して、故郷キエフへと帰ったんじゃ。おそらくキエフで亡くなったことじゃろう。ヴィクトルはアレクサンドロフスクで結婚した妻と別れたんじゃ。妻は上海からアメリカへと亡命することを選ばなかった。彼女はモスクワに帰りたかったのだ。おお、ガスパジン・セッソン、ヴィクトルは上海へ亡命するさいに、あなたのヤポニアの、コーベに寄港したのにちがいないね。

ああ、まだ言い忘れたことがある。いいかね、インナ・エラズモヴナを実際に見知っているのは、いまではこのわしだけじゃろう。何という運命だろう！　ロシア革命は大文字だけのファクトでは役に立たない！　そうとも、わたしはインナ・エラズモヴナがアレクサンドロフスク港からウラジオストックに向かう自由汽船に、艀《はしけ》に乗って別れをつげるとき、わたしは自分の未来を思って、胸がはりさけそうな悲しみに襲われた……。シベリア鉄道が通ってはいても、キエフまで、一万キロの旅路なのだ。この送別の時、サロンに出入りしていた白衛軍の若い将校や貴族たちが、埠頭で盛んに手を振った。自分たちが見捨てて来た母のシンボルとでもいうように思ったにちがいない。いいかね、わたしがエーリカの父となるべき白衛軍の従軍司祭の、アンドリューシャと出会ったのも、アレクサンドロフスクでのことだったんじゃ。わたしたちは、亡命についてさんざん考えたが、決心がつかなかった。多くはヤポニア経由で亡命地へと向かった。やがて赤軍が入って来た。白衛軍の残党狩りが容赦なく始まった。オイオイオイ、人生は野原を横切るなんてものじゃあない。ああ、人生は犬を連れた散歩ではないのだ！

セッソンは耳を傾けながら、この老師ミロラドは一体どこが、何が狂っているのか、まったく見当がつかなかった。

4

一夜中でもミロラド老師は話し尽きないだろう。流星が次々に落ちるにつけ、老師は嘆きのことばを割りこませた。ああ、もうだれも残っていない、みんないなくなった、わたしを知っているひとたちはもうだれもいない。このさびしさは、いわば自然そのもののさびしさだ。草の花たちの悲しさだ。海の波たちのさびしさだ。おお、残酷な時間よ。われわれの存在とはいったい何であったのだろうか。ただほんの一瞬この地上に存在して、それなりの使命を果たして、ふたたび宇宙に帰還するだけのことであったのだとすれば。おお、形象の悲しみこそが、胸をしめつけるのだ。その記憶が、思い出が、わたしを悲しませるのだ。

セッソンも、ドクトル・チェプハーフも、そして速記係のパーシェンカも、この嘆きには口出しができなかった。ミロラド老師の狂い方の問題は、おそらくは歴史と物語とのあいだの、明瞭な境界を引けない点にあるのだろうとセッソンは思った。ことばで記述された歴史的事実、ファクトが、ある拍子に突然、物語に転位してしまう。新たなファクトに生まれ変わるのだ。プロフェッソル・エーリカのアフマートワカットの髪型が、いきなり閨秀詩人の母インナ・エラズモヴナへと連想韻とでもいうように形象連想の押韻をふみ、若き日にそのインナ・エラズモヴナと知己を得たというファクトが、名状しがたい若き日の愛の物語へとまたがっていく。彼にとって歴史とはただ誰彼によって記述されたファクトではないらしい。彼のへその緒がつながっていないファクトは疑わしいのだ。もし、老師の狂、知からの離脱、と言うならば、その一瞬の疑いと飛躍にあるにちがいなかった。ドクトル・チェプハーはこらえきれずに、また半切したパピロスをとりだしてマッチで火をつけ、深く一服して言った。それはそうと、ミロラド・ダヴィドヴィチ、で、そのヴィクトルだが、その後どうなりましたかな。老師は元気づいた。おお、それそれ、それを言い忘れるところだった。そうだ、ヌー、彼は上海でしばらく海運の事業に携わったあと、無事にアメリカにわたり、成功したんじゃ。おお、そうじゃ、あれは独ソ戦のいちばん困難な時期じゃ、レニングラードがナチスドイツに包囲された死の惨劇の年だったぞ、アメリカでレニングラード攻防戦の惨状を知ったヴィクトルは、何と、やはりロシア人じゃ、白衛軍の矜持というものじゃ、ただちにアメリカから救援物資を姉のアンナ宛に送ったのじゃ。いいかね、船便でじゃ。とにかく送るのだよ。おお、ただ、幸運にも、アンア・アフマートワは軍用機でレニングラードを脱出する僥倖に恵まれた。やはり、彼女には神の思し召しがあってのことであろう。

まてまて、その前に、うむ、あなたたちはわが大地の歴史には詳しくなかろうと見たが、わたしの運命には、まだまだ紆余曲折があった。そうとも、忘れもしない、一九二九年のことだった。わたしはサハリン島から海路でその時オデッサにあがったのだ。シベリア鉄道じゃあない。もちろん、重要な任務だった。サハリン島に、オデッサから海路で募集した開拓農民を移送する任務だった。まるで、チェーホフの時代の囚人、開拓農民移送と同じ繰り返しみたいであったが、陸路よりは安定していたからだ。わたしは三十歳そこそこだった。いいかね、内戦が終結して、アレクサンドロフスクについに赤軍部隊が上陸し、たちまちのうちにロシア領北サハリンはソヴィエト政府の支配下におかれた。アレクサンドロフスクに居残っていたヤポニアの軍も早々に南サハリンに撤退した。実はわたしも、彼らと一緒に南サハリンへと越境することも熟慮したが、決断がつかなかった。わたしはもちろん赤軍に拘束逮捕された。強制労働の十五年刑か、あるいは即銃殺といったところだった。ところが、神のご加護というべきか、赤軍は医師不足だったこともあって、わたしは準医師として命を拾ってもらった。わたしは赤軍のために働くことになった。わたしは若かった。白衛軍だったとはいえ、そもそも若気の至りだったこともある。ロシアへの愛の幻想に夢中だったたからだ。

そうとも、ここここそが肝心なことであった。おお、死にいたるまでこれを忘れてはなるまい。その時のサハリン赤軍のコミッサール、つまり党派遣の軍政治委員《コミッサール》、つまりお目付け役だがね、その人物との出会いが、わたしの運命を変えたのだ。忘れもしない、それは、アドリアン・ボゴマテリノフだった。ふむ、ついでながら、忘れないうちに言っておくが、おお、パーシェンカ、ここは必ずメモをしておくんだよ。はい、コミッサール・ボゴマテリノフですね。そうじゃ、おや、待てよ、聡明なパーシェンカ、わしはきみにどこかで会っているような気がするが、おや、きみは誰だろう、とミロラド老師は、ふっと眼を瞑った。パーシェンカが言った。師よ、あたりまえじゃありませんか、ぼくはあなたの秘書ですよ。おお、そうだとも、、ああ、大したことじゃない、ふむ、で、そのとき、いいかね、わたしの同志、つまりいまのプロフェッソル・エーリカの父となるアンドリューシャも、コミッサールの鶴の一声で、銃殺刑を免れたのだ。

おお、何たる運命の巡り合わせだったことか！　神ならず、助けてくれるのは人間なのだ。彼はほんとうの人間だったのだ。わたしは彼の下で懸命に働いた。

そうして、一九二九年のことだ。わたしは出張でオデッサ埠頭に立った。その時だった。埠頭は、大勢の人間でごったがえしだった。赤軍の一部隊が第三埠頭に係留され出航寸前の船を守備していた。ウラ、ウラ！　とその赤軍部隊から万歳の歓声が上がった。わたしは埠頭に上陸したばかりだった。この異様な光景に驚いて、ここはふたたび決起部隊が反乱を起こしたのかと思ったくらいだった。その外国船籍の旗をかかげた船舶の高い甲板デッキを見るともなく見上げると、そこに一人の人物が、もちろん軍服姿で立っていて、脱いだ帽子を片手に振りながら、眼下の埠頭の、ウラ、ウラ！　と叫ぶ赤軍部隊に、惜別の挨拶を送っていたのだった。おお、わたしはただちにその人物の顔が分かったんだよ。何と、まぎれもなくレフ・トロツキーその人だったのだ。眼鏡をかけ、黒い口ひげにくさび型のあごひげをたくわえた精悍な小柄な人物が、直立して、おお、彼は赤軍の創設者だった。祖国の大地に、このオデッサに、ここまで内戦で大地を血まみれにしてきたそのロシア革命の成就者が、デッキで帽子を振っていたのだ。わたしは新聞でレフ・トロツキーの顔は見知っていた。いま、その本人がこのように手を振っているのだ。わたしは眩暈がしたよ。わたしは心身に戦慄が走った。

いいかね、すぐにその日のオデッサの夕刊紙の号外で知ったが、ついに、アルマ・アターに流されていたトロツキーはスターリンとの権力闘争に敗れて、亡命するその当日だったのだ。欧米の記者たちがうちならんで写真をとっていた。おお、なぜ、このことを思い出したかだって？　言うまでもないことじゃ。わたしたちの命の恩人であるコミッサールのアドリアン・ボゴマテリノフは、トロツキー派だったのだ。内戦終結後のサハリン島の開拓と復興に関して、多くの権限を付与されて来島し、軍政を監視するためだったのだ。そうとも、彼はイルクーツクからの赴任だった。

さあ、パーシェンカ、今夜の星空レクツイアはここまでとしようかな。ガスパジン・セッソンが臨席なものだから、つい、余計な寄り道をしてしまったようじゃ。パーシェンカは質問した。はい、トロツキー、本名はブロンシュテインですね。そうじゃ。ウクライナのユダヤ家系だ。ふむ、たいへんな豪農だったはずじゃぞ。パーシェンカは言った。トロツキーは、この時は、ソヴィエト政権によってついに国外追放されたということですね？　ミロラド老師は、ふむ、と言った。そのとおりじゃが、あのときは、赤軍兵士たちがなんだか知らんが、ウラ、ウラ！　と叫んで、別れを惜しんでいた。ふむ。殺すわけにはいかなかっただろうね。

老師は、急に、パーシェンカを星明りでよく見ようとした。ちぢれた金髪が星に輝いているようにセッソンは思った。パーシェンカ、きみはなんだかだれかを思い出させるんだが、もどかしいことだ。いや、何かを思いださせるんだが、いままではそんな感覚はなかったのだが。ふむ。いいえ、ぼくは誰かに似ているなんて嫌です。人間ではなく、そうですね、自然現象に似るというのなら、それは素晴らしいでです。するとドクトル・チェプハーフがいい声で言った。親愛なパーシェンカ、きみは、星空に似ているよ。あはは、もっと言えば、可愛い熊座の星といったところかな。そのひしゃくにはいのちの水が入っている。老師ミロラドは上機嫌だった。これで、夜のシャンパンスコエでも一杯飲めたら、死んでもいいくらいじゃ。

5

もちろんシャンパンスコエはいけませんな、とドクトル・チェプハーフが言った。こういう主題は、ウオッカでないとダメでしょう。ところで、ミロラド老師、あなたの記憶には多少の混乱があったように思いました。そうそう、閨秀詩人アンナ・アフマートワのご母堂のインナ・エラズモヴナがサハリン島のアレクサンドロフスク、すなわちサハリン島のパリにやって来たのは、一九二六年だったとわたしは覚えています。それで、三年、アレクサンドロフスクで暮らしたのです。シベリアの雪解けがすべて終わった初夏に来て、そうして一九二九年の秋にふたたび本土に戻ったように物の本で読みましたが。もちろんです、あの時代の目まぐるしい政権内部での権力闘争は、ついにスターリンに軍配があがった時期に合致していますな。スターリン、五十歳にいたる数年です。古参ボリシェヴィキの粛清をもうすでに始めていた時期でしょう。そうです、彼女がサハリン島に来た時期は、まさに、トロツキーたち古参のロシア革命のヒーローたちが逮捕され、銃殺され、あるいは、トロツキーたちのようにアルマ・アターに追放された時期でしょう。インナ・エラズモヴナとて、それを知らないわけがありません。娘のアンナ・アフマートワの前夫、すなわち詩人のグミリョーフはすでに逮捕され銃殺されていたのですから。当然ながらいずれ彼女にも魔の手が伸びる。詩人のグミリョーフはいわば白衛軍派だったでしょう。ええ、あともう一点、老師の記憶についてですが、これも混乱があるように聞きました。いや、わたしはドクトルとして、ファクトがどうのこうのと言うのではないのです。得てして記憶は、そのように置換性をもっているので、まあ、自然と言えば自然なんですがね。

わたしの革命史についておさらいすればですが、レフ・トロツキーが国外追放になったのは、一九二九年の、たしか一月の下旬だったはずです。オ・ゲペウ、つまり統合国家保安局決定によるものでしょう。この一九二九年というのは、スターリン権力がついに確立し、富農・クラーク階層の絶滅作戦および、穀物徴発のすさまじい惨劇の年だったのです。そしてまた、ロシアの中流知識人階層の淑女インナ・エラズモヴナは、期せずして、この年にキエフへと帰るのですから、これこそ女性の、母なるものの流刑に、流離に他ならないのです。老師ミロラド、あなたは一九二九年にオデッサの埠頭で、出航する寸前のトロツキーその人を目撃したということでしたね、しかし、ファクトから言うと、それは夏のことではなく、一月の冬だったのではありませんか。おそらく記憶の移し替えですね。いや、それでちっとも構いやしません。とにかくトロツキーその人を目撃したことが主題だったのですから。クリミヤ半島オデッサ港と言えば、南国ですからね。そうです、国外追放で、彼はまずトルコに向かったのです。いや、どこに向かおうがどうでもいいですが、問題は、若かったあなたの命の恩人、コミッサールのアドリアンのその後の運命と言うべきでしょう。

老師ミロラドは、うなずきつつ、そうか、あれは夏のような冬であったか、あれが冬であったか、と瞑目してつぶやき、コミッサールの運命について、もっとも恐れて秘めていたことでもいうように急に表情が変わった。パーシェンカは手帖にメモを忘れなかった。おお、そうだった、わたしは任務を無事に遂行して、サハリン島移住民を募集し終えてのち、急遽、サハリン島へ帰還したが、海路ではなかった。それはシベリア鉄道を使った旅なのだ。途中の村も町もすさまじい荒廃で、目を覆うばかりだった。赤軍による穀物徴発隊はすさまじかった。わが祖国がこのように、やらずぶったくりのごろつきの国になったとは、内戦が終結し、ネップ期の雪解けを得たというのに、信じられなかった。そうだった、そうだ、いいかね、わたしはコミッサールの地元であるイルクーツクで、彼の家族を訪ねたのだ。コミッサールから言われていたのでな。わたしにとっても知らない町ではなかった。わたしはその小さな木造の住居をたずねた。いいかい、おお、そうとも、その隣りだったか、瀟洒でこぶりな建物があって、それが何と、四十年ばかり前に、アントン・パーヴロヴィチがだよ、サハリン島へ渡るために来た馬車旅で、一晩泊まったという宿屋だったと分かったのだ。若かったわたしは吃驚した。四十年そこそこ前に、チェーホフが泊まった宿屋だったのだ。おお。イルクーツクそのものがシベリアのパリと呼ばれ、われわれ白衛軍はこの根拠地からどんどん極東へと追いあげられて行ったのも、つい昨日のことだったのだからな。うむ、確かに冬だった。ウラルを越えた瞬間に偉大なる冬の大地がどこまでも続いていた。

イルクーツクですね、冬ですね、一月の末ですか、とパーシェンカが口を挟んだ。ふむ、そうだ、冬だった、冬だった。ドクトルのおっしゃる通りだった、と老師が言い添えた。

ミロラド老師は、おお、なつかしきイルクーツクよ、ザバイカリアの大地よ、森よ、わが青春の日のバイカル湖よ、とつぶやいた。そうとも、白衛軍のわれわれは白系のロシア人同胞をともなって、イルクーツクからさらに長途の苦難の逃亡を行ったのだ。そしてじゃ、実は、このイルクーツクこそ、コミッサールの青春時代のパリだったのだ。彼はいち早く革命運動に身を投じた党員だった。そしてめきめきと実力を発揮した。この地で結婚した。やがて、サハリン島入りにさいしては、軍政治コミッサールとして乗り込んだのだ。わたしは彼に頼まれた伝言を、このイルクーツクで直接に家族に伝えた。コミッサールはすでに二九年当時で、将来身にふりかかる運命について感じ取っていたのだ。奥さんとまだまだ十二歳ばかりの娘。奥さんはイルクーツクの図書館につとめていた。おお、わたしたちは彼女の小さな住宅棟の一室で、熱い紅茶を飲んだ。あのときの熱い紅茶が、別れになろうとは！ イルクーツクは猛烈に寒かった。わが身に万一のことが生じたとしても、きみたちはどんなにしてでも生きのびよ、という伝言だったのだ。

パーシェンカが目を輝かせた。で、その奥様の名前は？ ああ、おお、ふむ、忘れもしない、ヴェロニカ・ダヴィドヴナだった。少女の名は？ おお、何と言ったかな、ふむ、たしかルージャじゃった。パーシェンカはすぐにメモした。満月が星空を渡っていくところだった。月明かりがいっそう明るく照らし出した。ラウラですね、とパーシェンカは繰り返した。おお、そうじゃ、しかし、あれから何年後のことであったろうか、一家の消息はぱたと知られなくなった。コミッサールが逮捕されたのは、一九三七年より前だった……。老師ミロラドは突然涙をぼろぼろとこぼし、呻くように泣き出した。ドクトルがパーシェンカに命じた。わたしの部屋からシャンパンスコエをもって来なさい。老師はセッソンの眼の前で号泣した。

6

星空のミーティングは終わった、とドクトル・チェプハーフが言って、激しく慟哭しはじめた老師ミロラドを支え、パーシェンカが老師の両手をひき、船尾の庵室へと伴った。ドクトルとセッソンはしばし夜空の星たちを見上げながら木のベンチに腰かけていた。八月が来ると、もう秋ですな、この島は、とドクトルがまたちびた煙草を出して一服した。一本のパピロスを二つに切って節煙を心がけているらしかったが、短い煙草はたちまち尽きて、ドクトルは親指と人差し指ではじっこを巧みにつまみ、ぎりぎりまで吸った。ね、まさか、ここのドクダミだのイタドリなどの葉っぱを吸うわけにはいきません。おお、フィルターつきなんてとんでもない。わたしらの世代は、あの臭くて強烈なマホルカじゃないと魂が落ち着かない。そして誰もが短命だった。そうですよ、ガスパジン・セッソン、ミロラドの嘆きはもっともなことです。わたしはもう何度となく同じ話を聞かされてきているのですが、実は、いつも新しい発見があります。直近のことは忘れていても、遠い昔の事象については彼の記憶は立派なものです。記憶は記憶を更新して、いわばバージョン・アップを行うのが常ですが、そのバージョン・アップとは記憶の推敲とでも言ったらどうですかな。で、きょうの話も、コミッサールのアドリアン・ボゴマテリノフの運命ですが、まだいくつか埋葬されたままの部分がありそうですが、ほぼ老師の慟哭にふさわしいのですな。はい、とセッソンは脚を組みなおして、返事をした。何という運命でしょう！　筆舌に尽くしがたいという表現の通りです。悪夢を見そうな運命ですね、あなたの国の歴史の底辺は。厖大な死者の大地。で、コミッサールのその後の運命については、老師が慟哭し始めたので、想像つきかねたのですが、どういうことだったんでしょう。そう、遠慮がちにセッソンが口に出すと、ドクトルが、うむ、と深くうなずいた。

ミロラドはまだまだ記憶を消化しきれていないのですよ。それでもがいているのでしょう。わたしはもう幾度か断片的に聞いているのです。そう、記憶は、すべて断片、フラグメントであって、そこに時系列やら因果について明快な一本の線をひけるものではないでしょう。ガスパジン・セッソン、もちろんあなたが知りたがっているのは、ずばり、コミッサールの最期についてですね、どうですか。そうですね。わたしが老師から数年前に聞かされた時のバージョンを、簡単に、まあ、伝聞的ですが、話してみましょう。話し始めたところにパーシェンカが戻って来た。老師をベッドに寝かせ、いつもの安定剤を飲ませたというのだった。パーシェンカもベンチに腰掛けた。そこへこんどは、ヤソン・オレニスキーがふらふらとやって来て、向かいのベンチに腰をおろし、どうも眠れない夜だ、とぼやいた。ドクトルがコミッサールの最期について伝聞だと断りながら、話し出した。

いいかな、一九二九年の冬は無事に過ぎたが、サハリン島は緩慢ながらもスターリン権力が浸透し始めた。そして一九三〇年だ。これは、ほら、詩人のマヤコフスキーがピストル自殺した年だ。それは四月だった。いいかな、老師のミロラドの話によれば、この四月にコミッサールはモスクワに召喚された。もちろん、その旅からは無事に帰島したが、帰島以後、コミッサールは明朗闊達なコミッサールではなくなった、とドクトルが言うと、ヤソンが話に口出した。おお、わたしもミロラド老師から、聞かされましたよ。コミッサールがモスクワで、偶然マヤコフスキーの葬儀に居合わせることになったという話ですね。あれはまさに重要なファクトです。もちろんカゲベーによる暗殺とのうわさがあったが、それもそうでしょう。そうであっても少しも変ではありませんや。土台モスクワの文学者知識人たちがどれもこれもだめだから、分かっていなかったのですよ。政治権力のおこぼれにあずかって生きているのがもうほとんどですから。しかしながらコミッサールは、いいですか、遅れて来た革命家で、またたくまにコミッサールに駆け上がった人なのです。

いいですか、これはドクトルがご存じかどうか。アドリアン・ボゴマテリノフは、十七歳でサハリン島を出て、シベリア本土にわたり、イルクーツクで青春期を過ごした。つまり、ロシア・日本戦争の一九〇四年から第一次革命の時に彼はすでに二十五歳です。それから十三年で一九一七年の十月革命を迎えるわけですから、そのときはもう、いいですか、三十八歳だったのです。それから十二年で、一九二九年ですからね、ほら、彼はもうそのとき五十歳だったのです。まさにスターリンと同年者だったんですよ。この十二年のあいだアドリアンはイルクーツクの軍政畑で頭角を現したんですな。

ヤソンの饒舌をドクトルは制止しなかった。いいですよ、ヤソン、先を話してください。あんたの情報は豊かだ。ガセネタではないと確信するよ。つまり、アドリアンは、第一次革命のときから、革命活動に身を投じたということだね？　そうそう、それ、それです。従って、ロシア革命の一部始終を自分の体で知っていたということです。シベリアでの白衛軍との内戦でも、重要な任務を遂行していたわけですな。その結果が、赤軍がサハリン島入りした際の、軍政の目付け役コミッサールというポストだった！

いいですか、これはわたしの独自の見解ですがね、問題はそんなことじゃないのです。びっくりしないでくださいよ、彼、アドリアン・ボゴマテリノフは、彼はネルチンスクの生まれだった！　バイカル湖の東ですからザバイカリエ地方、バイカル湖からまあ七〇〇キロは東ですね。そのネルチンスクのカラ監獄で出生したのです！

これを聞いて、パーシェンカはベンチからとび上がった。おお、おお、神よ、と叫んだ。いったいどういうことです、それは？　とパーシェンカがヤソンを糾問するかたちになった。おいおい、聡明なパーシェンカ、そんなに興奮しないでください。いいかね、アドリアンの母は、夫殺しの罪で、ネルチンスクの監獄に送られてきた。で、ここの監獄で、だれか囚人とじっこんになった。そして身ごもった。いや、じっこんと言っては正確ではあるまい。そうだ、真実の愛にめぐりあった。目覚めた。新しい第二の人生を生きなおしたかった。当時の監獄制度のなかで、これはしばしばあったが、無事に生まれることはほとんどなかった。しかし、神のご加護あってか、彼女は男児を出産した。いいかい、その息子をともなって、母はネルチンスクのカラ監獄から、サハリン島へとさらに移送されることになった。

ふむ、そういうことだ。おお、忘れるわけにはいかない。彼女を孕ませたその男親とは一体だれかという疑問があるだろうね。これもまたわたしの独断だが、ネルチンスクのカーラ監獄の獄吏とか一般の刑事犯とかではなく、シベリア流刑にされた政治犯のだれかであろうと見当をつけているのだ。パーシェンカは呻くような叫びを押し殺した。いいかね、人生は、どのような地獄にあっても、かならずや歓喜の事象が生起しようぞ。彼女は最初の夫を殺した。その大罪は大罪で、いまそれをシベリアの牢獄で償うが、それとはまた別に、真の愛が束の間であれ生まれた。それが彼女の再生のチャンスだった。彼女はもちろんまだ若かった。人生はこれからだったのだ。彼女はその父なし子をつれて、サハリン島に着いた。終身刑でも恩赦があれば、生き残れるだろう。どんなに老いても、生きてさえいれば、息子が迎えに来てくれるのだ。

そこまで聞いていたドクトルが、口を挟んだ。ニヴフのシャーマンらしく、見て来たことのように言うが、わたしも共鳴するところが大だ。造物主による運命のほんろうには、人間はてこずるが、これは希望のある事例だ。しかし、コミッサール自身からそのような事実の表明があったのかね。あるはずがなかろうに。するとヤソンが満足そうな笑みを浮かべた。わたしはミロラド長老から直に聞いたんですからね。ミロラド老師はちっとも呆けていなくて、その時は、もう三年前だったか、チェーホフの『サハリン島』を読めばわかるじゃろうと言ったのです。するとパーシェンカがまた飛び上って叫んだ。おお、おお、ぼくだって読みましたよ、おお、ヤソン・オレニスキー、ありましたね、たしかに。十歳くらいの少年が、開拓小屋で一人留守番をしていると、流刑囚人の人口調査にやって来るのです。囚人の案内人を連れて。するとドクトルが、おお、あそこか、とつぶやいた。そうだったね、あそこの情景が、まるで、物語の一情景のようだったね。おや、どうしたのだろう、と思って、わたしは過ぎてしまったのだったが、ふむ、覚えている。その少年とチェーホフが向かい合って、対話をしていたねえ。少年は、チェーホフに、きみの父称は？　と訊かれた。少年は知らないと答える。父称を知らないなんて恥ずかしいじゃないかとチェーホフに言われて、今一緒にいるのはほんとうの父ではないと答え、さらに少年はまるでアパシーな魂のように、母は夫殺しでここに送られて来たのだと答える。この場面だね。思い出した。おお、シャーマンのヤソンよ、この少年が、コミッサールの前身だと、きみは言うんだね。もちろんですよ。わたしは老師ミロラドのちょっとしたことばに真実を読むのです。コミッサールは逮捕され、イルクーツクに送還され銃殺されるのを察知して、アレクサンドロフスクから逃亡した。いいですか、それをひそかに助けたのが、ミロラドだったのです。サハリン島の最北に逃げたところでどうにもならない。しかし、ヤポニアに亡命するわけにはいかない。彼はピストル自殺を遂げる。

いいですか、命の恩人のコミッサールの遺体を埋葬したのが、若き日のミロラドだった！　いいですか、それはベロベリョスコエという小さな村だった。そこにコミッサールの母の墓標があった！　いいですか、アドリアン・ボゴマテリノフは、コミッサールとしてサハリンに乗り込んだとき、一番最初に行ったのは、母の消息を追うことだったのです。彼は全島の囚人開拓農家などを探した。そして、ついに墓標が見つかった。彼の母は、数人の集落の生き残りたちに聞いて分かった。コミッサールは墓標の前で、号泣した。かならずあなたを救いに来ますと、島をすてるときにあなたに誓ったのに、わたしは四十年もかかってしまった。おお、母よ、わたしの罪をゆるしたまえ。いいですか、ドクトル・チェプハーフ、コミッサールは革命の現実に深くかかわりながら、多くの勲功をたてながら、もっとも近い隣人である愛する母ひとりをも救い出せなかったのです。そう言うと、ヤソン自身が泣き出した。泣きながら言い足した。いいですか、聞きなさい、老師ミロラドは、コミッサールの最期の自殺を魂の蔵に秘めに秘めて来たのです。すでに朽ちかけた白樺の十字架の墓標のかたわらに、ミロラドはコミッサールの遺体を埋葬した。イルクーツクにいる妻子へとこの訃報を知らせることはできなかった。パーシェンカもすすり泣いていた。それでもまた手帖にメモをとっていた。セッソンは胸が締め付けられた。こみあげてくるあわれさだった。

7

夫々はそれぞれに悲しみを胸にして散会した。雄弁だったヤソン自身が悲しみに打ちひしがれて足を引きずった。彼の守衛小屋には暗いがランプの灯りがともったままだった。セッソンがゲストルームに戻って鉄製のベッドに腰掛け、頭をかかえているところへ、ドアにノックの音がし、セッソンが、どうぞと応えると、パーシェンカが入って来たのだった。彼は泣いていた。冷静で聡明な彼が自制心を失ったようだった。窓敷居の下に寄せてあった椅子に掛けて話し出した。ガスパジン・セッソン、今夜はヤソンからはじめての話を聞きました。恐ろしくぼくは興奮しました。いいでしょうか、ぼくの結論はこうです。お話ししていいですか。そうなんだ、ぼくこそがあの十歳の、父称も知らない少年だったのです！　ね、そうじゃありませんか。もちろんぼくはアントン・パーヴロヴィチの『サハリン島』に記録されたその少年ではないのですが、精神的に、魂において、その少年に他ならないのです。あれは未来のぼくだったのです。彼は百年前のぼく自身だったのです、この考え方は狂っているでしょうか？　そうです、精神的系譜において、ぼくは遍在していたのです、すでに百年前に、あの少年として。血筋の問題ではありません。だれが真の父で、母で、という意味ではなく、魂の同一化の意味において、ぼくは彼に他ならないのです。これは、ぼくはあなただ、という思想に同じではないでしょうか。ぼくはいまここに、ただ孤立無援の孤児としてこの世にあるのではなかったのです。すでに過去に生きていたのです。過去をこの自分の現代につないでいるのです。ええ、もちろん、ガスパジン・セッソン、分かっています。彼、その、あの十歳の少年の後の姿は、ヤソンが解き明かし、予言したように、コミッサールのアドリアン・ボゴマテリノフだったのだと、ぼくもまた確信しています。もうぼくは今夜は眠られないのです。おお、サハリン島に残していわば捨てたも同然の母を、ようやく、革命の実務をなし終えて、いよいよ島に帰還できた時、それも権威あるコミッサールとして、そして母の居場所を探した、しかし、ときすでに遅すぎたのです。母の死に目にも会えなかったのです。そのときはコミッサールはもう五十歳にもなっていたのです！　彼をこの世に生んでくれた母は、彼だけが再生の証だったのです。と同時に、少年の彼から見たら、その母とは、前夫を殺害した罪人だったのです。それがたとえ正当防衛であったにしろ、殺人者なのです。しかし、彼女は新しい愛によって、息子を生み、そしてネルチンスクからサハリン島へと移送されたのです。二度と大陸に戻ることはできない。しかし彼女は、息子のアドリアンがいつかかならず自分を迎えに来る、救い出しに来てくれる、聖ゲオルギーのように槍を突き出した馬上の騎士として島に帰って来るのだと。

　それだけが彼女の希望だった！　おお、ガスパジン・セッソン、教えてください、どうしてアドリアンは、革命のために三十数年も身をささげたのでしょう。挙句は、権力の恣意によって、使い捨てされたのです。彼の数々の勲功は一体何の役に立ったのでしょうか。母の希望を犠牲にしてまで、なぜ革命に献身したのでしょうか。そしてその結果が、ついに権力に駆り立てられ、おお、ふたたび母の朽ちた白樺の墓標のもとで、こめかみに銃弾を撃ち込んで自殺したのですから、これではまったく何のためのサハリン島脱出だったのでしょうか。それくらいなら、囚人上がりの共棲者と母と三人で、この大地で平凡ながら生き延びる道の方が正しかったのではないでしょうか！　母を選ぶか、革命の理念と勲功を選ぶか！　いったい彼の五十年とは何だったのでしょうか！　内戦終結後のサハリン島の監獄改革その他多くの成果をあげたにしても、もう母はこの世にいなかったのです。なんという親不孝者でしょうか！　あと数年早くサハリン島に帰還していたならば、まったくちがったのです。これこそが彼の罪なのです。もちろん、しかし、イルクーツクにはささやかな家族がいて、娘が一人残されたというのですが、それもまた、彼の逃亡と自殺によって、その後の運命が分からないのです。ああ、しかし、ぼくは信じています。かならずその娘は生き延びていて、父の精神をひきついできているのにちがいないのだと。そうでなければ、この世に神など無用です。

パーシェンカは休むことなく話し続け、窓敷居から離れ、狭い室内を行きつ戻りつした。窓からは星が覗き込んでいた。セッソンは、パーシェンカがもう二十歳の青年ではなく、まるで壮年のように見えた。一九二〇年代の最後の知的コミッサールの姿のように想像されたのだった。革命の理念を信じ、実務において有能だった、ロシア知識人の武人の最後の世代だった。母一人を救うには、世界が変わらないといけない。その変革の現実に人生の大半を浪費したのだ。セッソンは怒りの表情さえ眉間に寄せているパーシェンカの所作を見ながら思った。血筋ではないのだ。このようにして、魂のひびきあいによって、精神はひきつがれる。

第九章　銀河の宴

1

夜の終わりと、夜の引き明けは深い霧に包まれ、霧は窓辺に這い上がり左右に流れ、また次の霧の波が音もなく押し寄せて来ていた。

どの夏も、常にこうであったかと、セッソンは思った。過ぎてしまえば、どの夏も最後の夏に転位するのだ。夏は生命の横溢の山巓《さんてん》だったのだ。そして残されるのは下山だけだった。たちまち九月のセンチャーブリが待っていて、そして十月の黄金秋が始まり、冬が来る。夏は山の緑の旺盛な盛り上がる成長によってその威力を知らせ、そしてふたたび衰えて行く。自然の季節の巡りは当然ながら人生の分かりやすい比喩だった。木の窓敷居は両手に手ごたえがあった。それから鉄製のベッドに戻って横になった。

眼を閉じても、立ち去ったパーシェンカの声もことばも、その所作もまざまざと思い浮かんだ。人は何に依拠して生きているのだろうとセッソンはまた思った。何のためにと言い換えてもいいのかも知れなかった。ああ、夢中になって話すときのパーシェンカは、まるで昨日のパーシェンカとは思われなかった。セッソンには、まるでその見知らないコミッサールの生まれ変わりと話しているように思われたのだった。もちろんそれは、パーシェンカが突然に、わたしはそのコミッサールなんですと確言したからでもあったが、それは人の生まれ変わりというような発想ではなく、魂の、精神の継承というような意味での、転生というべきだったろう。

ガスパジン・セッソン、あなたは何によって生きているのですか、何のために生きているのですか。百年そこそこなんて、何一つ解決するわけがないじゃありませんか。何をどのように行為しようとも、すべては徒労じゃありませんか。とでもいうような勢いに聞こえたのだ。セッソンはパーシェンカがさらに話したことばを思い返していた。聞いてください、ガスパジン・セッソン、この世でただ一人というこのさびしさを、おそらくあなたには分からないでしょう。ぼくにはもちろん母が存在したわけですが、その母をわたしはまったく記憶していないのです。父も存在したわけですが、その運命についても人生についても何一つ知らないのです。そうしてただ一人この世に投げ出され、ここまで凌いできたのです。おお、イイスス・フリストスだって、母マリアがいて、父ヨゼフがいて、幼い頃からどんなに大切に育てられたことでしょうか。その点でぼくはイイススを羨ましく思います。やがて彼はその母を否定し、その父を否定して、隣人の愛を大事にする方向へと舵を切りますね。そして多くの人々を救うという方向へと進みます。

いいですか、ガスパジン・セッソン、きっとコミッサールとて実は同じだったのではないでしょうか。

考えても見てください。十歳そこそこのやせ細ったそばかすだらけの、頭髪が白くて、栄養不足でやせこけた少年が、ある日突然、囚人小屋を調査に訪れたチェーホフと差しで向かい合って会話を交わしたのです。少年にとっては青天の霹靂《へきれき》とでもいうべき出来事だったのです。ぼくの考えでは、もちろん少年は前夫殺しの罪で流刑されてきた母の過去を、そのようにして知っているのですよ。しかし母には愛されていた。どのような過酷な環境にあっても、一人息子を愛さないような母はいないでしょう。イイススだってそうだったに違いないのです。罪びとの母によって、そして母の再生のよすがとして、少年は愛されていたに違いないのです。しかしながら、母も、その新しい共棲者も、その日生きるのが精いっぱいで、心からの愛をふんだんに降り注ぐことはできなかったのは当然のことですね。いいですか、国費からは子供らに生活補助金が支給されていたのです。親としてはそれをも頼りにして生き延びていたのです。しかし、子が十七歳にもなれば、もう自由に、懲役囚の親を離れて、大陸にも渡れたのです。そして彼はそれを選んだ。まるで母を捨てるとでもいうように。母とこの島に残っていたところで、共倒れとなるでしょう。

いいですか、チェーホフが彼に言った一言が、彼を決定したに違いないのです。実に父称も知らないなんて、恥ずかしいじゃないか。そのチェーホフのことばを少年は心にしまい込んだのです。そして、これはぼくの勝手な解釈ですが、島を出る際に、息子を送り出す母から、自分の父とはだれか、その名は何かも、はっきりと聞き知ったに違いないのです。自分がネルチンスクのカラ監獄で出生したという事に関して、真実を知ったに違いないのです。おお、もしその父なる人物がカラ監獄の獄吏であるとか、同じ懲役囚との不慮の事件ゆえにであったとすれば、彼はまちがいなく絶望の底に投げ込まれたことでしょう。しかし、そうではなかった筈です。母はカラ監獄で本当の、わずか一時間のことではあれ、真実の愛に巡り合ったということなのです。そうでなければ、カラ監獄のような環境下では、女囚の出産などあり得べくもないのです。彼女は身ごもった子によって生きることができたのです。

それからこれはヤソン・オレニスキーだって知らない事実ですが、いいですか、チェーホフがサハリン島に上陸して最初に面談した長官の前任地はネルチンスクのカラ監獄だったんですよ。となれば、出産した子供をかかえた彼女を、少しでも楽なサハリン島の監獄へと移送させるについては、彼の何らかの助力があったのではないでしょうか。ココノヴィチ長官は有能な官吏です。同時に、チェーホフの記述から知られるように、実務畑ではあるが当時のロシア知識人の典型であったかに思われます。その時代の限界があったにしろ、人道主義が生き続けていたというべきでしょう。サハリン島に集められた全ロシアからの政治犯についても、これはシベリア本土の過酷な監獄制度から考えたら、はるかに緩やかだったのです。海に囲まれた孤島ですからね。逃亡は不可能です。ヤソンが触れたと思いますが、ポーランド人のピウスツキに関してだって、シベリアの監獄ではとてもあり得ないことだったのです。ココノヴィチはサハリン島の政治犯流刑囚については、その高い能力をたよりにして、一般囚人にはできない知的な仕事のポストを保証してくれていたのです。この地獄の島にうんざりしてうつ状態にでもなりそうなココノヴィチ長官は、そのようにして、堪えていたのではありませんか。

おお、ヤポニアからの旅人、敬愛する友よ、話があらぬ方向へと逸れましたが、許してください。つまり人は何によって生きるか、だれのために生きるか。ただひとり自分のために生きるなんてろくなことではありません。人は一人では生きられないのです。愛によってしか生きられないのです。自分一個の祖先が、父祖が、どうであったかとか、名家であった云々など、笑止千万です。ぼくらは家族史の最先端をそのようにして生きているのではないのです。出自がどうのこうの、父の家がどうのこうの、母の家がどうのこうの、そんな虚構と虚栄で着飾って生きるのではないのです。今を見よ、今を生きよ。それしか生きる道はないのです。今、ぼくらのサハリン島もまた自然力によって、緑に満ちあふれた沸き立つような生命力の横溢した夏ですが、この夏もたちまちに終わります。きっと、自然の季節のめぐりに鋭敏なガスパジン・セッソン、あなたはもうとっくに感じ取っているに違いありません。どの夏もただ一度です。人生そのものの比喩のように。そして過ぎ去りましょう。そして過去になってしまいましょう。今もまた、ただ一度の夏なのです。しかし、しかし、にもかかわらず、この夏には、母も父も、あるいは祖先が経験した数だけのただ一度の夏が、ぼくのなかに、あなたの中に、息吹いているのに違いないのです。ぼくはこの世でただ一人という孤立感を、この意味で、耐えることができるのですが、しかし、なんという寂しさでしょう。

パーシェンカが言った話をこのようにして反芻《はんすう》するにつけ、セッソンは再び不眠の夜明けになるのだと思った。霧は晴れてきたようだった。夏鶯だろうか園庭の灌木の中で鳴き始めた。コミッサールのアドリアンが逃亡した末に、ベロベリョスコエの村はずれの海の見える丘の墓地で、母の墓碑の前で自裁したという光景は、ミロラド老師のことばから知ったけれども、セッソンにはもちろんそれが一九三〇年あるいは三二年頃のことであったろうかと推量されたのだったが、それは今のような夏の盛りの一日のことだったに違いないのだ。五十代のはじめというあたりだろう。話しているときのパーシェンカの横顔は、コミッサールその人のように思われてならなかった。彼は自信に満ち、そして絶望にうちひしがれ、同時に希望に満ち溢れてさえいた。そして、もう秋風のような寂びしい表情を見せていた。

セッソンは思った。ほんとうにパーシェンカは一九三〇年のコミッサールではなかったのか。パーシェンカのこれまでの献身ぶりにはどこか尋常でない精力があったではないか。

それにしてもだ、とセッソンはため息をついた。十七でサハリン島を出て、母に再会するまで数十年を費やし、ついにサハリン島に帰還した時には、もう母は亡くなっていたのだ。何ゆえの苦しみを刻んだ革命運動の献身であったのか。墓碑の前での自裁だけが亡き母への償いであったとでもいうようではないか。ほんとうに最後の夏だ。人間がまだ愛することがぎりぎりのところで可能であり得た最後の夏だったのだ。セッソンはランプの火を吹き消した。われわれはいつも最後の夏だ、そしてそれだけが今なのだ、そうつぶやきながら、セッソンはようやく眠りに落ちた。

2

いったい生とは何だろう、何のためにこのように齷齪《あくせく》してこの世にあるのだろう、その意味はあるのか。すべては徒労ではないのか。セッソンはその翌日の午後、車椅子でうとうと微睡《まどろ》んでいるミロラド老師とともに四阿《あずまや》で並んでいた。車椅子は、アリサの片腕であるロマン・ロマヌイチが山林官のイワンチクに頼んでこしらえてもらった重厚な木製作品だった。そのなかに坐っているとミロラド老師は四角張ったブロンズの塊のままのようで、上空には夏の終わりの雲がつぎつぎに湧きあがり、離散し、壊走し、あるいはまた思いがけない方角から色彩のちがう雲の一群が襲いかかり、空に明るく澄み切った青空の雲間が裂け、太陽は群雲にさえぎられながらも白金色になって発光し、まぶしくて直視できなかった。ナナカマドはすでに赤くたわわに実った。白樺はますます木肌が白く粉を吹いていた。生垣には特に老師のお気に入りの木槿《むくげ》の花が白かった。イタドリの群れは花も終わり、まるで意味のない一生だとでもいうように、葉むらだけを巨人的に茂らせ、風に鳴っていた。その奥で、すっかり成長した鶯たちがじぶんの縄張りで狂暴な鳴き方をしていた。

遥か眼下にひろがる平地とアニワ湾の海は、積乱雲を均一になだらかに発生させ、それが真っ白い百八十度の視界になって、やわらかな氷山のように動かなかった。上空では、風の道が、川の支流のように流れ、さまざまな高さの雲が登場していたのだった。そしてもう秋の雲が、刷毛でひとなでされ、鱗雲の群れが生まれていた。雲の下をボンバルジア機が平地に向かって高度をさらに低くしていた。

セッソンは、夏は終わった、もう帰るべき時だと思っていた。セッソンの内心の声が聞こえたとでもいうように、午睡からふっと醒めたミロラド老師がつぶやいた。歴史はくだらん。歴史の外にあることだけが大事じゃ。あなたは先ほど、生それ自体に意味があるだろうかと問うていたようだが、その問い自体がまちごうておる。それは、あれらの、懸命な、いとおしい雲たちに、おーい、お前たちは何のために生きているのかと叫ぶようなものだ。ナンセンスじゃよ。絶えず変容し、消滅し、また再生し、それが意味あるかないか分からんがそれなりのドラマを演じて、また消えて行く。上手《かみて》から下手《しもて》へ、いや、下手から上手に出てくるやつもいるがね。人はその雲に突っ込んだ飛行機のようなものだ。ふむ、いやいや、生の空虚と徒労を問うのは、それはいけない。人は一人では生きられない。一人で生きるものはかならず自殺するようにできているんじゃ。この世で死ぬるは珍しからずと嘯《うそぶ》いて自殺するのは困る。誰か他のために生きることで、かろうじて人は生の空虚と徒労にめげず、耐えているんじゃ。何だって？　このわたしがどうかだって？　わしは不幸にもこのような長寿だが、わしはこのように生きながらえていることだけがひとびとに有益なのだよ。ここいらでは、いいかね、百年の大木なんてざらだ。くそ珍しくもない。しかしわたしは珍しいのじゃ。なんとなれば、歴史の証言者、目撃者だからだ。樹は話さないが、わたしはまだことばを発し得るのだ。たわごとだと言う向きもあろうが。土台、わがロシアは、善き人は、チュダークと相場が決まっているんじゃ。そして、言説がチェプハーだよ。しかし、恩人のコミッサール、アドリアン・ボゴマテリノフの面影とならいくらでも語り伝えることができる。ほんとうに子供のような方であった！　おお、あの子供らはいったいどうしたんじゃね？

セッソンは四阿の長椅子に掛けて夏の終わりの風に吹かれていた。ええ、あれは、子供たちですよ。なんでも、今日は、このサナトリウムの庭でキャンプが設営され、銀河祭が行われるそうです。おお、あれか、そうだった、毎年の行事じゃった。子供らが銀河を渡って行くんじゃったな。彼らだけだ。子供らだけが真に生きている。生きている意味など問わない。それ自体が喜びなのだからな。

やがてゆっくりと四阿に向かって、一列に並んだこどもたちが二十人ばかり、オサムナイの楽団の音楽に合わせながらやって来た。四阿の前で彼らは止まった。オサムナイが一礼して、タクトをとった。たちまち澄み切った甲高い高音の歌が歌い始められた。作曲はもちろんオサムナイだった。セッソンは打楽器が加わっているのに驚いた。しかもそれはティンパニーに似た大きな太鼓だった。入園者でひげもじゃの大男がそれをバーンとうち叩くのかとセッソンは耳を覆いたくなったが、まったくそうではなかった。大男自身は虫も殺さないようなやさしい性質だった。繊細でやさしい打音の音色が、空の雲たちの柔らかさで低く旋律にリズムを与えていたのだった。まちいがいなくオサムナイの新曲だった。旋律は、遠くから近づいて来て、それから遠のいていく憂愁と悲しみに満ちたものだったが、どこか明るかった。オサムナイの指揮で歌っていた子供たちは、ふたたびオサムナイのみちびきで、みな手をあげた老師に黙礼し、四阿の前を通り過ぎ、サナトリウム庭園からキャンプ地の森へと回り込んで行った。おほほ、歌の詞は、パーシェンカじゃろうね、とミロラド老師が言った。

雲よ、また帰って来ておくれ、わたしに旅の話を語っておくれ、わたしが死んでも、旅の話をみんなに伝えておくれ、……というようだから、これはパーシェンカじゃよ。作曲は、そうさなあ、壮大でごったがえしの受難曲の、あのショスタコーヴィチの孫引きかな。まだ若いということだ。そう言ってからミロラド老師は突然、おお、神よ、わたしの人生を赦したまえ、わたしの罪をゆるしたまえ、と口にした。

いいかね、われわれはいつも道に迷う。思い通りの生などあるわけではない。与えられて、なおそのなかで迷い、選び、あるいは選ばせられ、五里霧中で進み、後戻りするには残り時間がないのだ。そして下山に際して、ようやく来た道が明瞭に見え、多くの過ちに気づき、そして後悔し、悔恨の痛みに耐える。それらの生の選びの岐路は一瞬だ。動かしようもない歴史の鉄条網の中で、それでいて歴史の外にわが身をおくことができる人は幸いなのだ。ミロラド老師は、おお、聞き忘れていたが、ガスパジン・セッソン、あなたはおいくつになられたのかな、と言った。セッソンは答えた。ほほう、まだまだ下山にはややも余裕があるか。登攀した自分なりの山巓と高山の思い出を、その悔恨を、まことの言葉が見つかるまで歩くのがよかろう。

遠くから、まだ子供たちの歌が聞こえていた。わしはもう子供らの歌だけ聞いて生きていよう。いいですね、とセッソンは答えた。ええ、気が付いたのですが、もうわたしのビザも期限切れになります。もう帰るべき時です。ふむ、ガスパジン・セッソン、あなたはなぜこの山に迷い込んだのだったかな？はい、そうなっただけですが、でも、遠い遠い起源があるように思っています。そうであろう。起源ということばは、われわれのことばでは、始まり、ということばだ。ガスパジン、あなたは、始まりを探しに迷い込んだようなものだな。はい、そんな気がします。あなたたちみんなの運命の始まりを、わたしは探したかったのでしょう。何をだね？　セッソンは一言では説明が出来難かったので、重ねながら答えた。愛のほんとうの成立を、いや、豊かな発生を、人は一人ではなく、歴史を越えて、互いに愛し合うことができる、その最初の始まりを、その夏を。

ミロラド老師は、健全な、大きな声で笑った。これはまた持って回った言い方じゃ。ふむ。一言で言えば、生きる意味じゃね。いいかね、今が、今だけが、すべての始まりじゃ。愛しさえすれば、生には意味が生まれる。憎めば、意味を失うのじゃ。わたしの生涯は、言えば時代の憎悪の思想の中を歩みつづけたが、しかし、そのなかにあってでさえ、善き人はさらに善き人と成り、愛することをさらに強くするという死生の面影をも見たように思うのだ。おお、真に善き人に出会うことが運命なのだ。そう言いながら、老師ミロラドは耳に手をあてて、子供たちの笑い声がよく響くのに目を細めていた。どうだね、あれはみな天使たちなのだ。歴史は彼らから汚鬼を生み出そうとするが、そうはさせまいぞ。

夏の最後の夕べが始まっていた。

3

日が落ちて、キャンプ地の子供たちには付き添いの親たちはいなかった。何らかの理由で、彼らは子供施設に収容されて、善き人になるように手厚い教育を受けているということだった。頼りになる施設の世話係の小母さんたちが一緒だった。子供たちはみな頭に星の冠をつけていた。子供たちと言っても、十二歳くらいまでのようだった。焚火を囲んで車座になっていた。焚火はかがり火のように燃えていた。火には注意ですよと係の小母さんたちがうるさいくらいに言い含めていた。いつどこで山火事が起こるか分からなかった。とくにチェーホフ山までの森林帯は、毎年のように大きな山火事が発生し、消火隊も手が付けられなかった。もうもうたる煙が下界の市街地にまで流れ、ひとびとは煙に巻かれながら歩いていた。そんな夏があったのを、セッソンは改めて思い出した。セッソンをこの銀河祭に招待したパーシェンカが言った。

ああ、そうでしたね、アントン・パーヴロヴィチがアレクサンドロフスクに上陸した夜は、本船から艀《はしけ》に乗ってですが、ええ、囚人たちがみんな下船したあと、積荷もカッター船で運ばれたあとでしたね、アレクサンドロフスクの背後は、つまりサハリン島は山火事で火が燃え盛っていたじゃありませんか。彼は地獄に来たかと最初思ったのです。はるばると、モスクワからシベリアを横断してたどりついたサハリン島が、地獄の火に焼かれていたのですからね。第一印象が地獄。ふふふ、とパーシェンカは笑った。そりゃあ地獄ですよ、もちろん。しかし、地獄にも人間がいるのです。いや、いたのです。その発見ですよ！　一万人近い流刑囚に直接面談したのですよ、まあ、恐るべきことです。人間の発見なんです。ええと、あれは北部の鉱山でのことでしたね、この重労働の徒刑にもかかわらず、さあ、チェーホフが来たというので、労働の合間にお茶を飲んだときですよ。カップはあるが、スプーンがない。すると一人の囚人が彼に、自分のスプーンを差し出して、お使いくださいと、いや、なんなら差し上げますと。いいですか、これが人間だったのです。チェーホフとは何か、いいですか、もちろんです、地獄の囚人から共感されたのです。この男は人間だと。

パーシェンカの声はウキウキしていた。というのも、この夕べには、パーシェンカの自作の詩が朗読されるからだったし、また催しの一つとして、知から離れた老女であるエカチェリーナ二世の寸劇も披露されるからだった。その小さな劇の台詞はパーシェンカの作だったのだ。いや、ぼくは子供たちを啓蒙したいだなんて、これっぽっちも思っていません。ただ、エカチェリーナ二世の彼女を、子供たちに知ってもらいたいのです。それにめったにない登場人物、つまり、ヤポニアからの旅人、ガスパジン・セッソンに出演していただくわけですから、これは二度とないすばらしい機会です。お願いしますね。こんな現代的な服装でいいのですか？　もちろん、かまいません。ジーンズをはいていたって一向に構わないのです。要は、心です。そうです、ガスパジン・セッソン、あなたはサハリン島に流れ着いた、漂流者、カピタンの〝ダイコクヤ・コオダユー〟なんです。セッソンは少し愉快になった。わたしの台詞は？　いや、あってなきがごときものです。適宜、アドリブでいいのです。子供たちに希望を与えてくだされば、それでいいのです。ぼくの書いたセリフなど、無視なさって結構です。ぼくは自作の詩を朗読するだけで満足です。

針葉樹に囲まれたキャンプ地の草地に着くと、もう子供たちが礼儀正しく銀河祭の始まりを待っていた。キャンプ地の向こうは夜空に開かれていたので、もう星空が煌めきだしていた。その星空に向かって、小さな演台が設けられていた。椅子が数脚あるだけだった。もう演台の前には、オサムナイの楽団のメンバーが待ち構え、長椅子に腰掛けていた。演台に向かって左手に、ミロラド老師が車椅子に乗ったまま子供たちに向いて坐っていた。サナトリウム施設長のアリサ・セミョーノヴナがロマン・ロマヌイチと一緒にやって来た。銀河祭の司会者はパーシェンカだった。

彼は子供たちに向かって一礼し、これよりサナトリウム銀河祭を開催いたします。と宣言し、みなさんの未来のために、アリサ・セミョーノヴナから祝辞を一言述べていただきます。アリサ・セミョーノヴナ、どうぞ、と彼はうやうやしい所作で彼女に声をかけた。彼女が子供たちの前に立つと、子供たちから、拍手が湧いた。ウラ、ウラ、ウラ！　とかわいらしい万歳三唱が湧いた。彼女は祝辞を述べた。

今年もまた、わがアントン・パーヴロヴィチ・チェーホフ記念サナトリウムに来ていただいて、心からありがとう。あなたたちは、それぞれの理由によって、少年少女育成施設に入っていますが、どうかそのことを誇りに思って今後も邁進いたしましょう。人生の環境は人さまざまです。わたしたちは、家系の血筋とか、ステイタスによって人間になるのではありません。わたしたち一人一人が、始まりであり、その始祖であるのです。始祖ということばはむずかしいでしょうから、簡単に言うと、ああ、そうですね、ほら、そこのあなたのお名前は？　ああ、そうですか、ゲオルギー・オシポヴィチですね、ええ、分かりました。じゃ、ゴーシャ、あなたが未来のあなたの家族の始まりだということです。あなたが新しい家族の歴史を作り出すのです。すでにあったことはもうとても古くなっています。みなさん一人一人の個人が、すべて始まりなのです。その始まりのあなたたちがみんなで連帯して、未来を生き抜くのです。その覚悟を持ちましょう。この世にいなくなった父や母、兄弟たちのことを、いつまでも頼っていてはいけないのです。人は一人では生きられません。善き友との連帯によって、その愛によって、生きるのです。今宵の銀河祭、わたしたちのくにのことばで言うと、〝ムレーチヌイ・プーチ〟ですが、これはみなさんも知っているように、〝乳の道〟という意味です。天の川、乳白色をしているので、ミルクの、というように理解できますが、それと同時に、これを忘れないでくださいね。これは、この天の道とは、銀河とは、始まりの母に至る道であり、旅なのです。道はすなわち旅路ですね。あなたたちは一人一人がその旅路の星なのです。自分なりの輝きで、未来の始祖になってくだされぱいいのです。挨拶が長くなりましたが、みなさんのご無事を祈ります。ご清聴に感謝します。

　子供たちに彼女の話がどれだけ通じたか分からないが、その親密な気持ちは共鳴を呼んだのに違いなかった。彼らのあいだから、祖先ということばが飛び交った。その語彙が、子供たちの心に天使のように入り込んだのに違いなかった。また、一斉に、子供たちのあいだから、ウラ、ウラ、ウラー！　と歓声があがった。半分居眠りしていたミロラド老師も、いきなり目覚めて、子供たちの万歳にあわせ、にぎった拳を突きあげて叫んだ。そのとき子供たちの世話係の小母さんたちから、星型のチョコレートが配られた。

彼らはからから鳴る包み紙をとり、口に含んだ。セッソンのところにも回って来たので、口に含むと、あまりのおいしさにびっくりした。パーシェンカがそばで言った。残念ですが、まだサハリン島ではこれほど美味しいチョコレートはできません。これは、サンクトペテルブルグのハマナスの花のチョコボンボンです。

いよいよパーシェンカの出番だった。彼はゆっくりと演台にあがった。オサムナイの楽団が、静かに演奏を始めた。子供たちは夜空に銀河を探した。あった！　針葉樹の草地の出口に、煙るようにちかちか輝く銀河が斜めにかかって、動いていた。急激に動いているように、流れ落ちているようにセッソンにも見えた。パーシェンカは自作の詩を暗唱した。いきなり激しく、銀河に突っ込んでいく飛行機のように迅速なリズムをとった。

銀河よ、乳の道よ、旅路よ、ぼくを眠らせるな、ぼくは銀河に突入する、突入して　あなたの広大な宇宙を横切ろう　ぼくを眠らせるな　ぼくらに乳の愛を　思い出させよ　銀河の果てに　ぼくらの初めての母に　ぼくらは深い感謝を　捧げよう　ぼくの弟たち　ぼくの妹たちよ　ぼくはきみらとともに夢の銀河を渡る　ぼくらはその船なのだ　僕はこの方舟に　かわいいきみたちを　招待するだろう　溺れそうになったきみたちに　強い手をさしのべる　ぼくを眠らせるな　ぼくらはもう一度だけ　ぼくらの人生において　初めての始祖になるために　すべての孤独と悲しみの　大きな櫂で　さあともに銀河を渡り切りたい……、行け　死すべきものよ、生還せよ……

そこまで暗唱して、もう一度おなじようにリフレインでことばを繰り出したあと、パーシェンカは涙ぐんだ。子供たちは最初にびっくりしていたが、激しいリズムが終わると、捧げよう　捧げよう、というリズムに体を揺らした。パーシェンカの朗読には、まったく水平飛行がなかった。いきなり突っ込んで、いきなりハードランディングのように着地した。

そのあとだった。パーシェンカは普通に返り、愉快な声で朗々と、エカチェリーナ二世の登場を願った。彼女は子供たちの間をおごそかに通り抜けて演台に上がり、木製のアームチェアに腰掛けた。針葉樹の枝の扇でゆっくりと自分に風を送った。彼女の仲間たちが子供たちの後ろに居並んでいて、よく意味の通らないことばで、歌を歌い出した。それにオサムナイの楽団が曲を添えた。エカチェリーナ二世の身なりは、色とりどりに薄物を重ね着しているので、まるで背の低いキジのようで、子供たちが声をあげて笑った。土台、この寸劇には台本がなかったのだった。彼女はゆっくりと針葉樹の扇であおぐのをやめて、観客をひとまわり見回した。そして、セッソンを見つけると、にっこりして台詞を吐いた。

おお、ヤポニアからの漂流民よ、いや、カピタンなる勇気ある剛勇の士と、さあ、わたくしの近くまでいらっしゃい。セッソンは急いで席を離れ、演台に上り、彼女の前で跪いた。彼女の手がさしだされた。長い爪が黒ずんでいた。セッソンは彼女の手の甲に軽く接吻する所作を行った。よろす、よろす、と彼女の声が大きく響いた。子供たちは声をあげて笑った。おお、ヤポニアのカピタンであるコオダユーよ、さぞ苦しかったであろう、わが最果ての北の島から、おお、ヤクーツクとやらを経て、イルクーツクへ、そうしてここわが都のペテルブルグまでの旅路、よくぞそのように頑健で生きてたどり着いたことじゃ。えらいぞ。セッソンはただかしこまっているだけでよかったのだ。すると突然、エカチェリーナ二世は、本当に涙をぽろぽろと流し、おお、ジャルコ、おお、ジャルコ、と言った。子供たちからも、同時に、おお、ジャルコ！　というこだまが反響した。おお、かわいそうに、という意味のことばだった。しかし、えらいぞ。聞くところによると、そなたはこれほどの長途にかかわらず、難破漂流にかかわらず、ブッダンという聖像入りの木箱を背負ってここまで来たというが、おお、なんという信仰者であることか。えらかぞ。セッソンはコオダユーになり切って、さようです、かたじけないおことばに心から感謝します。わたしはミホトケのご加護によりまして、このような拝謁の栄誉に恵まれました。

よろし、よろし、とエカチェリーナ二世は言った。また子供たちが笑った。ホロショ、ホロショ、という発音だったからだ。彼女は応じた。余はゲルマニアの地から求められて嫁してきたものゆえ、どうにもロシアのことばはことのほか難しいのじゃ。するとまた子供たちが笑って、ホロショ、ホロショとざわめいた。エカチェリーナ二世役の老女は、ほんとうに彼女自身だったようにさえ思われ、ゆったりとした威厳があった。よろし、よろし。運命は常に、ジャルコであるけれども、縁あれば、このような栄誉にも巡り合うことができよう。信仰者の心を忘れずに、励みなさい。さあ、お疲れ様でありました。存分にわが都ペテルブルグで休養をとりなさい。存分に歌姫たちのいる場所で楽しみなさい。もうセッソンの台詞など無用だった。オサムナイの楽団が、テンポのいい舞曲をかき鳴らした。すると我慢できずに、エカチェリーナ二世の老女がぽんと飛び上って、とんとんと踵でリズムをとり、膝から色とりどりの薄物をまくりあげて、踊り始めた。子供たちは声をあげて笑い出した。ホロショ、ホロショ、という掛け声が子供たちからあがった。セッソンも彼女に手をとられたので、踊り出すほかなかった。子供たちがこんどはセッソンの踊りぶりを見て笑いこけた。セッソンは仕方なく、盆踊りみたいに、サーハル、サハル、という音頭を自分でとって、両手を交互に動かした。サーハルは、ロシアのことばで、砂糖という意味だった。寸劇は、このサーハル、サハルでケリがついた。エカチェリーナ二世役の、知からはずれた老女が、セッソンに言った。人生はサーハルですわ。おお、甘い、甘い。

4

今度は子供たちが焚火を囲んで、手をつないで輪踊りを始めることになった。音楽はアコーディオンだった。つないでいた手を上にあげては下げて、回っているうちに、音楽はとても速いテンポになった。その時、森から足をひきずりながら走って現れたのが、ヤソンだった。彼は相変わらず、弓を手にしていた。セッソンたちに向かって、おお、何とか間に合いましたな、オイオイォ、最後の子供らの夏に、間に合いましたな、と大きな声で哄笑しながら、子供たちの輪踊りに飛び込んだ。アコーディオン奏者の入園者がヤソン・オレニスキーだと分かると、いきなり、コサックダンスのリズムに切り替えた。ヤソンは、ダヴァイ、ダヴァーイ、と叫んで、子供たちの輪の中に闖入し、焚火の炎の周りを、両腕を巧みに組んだり離したりしながら、腰を低く落としてコサックダンスを踊り出したのだった。子供たちは輪踊りの手を離して、みんなが両手を叩いて拍子をとり、ある子供たちはヤソンをまねて、ぴょんぴょんと跳ね踊りに加わった。

ヤソンは両手に小弓をつかんで、射るしぐさをして、たくみに踊った。最後の夏だ、最後の夏だ、夏から冬が生まれて、きみらは大きくなる、そうヤソンは叫んで汗だくになった。ヤソンが投げ出す足の動きはまるで生きた動物のようだった。パーシェンカとセッソンは笑った。あれで、オレニスキーは子供らの未来のおまじないをしているってわけでしょう、とパーシェンカが言った。そしてコサックダンスが終わり、盛大な拍手が子供たちから上がった。おじさん、ニヴフでしょ、ふむ、そうじゃ、この偉大な島のふるいふるい民族の出だが、なあに、きみらとおんなじだよ、同じこの世の時間を共にいきているんだからじゃ、さあ、元気で行こう！、そうヤソンは言って、子供らに一人ずつ握手をもとめてまわった。

そして、ひときわ小柄な体で、白髪みたいな髪をしたそばかすだらけの子の手を握った。焚火の炎の照り返しで、セッソンには赤毛の子供のように見えた。やせ細って、いかにも栄養不足のように見えたし、どこか病気なのかもしれないと思ったが、彼はヤソンと握手すると、二人で、みんなの輪の真ん中に進み出てきた。そしてその子供は言った。みんなに向かって言った。ぼくには父がいません、母もいません。兄弟姉妹もいません。ぼくはこの世で一人きりです。一人きりで生きて行かなくてはなりません。さびしいです。とてもとてもかなしいです。でも、このように仲間たちがいます。今日、ぼくはこの楽しい夏の夜のご招待に、なんのお礼もできませんが、星のことならまかせてください。そう言って彼は、満天の星空を見上げた。さあ、みんなも見上げてください！　思わずヤソンも星空を見上げた。セッソンももちろん見上げた。その子供の声は鈴がなるように響いた。ほら、あれが天の川、乳の道です。あの川の中心にある、大きな三つの星！　こちらが琴座の、リラです、琴座のベガ、その南に見えるのが、わし座のアルタイル、そしてほら、アルタイルからまっすぐに北に進むと、十字形に並んでいる、白鳥座のデネブ！　この三つをむすぶ大きな二等辺三角形が、夏の大三角形、とも呼ばれているのです。

ヤソンが、ほほー、と感激して質問した。ところで、わたしは弓をもっているが、射手座はどこかな？　はい、サジタリウスなら、わし座の南です、ほら、あそこ！　おお、あれか、あれか。すると満天の星座を見上げていた中から、カシオペア座は？　北極星は？　おおぐま座は？　というように質問の声が上がった。おまえ、北極星も知らないのか、という声が聞こえた。道に迷ったら、いちばん頼りになる星だぞ。

この子供たちのなかに三人だけ女の子がまじっていたのだった。彼女たちはまるで姉妹のように見えた。大きい方はもう少女と言ってよかった。その少女が進み出て、わたしはベガが好きです、と発言した。子供たちからは拍手が湧いた。セッソンは頭上に、おおぐま座、北極星、カシオペア座と眼でたどり、そして南に天の川を見、デネブ、ベガ、アルタイというように川を渡った。

もう夜の九時をまわっていた。子供らの夏の夜は終わった。彼らは森に三つある丸太づくりの木小屋のダーチャに戻ることになった。そこではお茶とケーキが待っていた。子供らがいなくなると、焚火に水がまかれ、湯気があがり、あたりは暗くなった。楽団員も腰をあげた。指揮者のオサムナイは目に涙を浮かべていた。ねえ、あの子は、すごいね。するとパーシェンカが答えた。そうだな、おれたちはみんな似た者同士ということか、いいね。実にいい。あはは、アントン・パーヴロヴィチの『サハリン島』から出てきたような子供だったじゃないか。ふむ。ほんとうにそうだね。そういうことがあっていいね。十分にありうるのさ。それが人間だということじゃないかな。オサムナイは楽譜を片手にして、また泣き出した。

ガスパジン・セッソン、あなたはどう思いますか、とパーシェンカが言ったので、セッソンは、ダー、と言ってから、言い足した。ぼくの国では。輪廻転生、〈リンネ・テンショウ〉というブディズムの考えがあって、それはとても広く意識にしまわれているんだが、つまり、この現世の迷いの中を人間は絶えず生まれ変わりながら、車の車輪のように回っているということだね。で、お、これだけじゃ、困るなあとぼくは思っています。生まれ変わりの思想は結構だけれど。このリンネテンショウの意味は、ただ人間の同じような生まれ変わりではなくて、そうではなく、かつてこの世にあった精神の生まれ変わりだというのなら、分かりやすいと思うね。わたしは先に在った誰かの生まれ変わりだという場合、それはその誰かの精神の、もっと言えば、その魂の生まれ変わりだというのなら、理にかなっているように思います。それなら希望があります。先ほどの、何という名だったか、あの、星座を紹介してくれた子供ですが、彼は、たしかに『サハリン島』の少年を髣髴《ほうふつ》させるのですが、その同じそっくりの存在であろうわけがないですね。しかし、その精神の生まれ変わりというのなら、ぼくは賛成です。未来が待っているのです。その未来において、何事も望むように成就されずともいいではありませんか。生まれ変わり、ということは、リンネテンショウ、ということは、可能性ということだろうと思います。彼は、ヤソンのコサックダンスの喜びを終生忘れることがないでしょう。あの三人の少女たちもまた、琴座のデネブも、白鳥座の神話のことも、決して忘れないでしょう。

そんな風に言うと、風が立った。もうすでに夜は秋風が立っていたのだった。流星が四阿の上をいくつもいくつも流れ落ちた。パーシェンカがつぶやいた。そのブディズムの〈リンネテンショウ〉はずいぶん虚無的ですね。困るなあ。ぼくならば、精神の不死、とでも言いたいところだ、ねえ、そうじゃないですか、オレニスキー、とパーシェンカが振った。ふむ、とヤソンはしかめ面になった。ともあれ、あの子供らは、今宵、星たちと交信できたのだから、それだけで希望が生まれたと言うべきですな。

第十章　遺児

1

銀河祭りの子供らもみな安らかな眠りについた頃、老師ミロラドは高齢の不眠症ゆえに、ますます頭脳のどこかの部位が活発に、最後の火花でも散らすように煌めきだし、もう我慢がならず、パーシェンカを伝令にたてて、アリサ、セッソン、そしてかなり酔いのまわっていたヤソンを招集したのだった。ヤソンは特に銀河が忘れられず、というのも、銀河こそわがニヴフの父祖の模範であると言っていたので、秘密に飲んだ火酒の酔いの勢いで、乞われもしていないのに自分の集めた情報を披露したくてうずうずしていた。うずうずしていたのはミロラド老師だったのだが、同時に、柔和な心のアリサ・セミョーノヴナもそれとなく興奮気味だった。セッソンも実はそうだったのだ。孤児たちの銀河祭で、とてもいい役を演じたからだったろうか。心に気合が入り、ことばが勝手に出て来る気持ちになっていた。

老師ミロラドが口を開いた。いいかね、皆の衆、といっては民衆的すぎるけれどもじゃ、まさか紳士淑女に皆よ、というわけにはいかない。わが愛娘ともいうべき、わが恋人ともいうべきエーリカが、父の死に目に合わんとて、おお今ごろはどこら辺を走っておることだろうか。あの不確定なわが国の鉄道では、とても銀河鉄道というような哲学的な乗り物なものか、というわけで、ヤポニアから入手したアール・ヴィ車とかいう屈強な車でこの島の悪路を胃の腑もえぐられながら、アレクサンドロフスク・サハリンスキーにまずはひたすら走っておることじゃろう。そうとも、エーリカの父、わが友アンドリューシャの教会があるは、たしかタンギ村ではなかったかな。すると、ヤソンが即答した。然り、然り。おお、そうであるな、ベロベリョスコエとは指呼の間のはずじゃ。わしの後悔のすべてが残るトポスじゃ。その近くじゃな。そこでじゃ、明朝、子供らが下山するに際して、さあ、わたしの最も若い友よ、パーシェンカよ、きみは彼らと一緒に山を下り、その足で、エーリカと一緒には行かれなかったであろうはずの、その、あの、何と言ったかな、ええと、おお、アンゲラであったな、その彼女に会いなさい。するとヤソンが口をはさんだ。もちろん、若い新進気鋭の作家であるマーシャともですな。わたしの観ずるところでは、このパーシェンカは、どうも心中において、そのマーシェンカを慕う心をはぐくんでいるかと思われる節がある。するとパーシェンカが反論した。オレニスキーさん、何を言うんです。ぼくは会ったこともないのですよ。ヤソンが言った。だからじゃ、だから会わずばなるまい。いいかね、パーシャよ、もうきみは、このサナトリウムに鬱屈しているべきときではないぞ。われわれは老兵、いや、ご覧の通りの廃兵であるが、きみはちがう。さあ、行きなさい。天涯の孤児だ何だと窮屈なことに拘っている場合ではないじょね。

老師は真っ白い眉をこすりながら、その通りじゃ、行きなさい、そして愛を感じなさい。パーシェンカは明朗な笑い声をたてた。このぼくに現実的な愛の感情は許されないです。セッソンはまだ眠い目をしょぼつかせながらだが、気持ちに張り合いがあったので、珍しく意見を述べた。それもどういうわけか口にことばが出たとたん、方向がちがっていたのだった。いいかい、パーシェンカ、どうか、ナジャを探しだして会って欲しい。ぼくからのお願いだよ。

そこへ情報通のヤソンが膝を乗り出した。おお、言ってくれましたな。それです、それですよ。実はわたくしめは、芸大の美術科主任、ふむ、彼は高麗人、すなわち朝鮮ですが、デアスポラとかいう艱難の流亡の果てに、サハリン島に入り、画人としてもはや全ロシア的画家ですがね、その彼と昵懇であるから、彼を通じてすでにナジャのことは調べがついています。いいですか、驚くなかれ、彼女は芸大を休学して、もう故郷のタンギ村に帰ったそうですぞ。ガスパジン・セッソン、あなたもまた、どうやらアジア的シャーマン系の流れのようですから、いきなり、ナジャを探し出せというような命題は素敵だ！　ねえ、パーシェンカ、ナジャは、ひょっとしたらひょっとして、いいかね、ピウスツキの血筋だってことも十分にありうるのだよ。いや、血筋などどうでもいいことだが、ロマンがあるね。血筋よりはロマンじゃ。恋心といってもよいぞ。さあ、パーシェンカ、きみは行け！

老師ミロラドはパーシェンカからシャンパンを一杯ひそかにいただいて飲み干していたので、機嫌がよろしかった。喫煙までしたがったが、それは却下された。そうじゃ、可愛いエーリカが言っていたが、あれはわたしにアンゲラを合わせたかったんじゃが、父の危篤となると、そうはいかん。それでじゃ、わが秘書なるパーシェンカ、わが友よ、わたしにかわって、いいかね、この「かわって」ということばの重みを忘れるでないぞ、ぜひとも、天使アンゲラに会って、きみの印象をわたしに持ち来たらしなさい。いまだ会わずとも、わたしにはひしひしと感じられてならん。彼女の過去のことどもは何一つ明瞭でないにもかかわらず、それはそれ、世代はおおいにちがうといえども、恐るべき体験の質は、おそらく瓜二つと言ってよかろう。ああ、いいかね、明日、出会うて、わたしの魂のありようをまちがいなく伝えなさい。本来はわしこそが出向くべきじゃが、この足萎えではかなわない。アンゲラと言う名を聞いただけで、わしには、天使そのものであるのじゃ。彼女はきっとわたしの後悔の一切を、理解し、包み込んでくださるだろう。さあ、ガスパジン・セッソン、そうでしょうな？　セッソンは、もちろんです、と大きな声を出した。ええ、失礼ながら、このようなサナトリウムの楽園など、あなたたちの幼いお遊び場ね、と応えるくらいの方であるのは間違いないのです。いや、それは悪い意味ではありません。ほめことばですよ。

老師ミロラドは、フーとため息をついた。越えて来たか、とつぶやいた。アリサ・セミョーノヴナ、あなたはどう思いますか。アリサは物静かだった。ええ、もちろんです。パーシェンカはプロフェッソル・アンゲラに会うことで、一変するでしょう。一変するですって？　とパーシェンカが言った。ヤソンが、その通りですぞ、と言った。天使は、人間の形をしてこの世にあらわれるからなあ。まあ、パーシェンカよ、きみの祖母にでも会うというようなものじゃ。

アリサ・セミョーノヴナは言い足した。なろうことならわたしとて、アンゲラにお会いしたいですよ。でも、いいのです。おそらくわたしもまたアンゲラと同じ種族でしょうから。分かるのです。さあ、パーシェンカ、彼女から持ち帰ってくるのですよ。何をですか、とパーシェンカが言うと、分かっているはずでしょ、とアリサ・セミョーノヴナが言った。はい、とパーシェンカは答えた。ああ、もう一つ、お会いしたら、忘れずに、ジャン・ジャコモ・レオパルディのあの詩「無窮」を彼女に伝えるのですよ。

そう、そのためにも、あなたは寝ないでも、暗記しておくのですよ。パーシェンカは悲鳴をあげた。イタリア語？　もちろんです。暗記がしにくかったら、そうですよ、オサムナイに頼んで、メロディーをつけてもらえば、たちどころに暗記ができます。いいですか、詩は歌なのです。

　セッソンも言った。もちろん、わたしだって、行きたいですが、どうにも、銀河祭で踊ったせいです、左脚に間欠性跛行の症状がぶりかえしたので、パーシェンカ、わたしの分もよろしくね。

2

　タイシェットのラーゲリで父が諳んじた詩ですからね、さあ、ここにいま書きましょう、そう言ってアリサ・セミョーノヴナはよどみなく紙片にレオパルディの詩「無窮」を書いて、パーシェンカに手渡した。ヤソンが覗き込んで、ほほう、たしか、わがプーシュキンと同時代の大詩人でしたね、ふむ、しかし、このパーシェンカにいきなりイタリア語でというのは、いかがなものでしょうか、と言うのだった。パーシェンカはアリサが朗唱する声に耳をかたむけた。読めますか、とアリサが聞いた。はい、ぜんぶ、大丈夫です。すごい、とヤソンが酔いが醒めたとでもいうように言った。

　幸福な時間だった。ロシア語のような重い響きではなかった。アリサ・セミョーノヴナは眼を輝かせるようにして言った。もちろん昨日のことのように覚えていますよ、もちろん、わたしはとても若かったですよ、ミラノに着いてすぐに列車に飛び乗り、アドリア海にそって南下し、州都のアンコーナに着き、そこから鈍行列車に乗り換えて、ジャコモの故郷レカナーティに着いたのですよ。そこで《孤独な雀》というペンションに泊まった！　うるさいヤソンが、おお、《孤独な雀》とはこれいかに、と聞いたのだ。ジャコモの詩からいただいた名前ですよ、とアリサが答える。なるほど、ロシアの雀とはわけがちがいますな。ヤソンは感動しているようだった。アリサは言った。ええ、ここからわたしはレオパルディ家の屋敷へと出かけたのです。ああ、街路樹は、エニシダでしたよ。金雀枝《エニシダ》ですよ！　さあ、もう一度だけ朗読しますからね、若いパーシェンカよ、屋敷の側面に回ると、何と、《無窮の丘》という標識があったんですよ。そう、イタリアのプーシュキンです！　ヤソン。アリサはもう一度朗読した。

いつも恋しいのは　このとおい丘　そして
この生垣。この垣が　遥かかなた
水平線のあちらこちら　視線を遮っている。

パーシェンカはアリサの暗誦に唱和しながら辿っていた。〈ぼくは風になり　この木々にかこまれ葉のさやぎに耳すます、あの無窮の沈黙を〉——とパーシェンカははじめてのイタリア語を声に出した。何て美しい！　そうです、そうです、とアリサが言った。

急に若返ったとでもいうようにアリサは、別の詩を諳んじた。彼女の眼に涙が浮かんでいるのにセッソンは気づいた。

熊座の愛らしい星たちよ、思いもかけず
また帰ってきて、あの頃のように見とれるとは、
父の庭の上方　煌めいているきみたちを。
そしてきみたちと語りあえるとは
子供時代をすごし　喜びの終焉を見た
この館の窓から。

さらにアリサはこらえがたいように、その詩「思い出」の続きを諳んじた。

〈ここで幾年もすごす、捨てられて、ひそみ隠れて　愛なく、いのちなく、そして悪意の人むれのなか　わたしは　やむなく　薄情となる……〉。

セッソンは、それなりにイタリア語が分かるように思った。

思いがけず、老師ミロラドを囲んだ朗読の夜になった。ミロラド老師は分かったのかどうか、眼に涙を浮かべていた。もちろんじゃよ、わたしは若かった頃、これでもフランス語とイタリア語は勉強したものだったからな。

子供たちの銀河の宴ののちのひとときはこうして終わった。老師ミロラドは、そろそろわしも銀河の果てに旅立っていい頃じゃ。エーリカの父が旅立ったとならば、もうわしも長くはなかろう、とつぶやいた。天使アンゲラにくれぐれもよろしく、わしからの熱い挨拶を届けるのだよ、パーシェンカ。

3

夜が更け行くままに方舟サナトリウムの船底の窓に明かりがともり、オサムナイのメロディーだとわかる調べが奏でられ、パーシェンカの声に間違いない少し甲高い声が、くりかえされていた。セッソンは夢うつつにその詩のひびきを聞いていた。かくも北方の最果ての海に、地中海アドリアの海の紺碧の波がかぶさってくるようだった。

セッソンが遅く目覚めた時刻には、もう銀河祭りの子供らも下山をしたあとで、カエル山一帯は一夜にして秋が深まった気配だった。夜のうちに風がでたのだろう。落ち葉が敷きつめられていた。セッソンは歩くと左脚のしびれでいたたまれなくなり、腰を折るようにして前傾姿勢になり、麻痺して丸太棒みたいに重くなる脚を休ませながら、四阿まで間歇性跛行を二度三度とくりかえし、ようやくたどり着いて、遥か眼下にアニワ湾の青さをながめた。夢の中で、エーリカのあとをおって最北のタンギだったか、コミッサールの自裁したベロベリョスコエだったか、そこまで行ったような記憶が残っていた。四阿で呆然としていると、ヤソン・オレニスキーが飛ぶようにやって来た。あなたは同行しなかったのかとセッソンは言った。ヤソンは照れたようににんまり笑みを浮かべた。もちろん、わたしが同行したほうがいいに決まっていますがね、しかし、ここはパーシェンカ一人がいいのでしたね、だってそうじゃありませんか、わたしみたいな俗物が、その、おお、プロフェッソル・アンゲラに、そうですとも、天使に会うなんて、それは野暮でしょうね。わたしはこれから、あなたの直感のナジャを探し出しに北に向かいますよ。いいですか、仮にも、いかなる確証がないまでも、

そのナジャが、ピウスツキの血筋の子となれば、いいですか、わたしとは血をわけた民族ということですからね、これは捨て置けないことなのです。わたしは、その顔を見れば、分かるのです!

夜の便には間に合うでしょう。では、行ってきます。ひょっとしてユジノ・サハリンスク駅で、会うことになろうかな。まあ、わたしはこっそりと隠れていましょう。パーシェンカは見ものですな。ヤソンはそう云い捨てて、また飛ぶように落ち葉を蹴散らすように立ち去った。外庭から四阿に向かって、サナトリウム住人たちが三々五々連れ立ってやってくるのが見えた。オサムナイのうしろには楽団がしたがっていた。

……………

一日の日が落ちても、いっかなパーシェンカは帰って来ない。

ようやく秋の星座がさんざめきだした頃、パーシェンカの元気な声がサナトリウムによく徹った。セッソンはアリサの腕に助けられながら、ミロラド長老の庵室に入った。そこではまるでパーシェンカが一幕劇の主人公のようにして椅子に掛け、長老がうずくまるように窓辺で微睡み、アリサとセッソンが、まるで彼に謁見をゆるされたとでもいうように椅子に掛けた。二人を見るとパーシェンカはたちまち語り出した。

ぼくはこんなに遅くなってしまいました。ええ、もちろん、ぼくはユジノ・サハリンスク駅でアンゲ

ラとマーシェンカに会うことができたのです。すばらしいひとたちでした！　ええ、列車は午後には、途中の事故で不通になっていたので、夜の最終便を待つことになったのです。そうです、お二人は何としても、プロフェッソル・エーリカに会いたいので、ともあれ夜行でアレクサンドロフスク・サハリンスキーまで行って、それから明日の朝に、タンギ村だったか、その教会に駆け付けることになっていたのです。もちろん、ぼくも誘われたのですが、そうもいきません。そこで時間がたっぷりあるので、駅の待合室で、ずうっと一緒に語り会うことができたのです。

おお、もちろん、もちろん、ぼくは、アリサ・セミョーノヴナ、あなたからの熱い挨拶は、ほら、無事に暗記したレオパルディの詩「無窮」を暗唱することでお伝えしたのですが、これは驚くべきほどの功徳がありました！　何という事でしょう、アンゲラさんもまたあの詩を暗唱できるくらい知っていたのです！　彼女は言いました。可愛いパーシェンカ、ええ、もう過ぎ去ったことの多くをほじくり返しはしませんが、アリサさんはわたしと同じなのです。分かります、分かります。わたしの両親だってそのようにして灰になっていったのですから。もうそれ以上のことは言いますまい。いいですか、ガスパジン・セッソン、アリサ・セミョーノヴナ。ぼくとアンゲラは二人で肩を並べて、あのむさくるしい、漂流民やら難民のような人むれの中で、ステージに立ったとでもいうように二人して、レオパルディの「無窮」を暗唱したのですよ。するとどうでしょう、運休でごった返しの人々がぼくらのまわりを取り囲んで、耳を傾け、聞きほれ、おそらく意味なんかすこしも分からないはずだろうに、ブラボーと叫び、拍手までもらうはめになったのです。年配のご夫婦がそばにやって来て、この詩はきっとプーシュキンではありませんかと涙を浮かべているのです。するとアンゲラはお二人の肩を抱きしめるようにして、ええ、あなたの国のプーシュキンですよ、と答えていたのです。ぼくはプロフェッソル・アンゲラさんに心から愛されたように実感しましたよ。詩の暗誦のあと、まだまだ時間があったので、今度は、人ごみでいっぱいの待合ホールの木椅子に腰かけて、話したのです。ええ、マーシェンカも一緒でした。彼女はぼくにはひどく懐かしく思われましたね。何故でしょう。ぼくに姉でもいたのだというように。そうです、イルクーツクから、いまはモスクワだと言っていましたよ。

ああ、アリサ・セミョーノヴナ、あなたにどれほど感謝しなければならないことでしょう。ぼくが自己紹介で、こもごも、愚痴交じりに聞こえたのでしょうね、ぼくはこの世の孤児であると力説したのです。すると彼女は、まるでろうたけた天使のような微笑を湛えて、いや、まるでぼくの見知らない祖母のようにとでもいうべきでしょうか、いいえ、とだけ言って、ぼくを抱きしめたんですよ。おお、何という奇跡でしょう、だって、ぼくは女性に抱きしめられたことなんて、これが初めてだったのですからね。おお、まさに天使アンゲラの馨《かぐわ》しさ、そして遅咲きの白いエニシダの花びらがこぼれて！

で、いいですか、彼女はこう言ってくれたのです。ああ、可愛いわたしのパーシェンカ、それは間違っていますよ。ことばも解釈も、とても間違っていて、節くれて曲がったままですね。よくお聞きなさい。〈孤児〉つまり〈シロター〉ということばは、たしかに両親のいない孤児、捨て子という意味ですが、でも、それだけではありません。いいですか、このことばをもっと深く理解すると、それは〈遺児〉ということばに成るのですよ。いいえ、トリックではありません。遺児というのは、ただに〈孤児〉であるばかりではないのです。あなたの国のロシア語で言えば、遺産を継承すると言う意味での、遺児なのです。ここで遺産とは、なにも両親や一族の形而下的遺産の継承者ということではありません。心の、その魂の、その精神の継承者ということなのです。ようするに、あなたの国のことばで〈ナ・スレードニク〉です、受け継ぐ人という意味なのです。

で、賢いパーシェンカ、おお、何と久しいこと、あなたはひねくれていませんでしたか、孤児、孤児と意識しすぎて、まちがって意識して、いいですか、あなたはれっきとした〈遺児〉なのですよ。それを自覚すべき時なのです。

このようなろうたけた天使のことばにぼくは眩暈が一瞬したのですが、少し反発し、ではぼくは誰の、何者の、遺児であるのでしょうかと言い返すと、彼女はもう一度ぼくをきつく抱きしめて言ったのです。いいえ、ほら、もうあなたにはそれが分かっているはずですよ。そう言ってぼくを抱擁から解放したのです！　そうです、ぼくは、アリサ・セミョーノヴナ、あなたのおかげで、レオパルディの「無窮」を暗唱できたのですが、そう、彼は伯爵家の御曹司でしたが、しかし絶対的孤独の孤児意識だったのですね、しかし、彼は実はイタリアの遺児だったのだと思います。ああ、だから、いまぼくは、自分をロシアの遺児だというふうに考えることができるように思えるのです。ええ、もう潮時ですね、ぼくは出て行きます。遺児として、未来の中に出て行き、そして帰って来るでしょう！

そこまで聞いていたミロラド老師が皺だらけのごつい手の甲で、涙をぬぐっていた。ふむ、わしのごとき、百年の遺児もそろそろじゃな。アリサ・セミョーノヴナは立ち上がり、パーシェンカのそばに行き、抱きしめながら言った。さあ、パーシェンカ、あなたには新しい名字が必要になりましたよ。

庵室のドアが叩かれ、オサムナイが顔をのぞかせた。

エピローグ

最後の夏は終わった。そして夏はたちまち去年の夏になり、多くの夏の思い出の記憶の中に残されるだろう。

そして今、ユジノ・サハリンスクの空港、難破船のように傾き白いペンキ塗りが禿げちょろけた大きな箱型の建物のなかで、最後の夏に邂逅したアンゲラとマーシェンカが共に、狭苦しいロビーの、いやとてもロビーと言われないような路地裏の小部屋とでも言うべきか、そこで多くの旅客と一緒に、荷物検査の列に並んでいた。もちろん、見送りに、イワンチク・ペトローヴィチ、ヤソン・オレニスキー、そして、パーシェンカがやって来ていた。イワンチクはひどく煙の臭いがしていた。顔も日焼けで真っ黒だった。チェーホフ山麓の針葉樹林に山火事が、例年にない速さで広がっていた。山林官の彼は鬱蒼として奥が深いチェーホフ山麓に駆け付けたのだ。ボランティアの若者たちを登山口までトラックに満載して消火活動の指揮をとったものの、今日はいったん引き上げて、これはもう自然に任せるよりほかはないと覚悟して下山したのだという。そこからトラックに若者たちをのせたまま、空港に駆け付けたのだった。夏の若者たちはひどく陽気だった。チェーホフ山の山火事に対して祝祭みたいに思っていたらしいが、非常に献身的だった。そのうち三人がイワンチクについて来た。文学好きの彼らは、アンゲラとマーシェンカを一目見たがった。彼らは女流作家と聞いただけで、もう会いたくてならなかったのだ。

例によって時間がかかる要領の悪い検査の行列待ちに、イワンチクも若者たちも、ヤソンも、遠慮なくお邪魔し、心のこもった挨拶の口上を述べたてた。他の客がどうあろうと眼中になかった。イワンチクが滔々《とうとう》と述べたてた。アンゲラもマーシェンカもこの夏の終わりにこんな愉快な見送りがあるかしらといった笑顔で笑っていた。イワンチクもまた、もう二度と、この二人に会うことはあるまいと思ってのことだった。イワンチクは言った。尊敬おくあたわざるプロフェッソル・アンゲラ、そしてまた新進気鋭の女流作家マーシャ・ベレズニツカヤ、お二人のおかげで、わたしたちは、いいですか、久しい魂の傷から解放されました。そうですとも、サハリン島、このわれらが流刑の島の末裔という奇妙な負の幻想を心の傷として、無意識下で生きて来ていたのですが、それがすっかり晴れやかになりました。感謝します。えてしてわれわれ島の人間は、客観的に自己のしっかりしたアイデンティティーを持ち得ないのです。無意識において、心がいじけるのです。祖先がないとか、どこの馬の骨かと、ひょっとして自分は徒刑囚の末裔ではないのかと、とてもびくびく思っているものです。それがきれいに払拭されました。なぜなら、アンゲラ先生とマーシャさんが、もっと広大な現代の歴史的視野において、懲役流刑の不条理を解き明かしてくれたからです。その結果、いまここにいるわたし山林官のイワンチクは、このわたしが初代の始祖なのだと確信できたのです。もちろん父は明瞭にすぐれた山林官であったのですが、その父の流亡がどうであれ、精神を継承するだけでいいのだと。過去の暗部はだれにでもあり、語らざれしことも多々あるとはいえ、継承するのは、流亡の過去や、あるいはその家族の立派な血統とか、そんなものじゃないということ。そんな虚妄にすがっていたら、この広大無辺のロシアの大地じゃ、やっていけませんね。そうでしょう、アンゲラ博士？　ああ、嬉しいです。きょうもわたしはこの若者たちを組織して手弁当でチェーホフ山から始まった山火事の消火にあたってきましたが、実は少しも、何万平方キロメートルが焼けようと、少しも気落ちしていません。いや、全島が火に包まれようが、絶望などしないでしょう。下山のトラックの中で語り合い誓い合ったのですが、自然の威力には、ここは一歩下がって、謙虚に従うことで一致したのです。百年かかってできた原始林であれば、いいですか、アンゲラ名誉教授、作家のマーシャさん、われわれはこのさき少なく見積もっても四〇万本の松の苗木をまったく新しく植林するプロジェクトに賭けることにしました。これは自分たち一代でできることではないのです。どうも現代人は、ただ自分一代で何か凄い業績を、足跡をこの世に残したがりますが、なんという間違った思想でしょう。六十年そこそこしか生きないロシア人のわれわれが、百年、いや二百先にしか立派に育たない森をつくり出すことだけが重要なのです。そうではありませんか。少なくともわたしはしがない山林官ですが、これは直感的に分かっていたのですが、自分の一生で可能なことを発見したのです。そうです、精神の継承です。その魂の継承です。これが自然との正しい関係性でしょう！　おお、戦争の後始末のことを考えてもみてください。一つの大きな戦争をやったら、その後始末には、二百年かかるのです。その戦争の歴史から生まれたわたしたちは、その後始末に生涯をついやさせられるのです。これは、チェーホフ山に松の木を植林して成長する時間に相当するくらい厖大な歳月です。一代で可能なことを求めて、為せ、ですね。明日のことを思い煩うなです。わたしがこの世にいなくなって百年後に、この最後の夏に焼失した原始の針葉樹はみごとな大木になるのです。今般の山火事は、けっしてわれわれの安煙草の火とか不審火などによるものではなく、気候変動の異常さによるものであることは火を見るより明らかです。自然の落雷の威力によるものです。松脂に火がついたら、もうとめようがありません。おお、空中から消火剤の散布だなんて、そんな余裕はこの島にはありません。政治権力はまったく自然などは見向きもしません。これこそわれわれが独力でやる事業なのです。献身です。その矜持があってこそ、われわれは流刑囚の真の末裔というものです。われわれは最後の最後まで、反権力の魂と言っていいのです。百年経ったら分かります。おお、別離に際して、美しいご婦人がたに、なんという野暮な口説きをしたことでしょう、ゆるしてください。そうです、アントン・パーヴロヴィチがサハリン島に上陸した夜は、同じように山火事で、彼は地獄の島に来たと思ったのです！しかし、あにはからんや、上陸して、一万人もの流刑囚に調査で会ってみると、その地獄で、ほんとうに人間が、人として生きていたのです。モスクワで発見しえなかった人間の力を見出したのです。地獄は国家権力が作り上げた制度の結果だったのです。

アンゲラとマーシェンカはユジノ・サハリンスクからウラジオストックに飛ぶのだ。セッソンは次のプロペラ機で、ヤポニアのホッカイドウ島に飛ぶのだ。

アンゲラは雄弁なイワンチクの送別のことばを喜び、強く握手した。さようなら、賢い山林官のイワンチク、わたしの最後の夏は終わりました。百年後にわたしはイワンチクたちの植えたチェーホフ山の新しい針葉樹を見ることはできません、でも、見えます！　本当にロシア人らしいイワンチク、あなた、可笑しいですね、まるでチェーホフ劇から出てきたような方ですね。そうです、その調子で生きてくださいね。そう言うと、小柄なニヴフのヤソンが急に涙ぐみ、くしゃくしゃになったきたないハンカチをとりだして洟をかみ、言った。スヴェトラーナも救われましたなあ、心より感謝します。そうそう、ガスパジン・セッソンが特別に心を向けたナジャは最北の故村に帰って、いま教会と介護施設の仕事をしているそうです。ええ、もちろん、ピウスツキの血筋だなんて、そんなことは証明したところで何になるでしょう。むしろ心の重荷を背負っていくことになりましょう。誰が祖先であれ、そんなことは好事家の調査に任せればいいことです。それよりも、まず自分が善く生きることです。

アンゲラは小柄ながらがっしりしたヤソンの肩を抱きしめて言った。ありがとう、豊かな魂のニヴフの子孫ヤソン、もう二度とお会いすることはないでしょうが、同じ最後の夏を生きたことだけが大事なのです。そうですよ、あなたはもう年ですから、そろそろ身をかためてもいいですね。期待しますよ。ヤソンは涙もろかった。また洟をかんだ。彼の足元に、麻薬探知のシェパード犬がのろくさくやってきて臭いをかいだ。大きなシェパードは仕事そっちのけで、ヤソンになついたので、婦人検査係が邪険に綱をひっぱった。

アンゲラがセッソンを見つめて、にっこり笑った。ええ、もちろん、どの夏も最後の夏。もう二度とあなたと会うことはないでしょう。でも、心残りはありません。どのみち、わたしたちはみな別れるのです。さあ、セッソン、あなたも生き延びてください。そして、わたしたちのことを書いてください。いいですか、セッソン、書くことは愛なのだと忘れないでくださいね。書くことで愛が再生するということを忘れないでください。さもなくば、すべてが無かったことになってしまいます。ここに、この夏に、こうして一時であっても一緒に在るというだけで、なんという奇跡でしょう！　おお、感謝します。はい、書くことが愛であるならば、何という喜びでしょう！　ヤロスラーヴリ駅の鐘の音が、また耳に甦りました。ええ、親愛な最後の夏のアンゲラ、さようなら。

彼女は片方の肩にかけた小さなリュックを下ろした。そばで、マーシェンカが熱心に話していた。まるでパーシェンカが実の弟でもあるような感じに見えた。そして、ようやくアンゲラとマーシェンカが検査を通過してから、一度だけ振り向き、手を振った。イワンチクと若者たちが、両腕をあげて、ウラ、ウラ、ウラーと万歳をした。

セッソンは出発までまだまだ時間があるので、空港の建物の外に出ることにした。夏の終わりの風が吹き、荒れた白樺の街路樹がもう黄ばみ始めていた。空港の建物はがらんどうの空間に打ち捨てられた白い倉庫のようだった。空だけが広かった。夏の雲ではなくもう秋の雲だった。これでいいのだ。埃をかぶっても、悪路のままでも。見捨てられた荒れ地のままでも。古い木造家屋はぽつんぽつんと荒れ庭に残っていた。新たな家があちこちにできていた。どこが〈カエル山〉だったかセッソンは遠くを見た。階段を降りて、車が三々五々とまっている広場で、セッソンは風のなかで煙草に火をつけた。ヤソンに差し出すと、滅相もないと断られた。セッソンは心から笑った。

最後の夏のお別れの日だよ、一服したところでニヴフの神は怒らない、とセッソンは誘惑した。愉快だった。ヤソンは、それではおことばですからね、とつぶやいて一本をぬきとって口にくわえた。セッソンはライターで火をつけた。ヤソンは深く吸い込んでから、ヤポニアの煙草は軽い、軽い、とむせかえった。安煙草になれているからだ、とイワンチクが笑ったのだ。自分は林務官だからね、タバコの火はいけない。だからのまない。しかしセッソンは言った。お別れにどうですか。死刑囚の最後のようにか、とイワンチクは恭しく一本を抜き取って、セッソンがライターの火を向けると、手のひらで風を遮るとでもいう所作をしてから深く吸い、美味しそうに煙りをはきだした。山火事の臭いで鼻がおかしいが、しかし、さわやかだ、おいしい、と言った。イワンチク、ヤソン、消火ボランティアの若者が三人、そして静かに立っているパーシェンカたちは、しばらくここで風に戦《そよ》がれた。大きなゴミ箱が吸い殻入れでもあった。ふふ、汚れたバベルの塔みたいな、とパーシェンカが言った。わがロシアですね。ガスパジン・セッソン、検査をくぐるまで見送ります、とパーシェンカが言ったので、セッソンは答えた。いいや、最後の夏の別れは、一人でいいよ。サナトリウムに帰る時間だよ。みなさんによろしく言ってください。イワンチクのトラックが停めてあった。いいかね、男同士は、いさぎよくさよならだ、とヤソンが唇の端に、もうちびてしまった煙草をくわえながら言った。ねえ、それにしても奇妙な夏だった。セッソン、楽しくはあったが、あなたは何のために来たんでしょうな。

　みんなは空港の建物の時計を見た。ウラジオストック行き便はもう離陸のはずだ。一瞬みんなに見えないはずの空路が白く見えたようだった。最後の夏の空路だ。ジェット機だ。

　残されたセッソンたちももうお別れだった。

　パーシェンカがセッソンに一冊の小さな手帖をさしだした。ええ、ぼくからの贈り物です。もう一冊はマーシャに差し上げました。ぼくの詩です。そう言ってパーシェンカはふさふさした金髪を額から掻き揚げるしぐさをした。落ち着いた静かな瞳だった。名状しがたいかなしみがしずかにみつめている瞳だった。

ありがとう、そうセッソンは大きな声で言った。機内で読みます。ええ。セッソンは言った。ねえ、パーシェンカ、アンゲラさんが言っていたけれどね、書くことは愛だ、と。はい、とパーシェンカが言った。愛なくば、うるさいガラガラだとも、聞いたことがあります。セッソンは彼の手をしっかりと握った。ことばは百年はもつ、とイワンチクがそばで口を挟んだ。善きことばは、もっとだね。チェーホフの山の針葉樹のように、百年、二百年かかって成長する。

そして最後の夏の別れが成就されて、みんなはそれぞれ、サハリン島の風の中で別れた。

セッソンはボンバルジア機にむかって風の中を進んだ。

詩章　パーシェンカが手帖に書いた詩

Ⅰ　昨夜の月

イワンチクはいつも木に夢中だ
自分がその木になって百年二百年生きるのだと
　　　　　　　　　　　　たわごとを言うので
ぼくも愛する木に出会いたい
そして成長してやがて倒れてもいいではないか
昨夜の月は下弦の月
雲のヴェールで黄色にふくらみ
　　　　　チェーホフ山の前山にかたむく
ぼくはおぼえていない母を思い出した
イワンチクは火事の山で同じ月を見たと言った

夏の終わりにぼくらはまた巡り合った
そして母にも父にも
いたかどうかも分からない妹や弟をぼくは思い出した
明けの明星を額のはるか遠くに見ながら
ぼくはこの世でただ一人ではない
百年も二百年も

Ⅱ　浮浪少年として

ぼくが方舟病院に流れ着いたのはいつだったかと
夢の中であなたは問うだろう

すべての痴愚行者の魂になって
ただ一つのことばを見出して書きなさいと

昨夜わたしはモスクワに着いた
というように書ける人は幸いだ
権力中枢の貴顕を暗殺するテロリストは幸いだ
しかしもうその時代ではなかった

ぼくは十三歳までタシュケントの熱砂と熱風のなかを
浮浪者になって漂流しながら
中央アジアを横断しついに
幸いなるかな　はるかなこの島まで流れ着いた
いや　アントン・パーヴロヴィチのように
　　　　　　　　上陸したのだから

こころ優しい友よ
善く生きるには何が必要か
一日の丸パンとミルクと　あの雲があれば十分だと
あのひとは教えてくれたではないか――
百年のちのために

Ⅲ　ハマナスの花に寄せる歌

いつぼくは金髪になったのか記憶がない
子供の頃は赤毛だったではなかったか
ぼくは金髪を太陽の光だと考えることにした
ぼくの始祖は太陽神だとでもいうように
ぼくの魂はサナトリウムにふさわしかった
ぼくはおおくを比喩で考えることを学んだ
できるだけ現実を超えるために

ぼくは蛇よりもはげしく蛇行し北流する荒野の川で
彼女のその河口の砂浜で
ハマナスの花のなかをあるきつづけた
異教の乳香のように
アナタたちは馨しく海風にその香りをふりまいていた

おお、ローザ・モルシチーニスタヤよ
夏の最後の花になってアナタたちは
流亡の淑女たちの俤だったのだ

残酷な薄い　しわしわの唇よ
指でふれるだけで風にとぶ花びらよ
ぼくは彼女たちに囁いて通りすぎた
ぼくはアナタたちから生まれた者にすぎないのだと
ぼくの指はアナタたちの苦難の棘に血を流すが
それもとうぜんのことなどだ

どうしたらあなたたちを
海辺の砂浜から救いだせるだろうか
それはアナタたちの
この世での夏の美しさを書き残すことだ
砂の上にぼくの足跡はかすかに窪んで残った
砂に膝を折るぼくの感謝は尽きない
おお、ローザ・モルシチーニスタヤのしわしわの
不朽の
不滅の
流亡する花びら

Ⅳ　慈雨に寄せる

マーシェンカはもしかしたら
ぼくの姉であったのかもわからないではないか
冬になったらモスクワのわたしのところに
旅をしておいでなさいと
いや　母であったかもわからないではないか
ぼくは遠い昔のことをおぼろに思い出す
ぼくの記憶の蔵はまだ鍵が見つからない
ぼくは探し求めてここまで来た

ふと思い出す

草原の丘に片側屋根のマンサードの家があったこと
その二階でさすらいの少年が
　　旅の一夜をとめてもらったことを
それがぼくだったのだと
そして差し伸べられた熱い紅茶のカップ
そして片側屋根を打ちつける驟雨の音
そしてマンサードの二階の部屋に掲げられていた
古いふるい聖像画のマリア

雨の音がやむと今度は満天の星たちがさんざめいた
誰と一緒にぼくはその星たちを見上げたのだろう
姉だったのか母だったのか
あるいは従姉妹だったのか
母性系の形象がおぼろげに
霧に包まれて隣に立っているのだ
友よ　いまもあのマンサードの家は
残っているだろうか
廃墟になって草に埋もれているのではないだろうか
それでもぼくは
その片側屋根の二階のあの小さな寝台で
まるで廃墟に教会の祭壇の下とでも言うように
ぼくはいまもあの慈雨を待っているだろう

V　懺悔

老師はまだらに記憶が織りなされているのだ
命の恩人のコミッサールの遺体を
　　埋葬したときのことを
夢の物語のように幾度もぼくに筆記させた

どこの川ですか
最北の
タンギの
いや　ロパーチンカ川だったかな

浅瀬の河口で海の波がやさしかった
草に覆われた砂丘に墓地があった
わたしは若かった
半日かけてわたしは穴を掘った
　　　　　肩甲骨みたいなシャベルで
わたしのかなしみは尽きない
年ごとに悔恨は尽きない
わたしを助けたばかりにあのひとは
　　　　　粛清のリストに書き込まれた

いいえ、とぼくは老師に答えた
コミッサールは母のもとに帰っただけです
革命の行く末ではなく
もっとも近い隣人を真っ先に
　　　　　救い出すべきだったのですから
復讐は我にありです
ぼくの若さは残酷だ

老師は涙にくれた
運命ということばは裁きを意味します
そうぼくは言った
老師はまた慨嘆した
ああわが母は貧窮のモスクワで飢えて死んだ
老いた母を白衛軍の旅路にともなうことなど
　　　　　不可能だった
ぼくはまた答えた
当然のことです
ぼくは残酷だった
ぼくは老いを許さない
ぼくの若さを許さない
自分自身をも許さない
この世界を許さない
強大な歴史を許さない
老師は力なくつぶやいた
許すことの方が美しいのにと
みなが天使であることの方が美しかろうにと

Ⅵ　愛すること

しかし人は愛することを学んだ
生まれてすぐに
マリアの乳首を吸いながら
イイスス・フリストスでさえも
ましてただの人の子ならば

痴愚者になった老師は
まだ愛することが憎むことより容易だった
最後の夏の人だった

そのあとに憎むことの方が容易な歴史が襲いかかった
麦も大地も血に染められた

コミッサールもまた
その最後の世代の献身者だったと
　　　　ぼくは誇りに思うだろう
犠牲者だったとぼくは言わないだろう
選択がまちがっていたなどとは言わない

ぼくの友よ老師よ
あなたが記憶する百年前のロパーチンカ川よ
夜な夜な老師は白衛軍の若者になって
その丘の墓地に立ちタタール海峡を眺望する

歴史は荒廃したが
大地と海は豊かに
羅針盤は愛をさして倦むことがない
むつみあう者たちに互いに静かに聞く愛を教える
老師は車椅子にのって
失われた時を求めて徘徊する

Ⅶ　知から外れても

方舟に流れ着いたぼくらはそれぞれが奇跡だった
少なくとも現実から外れて
自然の本質に愛されながら生きているからだ
知から外れた者として

しかし知とはいったい何だろうか
方舟の人々はいかなる権力ももたない
ただ愛を感じるために生きている
それで十分ではないか

社会の健全者たちは学ぶだろう
健全者であることの虚妄も絶望も
そしてキャンプの子供らのように
　　　　　　　　愛の発露を求めるだろう
本来じぶんのうちにすでにあって
　　　　　　凍結させられていたのだから

ぼくらは解放された存在でなくてはならないのだから
そして方舟の人々はどんなに不幸に見えようとも
愛の具現者なことを
人生の喜劇を
花たちは感じ取るだろう

ことばが意味になる前の状態を
孵化するまで十年二十年も待っていいのだから

Ⅷ　乙女のこと

ヤソンは蜜蜂のように飛び回る
愛の蜜のありかを知っているのだ
シャーマンの弓を鳴らしながら
昨日は馨しい乙女を訪ね歩いて帰って来た

その父なる人の遺作の戯曲について調査した
乙女はドーリンスクの郊外の小さなアトリエで
慎ましい絵画教師をしながら暮らしていた
もちろん
ドイツのモチーフのアンゲラも
賢い心のマーシャも一緒に訪ねあてたのだ

みんなは浜辺にでて逍遥しながら語り合った
ニヴフのヤソンは弓の弦を鳴らしながら祈禱した
まるで乙女の父の魂をよびだすとでもいうように

そして彼は死者のことばを口移しにして
乙女スヴェトラーナの苦しみを取り除いたのだと
手柄顔にぼくにこまごまと語ってくれた
ついでに余計なおせっかいまでしたというのだ
何ということだろう!
呼び出した死者が語ったのだというのだ

ぼくと乙女とが婚約しなさいと——

乙女は質実な
ペチカのある木小屋に暮らしていた
向日葵の花が観音開きの木窓を守っていた
菜園には蕎麦の花が咲き乱れていた
村の子供たちが画版を肩に下げて絵を習いに来ていた

乙女は言った
わたしは流刑囚の末裔ですからと
ヤソンは答えた
わしはニヴフの末裔ですと
みんなは笑った
アンゲラは言った
わたしはアウシュヴィッツの末裔ですと
マーシャは言った
わたしはイルクーツクの農奴の末裔ですと

ことほどさように、とアンゲラが言った
末裔にどれほどの意味があるでしょうか
浜辺には多くの漂流物が流れ着いていた
わたしたちは
このように海から大地へ
やっとたどり着いた末裔なのです
そしてわたしたちはみな
女性として
海からあがってきたヴィーナスなのですよと
ヴィーナスの始祖が誰であるかを
誰が問うでしょう

ヤソンはイワンチクと一緒に
肩身の狭い思いを感じながら浜辺で
琥珀の小石を無心に拾い集め
それを彼女たちに恭しく進呈した
貴族的にとでもいうように跪いて

悲しい静かな声でスヴェトラーナが聞き返した
父の遺作の戯曲は価値があるのでしょうか
ええ、ええ、とマーシャが答えた
あなたの父はアントン・パーヴロヴィチの
師承筋ですね
スヴェトラーナは言った
わたしは父のことを何一つ覚えていないのです
アンゲラが言った
わたしもおなじですよ
あなたの父の遺作の戯曲は
おそらくあなたの祖父の事跡を
モデルにしたにちがいありませんね
そしてヒロインのアニャは
そしてドクトル・グロモフは
実際の生きたモデルがあったにちがいありません

そのとき大胆にも

遺作の戯曲を読んでいないはずのヤソンが
突然明言したのだ
おお、スヴェトラーナさん、
ヒロインのアニャとはあなたなのです!
そしてドクトル・グロモフとは、おお、霊感です
わたしのインスピレーションです、おお、
それこそ
老師ミロラドが語ったコミッサールがプロトタイプに
きまっています、おお、
我々の運命の織物は常にこのようにさかのぼるのです
ひとはただ愛する者のために書くのです

ぼくはヤソンからこのように聞き知った
ヤソンはなかなかの人だ

ぼくは秋が来たら
彼女に会いに行きたい
彼女が絵を教えているこどもたちに会いたい

この憧れはいったいどこから来るのか
そしてこの思いは何だろうか
ぼくはヤソンからもらった琥珀の小さな小石を
手のひらにのせてじっと見る

IX 信仰のくさび

あの方が最北の海村に
取るものもとりあえず急行したと
同行したイワンチクが戻って来て
知らせに来た
ぼくは老師ミロラドの耳に大きな声で知らせた
半分覚醒の老師は小さな声を鳴らした
わたしが先だと思っていたが
同じ事だ　友よ　また会う日まで眠れ!
プロフェッソル・エーリカは夜の列車で途中まで行き

それから悪路を車に乗せてもらって走る
彼女の父の小さい丸太づくりの教会に
だれが鳴らすのか鐘が鳴りひびいていた

北のタタール海峡の一番狭い喉元は
濃霧に包まれていた
海辺の教会は砂丘の断崖に建っている
彼女は父の死にかろうじて間に合ったのだ
ハマナスの花の咲く砂丘の小さな集落から
ひとびとが集まって来ていた
おお　みな流刑囚　流亡の運命の子孫たちもまた
しわしわの笑顔の老女になり
彼女たちはみな
かつて祖先たちが
　　アントン・パーヴロヴィチに会ったことを
運命と人生の誇りに思っている人々だった
決してこの荒蕪地を捨て去らなかったのだ
彼女たちの木小屋の奥には

祖先たちが足に付けられた
鉄の足枷が大切にしまわれてあった

プロフェッソル・エーリカは彼女たちの涙に感謝した
彼女は白髪の小さな老人の父に祈りをささげた
果てしない世紀の流亡の変転を
父はここで信仰のくさびを打ち込んだのだ
棺には
ハマナスの花びらが敷き詰められただろう
神のご加護ありませ最後の夏のわたくしどもみなに

X　レオパルディに寄す

生涯　ただ一篇
眠るように麗しい詩を書きたいと願って
道に斃れたひとはだれだったか

ぼくはその夜夢を見ていた
そのなかにぼくも立ち会っていたのだった
夢をみているのはぼくだから
ぼくがその夢に登場するはずもなかったのに
それでは夢を見ているこのぼくは誰だったのだろう
ぼくはただ夢の触媒にすぎなかったというのだろうか

そこがどこかは分からないまでも
しかしぼくにはもちろん分かっていたのだ
ぼくがその砂丘を登っていって
　　　　海辺を見下ろしたのだったから

そこは狭い狭い　タタール海峡に
　　　　まるで地峡のような喉首だった
鶴の首のように白く細かった
嫋《たお》やかな海峡に
渡りゆく一群の蝶のように色とりどりの波が
　　　　　　　　　　　　　さざめいていた

海辺の崖は
背の低いがっしりとして砂地に食い込んだ
カシワ林が防風林のように
土塁になっていた
そのバリエールを海風はかるがると乗り越えた
まるで見えない騎馬たちのように

そして丸太造りの教会が白く
十字架に最後の夕日が射していた
だれが鳴らすのか
ひとの声のように青銅のような
鐘が鳴り響き
風がそれをハマナスの丘に運び去った

ぼくは夢の中にいたのだから
その鐘の綱を巧みに操っているのが
故村に帰ったときいたナジャだと気が付いたのだ
ナジャという名は希望という意味だ

ぼくは彼女に一目会いたかった
希望に会いたかった
幾つもの鐘の綱を巧みに引くナジャの手と腕に
その肩に
その肩甲骨の強さに
そのかなしさに
会いたかったのだ

そしてよく見ると
ナジャは若い家政婦のようにエプロンをつけていた
たったいま村の施設から
　　　駆け付けて来たばかりとでもいうように
そして不思議なことに
青空色した柔らかい布地のジーンズが
鐘の響きのあと教会から駆け出したのだ
ぼくはその希望のあとを追って
砂丘から海辺へと下りる小道を見つけた

ぼくはハマナスの花の香りにつつまれて
夏の終わりに蜂たちが毛深い黄金球になって
残りの蜜を求めて移り飛んでいた
ぼくは働き者の彼女たちをほめたたえた

そして海の渚が銀と金と朱色に染め上げられ
太陽が海の唇に没する瞬間だった
ぼくは眼下に
夢のような光景を見て
そのままハマナスの灌木のもとに坐り込んだ
ぼくは見とれていた
まるで一分が一時間とでもいうように
まるで一世紀が一時間前だったように

海辺に　その波の　なぎさに
流木のオブジェは影をつくり
そのあいだを
誰とも分からない女性たちが

誇り高く
気高い所作で
あちこちに三々五々ゆっくりと歩き回っていた

声も聞こえず
ぼくは眼をすがめた
しかし彼女たちの優雅さは夕べの光のようだった
ぼくは見分けようとした
遅れて駆け付けたナジャのエプロンが黄色く見えた
そして彼女もまたゆっくりと散策を始めたのだ
それぞれの散策はそれぞれに孤立しながら
それぞれに交わりあい
親和しながら
古代のアドリア海の神話の女神たちとでもいうように
夕日の残りによって衣服が透けて微風にゆれていた
ぼくは思った
あと一分もすれば
彼女たちは運命の法則によって

輪踊りになって踊り出すに違いないのだ
ブラームスのドイツのモチーフにあわせて
いや
あるいはショスタコーヴィチの
　　　　　　　　　　　小さなワルツにあわせて
小さな北の海鳥たちが千鳥足でまとわりつき
飛び立った

ぼくはハマナスの灌木の下り道に立ち上がった
ぼくは彼女たちの影絵を見極めた
ぼくはその名をここでつぶやいた
それらの名は
みな風に運ばれて

あれはエーリカ
あれはアリサ
あれはスヴェトラーナ
あれはマーシェンカ

あれはアンゲラ
あれはもちろんナジャ
もっといる
もっといる
おお　あれはサナトリウムのエカチェリーナ二世
ああ　だれかが足りなくはないだろうか

だれかが
ぼくの生みの母か
あるいはあなたの母か
彼女たちは
それぞれ白い流木だったり
どこから流れ着いたのか木椅子だったり
それらに腰かけて歌い出したのだった
真の愛のためには

まだ幾世紀
あなたたちたちは生き延びなくてはならない
ほめたたえられてあれ！
ふたたび
崖の上の教会で鐘が鳴り出す
ぼくは思った
あの鐘をつくのは
未来の
このぼくでなければならないと

そしてぼくは
アリサから口移しに覚えたレオパルディの詩《無窮》を
いつも恋しいのは　この遠い丘——
そう　そらんじてなみだをこらえるだろう

＊本編中のレオパルディの詩「無窮」他の訳は、工藤知子訳著『詩の住む街　イタリア現代詩逍遥』（未知谷、二〇〇七年）からお借りした。ここに記して謝辞とエールを送ります。

2020.10.22

くどう まさひろ

1943年青森県黒石生まれ。北海道大学露文科卒。東京外国語大学大学院スラブ系言語修士課程修了。現在北海道大学名誉教授。ロシア文学者・詩人。

著書に『パステルナークの詩の庭で』『パステルナーク　詩人の夏』『ドクトル・ジバゴ論攷』『ロシア／詩的言語の未来を読む』『新サハリン紀行』『ＴＳＵＧＡＲＵ』『ロシアの恋』『片歌紀行』『永遠と軛　ボリース・パステルナーク評伝詩集』『アリョーシャ年代記　春の夕べ』『いのちの谷間　アリョーシャ年代記２』『雲のかたみに　アリョーシャ年代記３』『郷愁　みちのくの西行』『西行抄　恣撰評釈72首』等、訳書にパステルナーク抒情詩集全7冊、7冊40年にわたる訳業を1冊にまとめた『パステルナーク全抒情詩集』、『ユリウシュ・スウォヴァツキ詩抄』、フレーブニコフ『シャーマンとヴィーナス』、アフマートワ『夕べ』(短歌訳)、チェーホフ『中二階のある家』、ピリニャーク『機械と狼』(川端香男里との共訳)、ロープシン『蒼ざめた馬　漆黒の馬』、パステルナーク『リュヴェルスの少女時代』『物語』『ドクトル・ジヴァゴ』など多数。

チェーホフの山《やま》

2020年11月18日初版印刷
2020年11月30日初版発行

著者　工藤正廣
発行者　飯島徹
発行所　未知谷
東京都千代田区神田猿楽町 2 丁目 5-9　〒 101-0064
Tel. 03-5281-3751 / Fax. 03-5281-3752
［振替］　00130-4-653627

組版　柏木薫
印刷所　ディグ
製本所　牧製本

Publisher Michitani Co. Ltd., Tokyo
Printed in Japan
ISBN 978-4-89642-626-7　C0093

工藤正廣の仕事

アリョーシャ年代記

アリョーシャ年代記　春の夕べ

中世ロシアの曠野を舞台に青年アリョーシャの成長を描き、まだ誰も読んだ事のないロシア文学の古典かと見紛う目眩く完成度の傑作！　文学的に魂を育んだ抒情的言語が紡ぐ大地と人と運命！　この優れた作品の誕生に立ち会える至福!!　304頁2500円

いのちの谷間　アリョーシャ年代記２

降雪と酷寒に閉ざされる日々。谷間の共生園でアリョーシャは問う。私は何者であるのか、私に何ができるのか。二月、光が強さを取り戻す頃、旅立ちの季節。己自身を救うために、身の丈にあった真実を求め、凍てつく大地を歩み続けて人と会う。運命とは人との出会いでなかったか。　256頁2500円

雲のかたみに　アリョーシャ年代記３

なるほど！　信ずることであったか!!　信じられれば踏み出せる。歩みだせば　生きて行ける。血筋を辿り　真の父を探すとは、自分自身の真の姿を求め続けることであった。ドクトル・ジヴァゴの訳者が中世ロシアの大地を舞台に語り継いだ地霊とも響き合う流離いの文学。三十有余歳にして俗から離れ市井の聖像画家へと成長する、名作アリョーシャ年代記　完結篇。　256頁2500円

読者の声より

グイグイ引き込まれる／「蝋涙の滴」美しいことば！／完璧な文体／酔いました／爽やかで心洗われる／気宇壮大な構成／多忙だが時間を盗んで読み耽けるだろう／字面から語りの声が湧き立つようです／魂の扉をそっと絶え間なく叩いてくれる／“ただ感動”のみ／永年のロシアへの蓄積が花開いた／ etc

未知谷